奥登戏剧创作研究

赵 元 著

清華大学出版社
北京

内 容 简 介

作为20世纪最重量级的英语诗人之一，威·休·奥登在其一生当中共创作了30余种内涵丰富、形式多样的戏剧作品，时间跨度长达45年。虽然奥登的剧作并未像他的诗歌那样引起广泛反响，但从其创作理念、主题内容以及艺术手法来看，奥登的戏剧创作都极具研究价值。本书基于作品的创作时间和作品类型进行合理分类，兼顾历时性与共时性，既有对奥登戏剧创作生涯的纵向概览，也有对同一时期或同一类别戏剧作品的共性描述，更有对主要剧作的深度阐释，旨在揭示奥登的戏剧创作在他的全部文学创作中所占据的重要位置，彰显奥登对于西方现代戏剧所做出的独特贡献。本书附录中收录了大部分奥登论戏剧创作的文章、书评和演讲稿等，均为首度译成中文。

图书在版编目（CIP）数据

奥登戏剧创作研究 / 赵元著．—北京：清华大学出版社，2024.7
ISBN 978-7-302-65100-0

Ⅰ. ①奥…　Ⅱ. ①赵…　Ⅲ. ①戏剧创作—戏剧研究—英国—现代　Ⅳ. ①I561.073

中国国家版本馆 CIP 数据核字（2024）第 009935 号

责任编辑：曹诗悦
封面设计：何凤霞
责任校对：王荣静
责任印制：丛怀宇

出版发行：清华大学出版社
网　　址：https://www.tup.com.cn, https://www.wqxuetang.com
地　　址：北京清华大学学研大厦 A 座　**邮　　编：**100084
社 总 机：010-83470000　**邮　　购：**010-62786544
投稿与读者服务：010-62776969, c-service@tup.tsinghua.edu.cn
质量反馈：010-62772015, zhiliang@tup.tsinghua.edu.cn
印 装 者：河北盛世彩捷印刷有限公司
经　　销：全国新华书店
开　　本：155mm×230mm　**印　　张：**15.75　**字　　数：**249 千字
版　　次：2024 年 7 月第 1 版　**印　　次：**2024 年 7 月第 1 次印刷
定　　价：128.00 元

产品编号：102349-01

目 录

绪　论

威·休·奥登（W. H. Auden，1907—1973）是20世纪最著名的诗人之一，他被公认为继托·斯·艾略特（T. S. Eliot）之后最伟大的英语诗人。奥登的诗以其突出的风格和精湛的技艺，以及对道德和政治的关注而著称于世。他的诗歌的核心主题包括爱情、政治、宗教、伦理道德，以及个体与自然、个体与社会的关系等。奥登的诗具有鲜明的现代主义特征，但是却无法归入任何一种具体的现代主义诗歌流派。事实上，伟大的艺术家往往很难用某些明确的标签来限定。在20世纪的西方艺术领域，毕加索（Pablo Picasso）、斯特拉文斯基（Igor Stravinsky）和奥登便是分别在绘画、音乐和诗歌领域跨越具体流派、不断实现自我更新和自我超越的现代艺术家。

奥登早在20世纪30年代即他20多岁时，便在英国诗坛声名鹊起，被普遍视为一代诗人的领袖。他创作的一些富有政治紧迫性、警句迭出的诗篇，如《西班牙，1937年》（"Spain 1937"）、《在战时》（"In Time of War"）和《1939年9月1日》（"September 1, 1939"）在当时广为流传。20世纪30年代末，奥登离开英国，在美国开启新一段的创作生涯，留下了与前期创作相比风格大不相同但同样隽永的多首佳作，如《石灰岩赞》（"In Praise of Limestone"）、《阿喀琉斯之盾》（"The Shield of Achilles"）、《祈祷时刻》（"Horae Canonicae"）等。

早在20世纪40年代，奥登的早期诗歌便开始在中国得到译介，并对中国的现代诗歌产生了显著影响。如今，奥登的大部分诗歌和最重要的几种文集都已译成中文[1]，奥登研究在中国学术界方兴未艾。这一切无不说明，随着时间的推移，奥登的诗不仅没有过时，反而愈加展现出其跨越时空和文化的持久魅力。

1　上海译文出版社出版的"奥登文集"包括《战地行纪》（2012）、《奥登诗选：1927—1947》（2014）、《序跋集》（2015）、《奥登诗选：1948—1973》（2016）与《染匠之手》（2018）。

奥登除了写诗，还创作了数量颇丰的戏剧作品，但是受关注程度远不及他的诗歌作品。如果说奥登在西方诗歌发展史上已经取得了不可动摇的地位，他在西方或者英语国家的戏剧史上却没有留下多少烙印。这种局面产生的原因不一而足，但是其中一个重要原因在于奥登戏剧创作的特殊性。从时间上看，奥登前期和后期的戏剧创作在性质上有着极大的差异。在1938年之前，他创作的主要是小众化的诗剧，而在1938年之后，他的戏剧创作以歌剧脚本为主。显然，我们很难想象有哪一部西方戏剧史著作能够同时涵盖诗剧和歌剧脚本。

即便是在为数不多的几部权威英国戏剧史著作里，奥登在英国期间创作的戏剧作品也只得到了极为有限的体现。三卷本《剑桥英国戏剧史》（*Cambridge History of British Theatre*）的第三卷叙述20世纪的英国戏剧，在近600页的篇幅中，只有介绍集团剧院（The Group Theatre）的那三页里提到了奥登和他的三部与集团剧院有关的剧作：《皮下狗》（*The Dog Beneath the Skin*，1935）、《攀登F6峰》（*The Ascent of F6*，1936）和《死神之舞》（*The Dance of Death*，1933）（Kershaw 183–185）。《剑桥插图英国戏剧史》（*The Cambridge Illustrated History of British Theatre*）在讲述20世纪30年代戏剧时，只提及1933年组建的集团剧院演出了奥登、伊舍伍德（Christopher Isherwood）、斯彭德（Stephen Spender）和麦克尼斯（Louis MacNeice）的剧作，在这些戏剧中“道德的原型在无产阶级革命事业中，与反道德的原型发生了冲突，其风格是中世纪道德剧与表现主义辩论的奇怪混合”（Trussler 297）。由英国现代戏剧研究专家克里斯托弗·英尼斯（Christopher Innes）所撰写的《现代英国戏剧》（*Modern British Drama*）——无论是出版于1992年的第一版，还是十年后出版的全新修订版，书中只有五六页篇幅留给了奥登和伊舍伍德合写的戏剧作品（留给艾略特戏剧作品的篇幅是其三倍）。

在一般的英国戏剧史和现代英国戏剧研究里，很难见到奥登的身影，即使略有涉及，评价也不太高。埃米尔·罗伊（Emil Roy）的《萧伯纳之后的英国戏剧》（*British Drama since Shaw*）虽然涉及诗剧，但只讨论了叶芝（W. B. Yeats）、艾略特和克里斯托弗·弗莱（Christopher Fry）。罗伊在

第六章“托·斯·艾略特与克里斯托弗·弗莱”的开头部分称，“叶芝和艾略特，可能还有克里斯托弗·弗莱”，仍然是现代英国戏剧中诗剧这一类别“仅有的重要实践者”（Roy 83）。艾弗·埃文斯（Ifor Evans）的《英国戏剧简史》（*A Short History of English Drama*）的最后一章“当代戏剧”，用不到一页的篇幅简要介绍和评价了奥登与伊舍伍德合写的三部戏剧作品：《死神之舞》《在边境》（*On the Frontier*，1937—1938）和《攀登 F6 峰》。埃文斯一方面肯定作为剧作家的奥登与伊舍伍德对他们那一代人产生了相当大的影响，另一方面却又说，他们“从未达到艾略特所实现的想象力或思想的独创性。他们展示的是伟大的承诺，但这是一个无法兑现的承诺”（Evans 192）。埃文斯直言，奥登的戏剧作品不会像他的抒情诗那样，成为英国文学中永恒的一部分。大卫·伊恩·拉贝（David Ian Rabey）在《20 世纪英国与爱尔兰的政治剧》（*British and Irish Political Drama in the Twentieth Century*）一书里着重评述了奥登与伊舍伍德的《皮下狗》，认为此后的《攀登 F6 峰》和《在边境》的政治性都不够强，令人失望（Rabey 76）。G. 威尔逊·奈特（G. Wilson Knight）的英国戏剧研究专著《金色的迷宫》（*The Golden Labyrinth*）最后一章“乔治朝戏剧”中，有两页介绍奥登的戏剧创作，其中对奥登戏剧的一句话评价很有见地：奥登“喜欢从表面开始工作，但他并不肤浅”（Knight 367）。

国内介绍英国戏剧的代表性著作里几乎没有出现过奥登的名字。何其莘的《英国戏剧史》也许是 1949 年以来第一部关于英国戏剧方面的通史，书中 20 世纪的戏剧部分未提及奥登，就连留给艾略特的篇幅也极为有限。陈红薇和王岚在她们编著的《二十世纪英国戏剧》里虽未作明确说明，但是浏览入选的剧作家名录可知，此书不涉及诗剧，因此叶芝、艾略特和奥登的戏剧作品都不在讨论范围之内。

由于奥登在美国没有创作过狭义的戏剧作品，因此美国戏剧和戏剧史著作里不提奥登是可以想见的。而歌剧史著作里对奥登的介绍也是点到为止，往往是在介绍歌剧作曲家时顺带提及。斯坦利·萨迪（Stanley Sadie）主编的《歌剧史》（*History of Opera*）是一部权威之作，不过该书在介绍 20 世纪苏俄歌剧的章节里论述斯特拉文斯基的歌剧作品时，才提及《浪子的历程》(*The Rake's Progress*, 1951)这部“别出心裁”(ingenious)的歌剧脚本的作者是奥登和卡尔曼(Chester Kallman)。此章节的撰写者称《浪子的历程》是“20世纪最受欢迎、当然也是最重要的英语歌剧之一”(Sadie 297)。《牛津插图歌剧史》(*The Oxford Illustrated History of Opera*)里提到奥登与英国作曲家本杰明·布里顿(Benjamin Britten)合作的歌剧《保罗·班扬》(*Paul Bunyan*, 1939—1941)、与斯特拉文斯基合作的《浪子的历程》,以及与德国作曲家亨策(Hans Werner Henze)合作的《酒神的伴侣》(*The Bassarids*, 1963)——只是提及而已,没有任何介绍和评价。与此情况类似的是黑丁顿(Christopher Headington)等人编著的《歌剧史》(*The Opera: A History*),书中引用了斯特拉文斯基描述歌剧《浪子的历程》的由来以及他与奥登和卡尔曼的合作方式的段落。此外,在该书的当代歌剧部分介绍亨策时提到了奥登。艾琳·莫拉(Irene Morra)的《20世纪英国作家与歌剧在英国的兴起》(*Twentieth-Century British Authors and the Rise of Opera in Britain*)是难得的跨越文学与歌剧的研究,书中详细讨论了奥登、卡尔曼与亨策合作的歌剧《酒神的伴侣》。

奥登21岁从牛津大学毕业时,即开始创作他的第一部戏剧作品,而在他生命的最后一年里,他仍在与人合写歌剧脚本。由此可见,奥登戏剧创作的时间跨度长达45年。从数量上看,奥登独自创作或与人合作的各类戏剧作品共计30余部。从形式上看,奥登的戏剧创作种类繁多且极富实验性。除了一般供舞台表演的戏剧作品之外,他还创作有多部歌剧脚本,包括为广播、纪录片和电影所写的脚本,以及卡巴莱、礼拜式戏剧、庆典戏剧、假面剧和音乐喜剧等形式多样的戏剧作品。

在奥登开始戏剧创作之初,英国的诗剧创作处于疲软态势,缺乏可资借鉴的模型范例。可以说,作为戏剧诗诗人的奥登,其写作技法主要是自我探索的结果。1930年,著名诗人、批评家艾略特出版了奥登的第一部剧本《两败俱伤》(*Paid on Both Sides*),并在两年后称赞此剧为“当代诗剧的先驱”(转引自 Haffenden 77)。此言绝不为过,因为就连艾略特本人的早期戏剧创作,都借鉴了由奥登摸索出的戏剧创作技法。

20 世纪 30 年代，奥登与小说家伊舍伍德合作完成的几部戏剧作品通过舞台表演得到了当时观众的积极回应。移居美国之后，奥登与作家卡尔曼合作完成的歌剧脚本经斯特拉文斯基、亨策等著名作曲家谱曲后，演出广受好评。

普林斯顿大学出版社于 1988 年和 1993 年分别出版了由奥登文学遗产执行人爱德华·门德尔松（Edward Mendelson）教授主编的《剧本与其他戏剧作品：1928—1938》（*Plays and Other Dramatic Writings by W. H. Auden, 1928—1938*）和《歌剧脚本与其他戏剧作品：1939—1973》（*Libretti and Other Dramatic Writings by W. H. Auden, 1939—1973*）各一册（《奥登作品全集》（*The Complete Works of W. H. Auden*）的第一卷和第二卷），涵盖了奥登一生创作的所有戏剧作品，这是奥登一生戏剧创作文本的首次完整呈现。如今 30 年过去了，国内外尚未出现针对奥登戏剧创作的系统而全面深入的研究。以下所列的几种国外奥登研究著述涉及奥登戏剧创作之处相对较多。

温德尔·斯泰西·约翰逊（Wendell Stacy Johnson）的《威·休·奥登》（*W. H. Auden*）对奥登的一生和作品做了概述性的介绍，书中有一章专门介绍奥登的戏剧作品。约翰逊对于作品内容情节的叙述颇为详细，他还将奥登在 20 世纪 40 年代创作的三首带有戏剧性的长诗《暂时》（*For the Time Being*）、《海与镜》（*The Sea and the Mirror*）和《焦虑时代》（*The Age of Anxiety*）纳入奥登戏剧创作的范畴。约翰逊对奥登歌剧脚本创作的介绍不够完整，遗漏了《酒神的伴侣》《爱的徒劳》（*Love's Labour's Lost*, 1969）和《感官的娱乐》（*The Entertainment of the Senses*, 1973）等重要作品。

由斯坦·史密斯（Stan Smith）主编的《威·休·奥登剑桥指南》（*The Cambridge Companion to W. H. Auden*）集结了由当今奥登研究领域的权威学者执笔的述评文章，角度新颖，内容全面。其中《奥登的剧本与戏剧作品：剧院、电影与歌剧》（"Auden's plays and dramatic writings: theatre, film and opera"）一章由英尼斯撰写。英尼斯概述了奥登的早期戏剧创作之于英国现代诗剧的独特价值，其与欧洲现代戏剧的渊源关系，以及对艾略特戏剧创作的影响。此外，英尼斯论述了奥登为广播、电影和纪录片所作的戏剧作品。在奥登的后期歌剧脚本创作方面，英尼斯只讨论了三部作品，不及其余。英尼斯的述评不以介绍作品情节见长，而把关注点放在作品的主题和创作语境，以及作品之间的联系之上。

门德尔松撰写的《早期奥登》（*Early Auden*）和《晚期奥登》（*Later Auden*）对奥登一生的创作生涯展开了全面而细致的分析，是传记和文学评论的结合。书中自然包括对奥登戏剧创作的论述。门德尔松的论述细致而准确，他将奥登的戏剧创作放在奥登的整体诗歌创作和诗学观念之下进行考察，对理解奥登的戏剧作品以及他的创作理念具有不可替代的价值。他为《奥登作品全集》中的两卷戏剧卷《剧本与其他戏剧作品：1928—1938》和《歌剧脚本与其他戏剧作品：1939—1973》所撰写的引言，对奥登的戏剧创作生涯做了一个更为简洁而集中的叙述，极具参考价值。

约翰·富勒（John Fuller）教授的《威·休·奥登评注》（*W. H. Auden: A Commentary*）以其渊博的文学知识为奥登作品的来龙去脉和难点做注解，是每一个奥登读者不可或缺的参考书。书中涵盖了奥登各时期创作的主要戏剧作品，为作品的创作背景以及剧中的典故做注。

国内学者在奥登诗歌研究方面已取得了相当不错的成绩，有多篇关于奥登诗歌和诗学的论文发表在《外国文学评论》等国内一流学术期刊上。与奥登戏剧创作有关的论文共有两篇。邵朝杨《论 W. H. 奥登早期诗歌中的戏剧性》一文结合戏剧的基本元素如戏剧语言、戏剧动作、戏剧冲突、戏剧悬念和戏剧结构，分析奥登早期诗歌中的戏剧性，认为奥登的单首诗中往往包含多项戏剧性的特征。不过邵文未考虑奥登的戏剧创作对他早期诗歌戏剧性的可能影响。蔡海燕《奥登："公共领域的私人面孔"》一文以奥登与伊舍伍德合写的戏剧作品《攀登 F6 峰》中的主角兰塞姆的悲剧为例，论述了艺术家面临的诱惑，即容易拔高自我，迷失位置，混淆私人领域与公共领域的界线。事实上，这个主题在奥登的戏剧创作中反复出现，如果能够以奥登的全部戏剧作品为参照系，对其中反复出现的主题加以探讨，将是一件非常有意义的事。

本书的总体目标是，通过对奥登戏剧作品的主题思想和艺术创作手法进行细致分析，对奥登戏剧作品的内在价值做出整体评价。我们将对奥登戏剧创作的时代语境、政治语境、社会语境、哲学语境、宗教语境，以及技术语境进行全面探究，梳理奥登的戏剧创作与英国本土戏剧传统的关系、与古希腊戏剧的关系、与西方现代戏剧的关系，从而揭示奥登戏剧创作对于英国现代戏剧的独特贡献，给予奥登在西方戏剧史上应有的地位。

本书的第 1 章论述奥登戏剧创作的开端。奥登 21 岁时（即 1928 年）创作了他的第一部戏剧作品《两败俱伤》，这是一部韵文和散文夹杂的独幕悲剧，描绘的是英格兰北部两大家族之间的世仇。奥登动笔写作这部诗剧之时，英国并没有现成的例子供他模仿。奥登之前的英国现代诗剧，内容大都远离当代社会现实，台词多用抒情性较强的韵文，戏剧性不强，导致这些作品往往无法在舞台演出，因而无法体现戏剧应有的社会属性。因此，奥登开始戏剧创作时，便确立了戏剧是一种社会艺术的信念，因此他大胆实验，打破英国现代诗剧的所有条条框框，力图重新建立诗剧作品与广大受众之间的联系。奥登在《两败俱伤》中复兴了比莎士比亚更为久远的英国戏剧传统，他借鉴了英国中世纪神秘剧的做法，将浓厚的象征主义与夸张的插科打诨结合在一处。无论从剧情还是从语言来看，这部戏剧都是过去与现在相结合的产物，古老的原型与当代的道具和措辞相容无间，古英语的头韵体诗与英国公学中的俚语并置比肩。1930 年，艾略特出版了《两败俱伤》，并盛赞奥登的这部作品是当代诗剧的先驱。艾略特本人的戏剧创作便是在受到奥登启发之后才步入正轨的。

第 2 章论述奥登在 20 世纪 30 年代的戏剧创作。奥登的盛名是在 20 世纪 30 年代确立的。奥登为后人所称道的名篇佳作大多是在这十年当中创作的。20 世纪 30 年代，奥登积极参与英国的工人运动，为共产主义、社会主义和反法西斯主义发声，留下了不少政治性和艺术性俱佳的隽永之作，是当时英国诗坛不争的领袖。相对诗歌而言，戏剧这一形式更为普通群众所喜闻乐见，奥登的戏剧创作在 20 世纪 30 年代进入了第一个高峰期。这一时期奥登独立创作或与伊舍伍德合作创作了《死神之舞》《皮下狗》《攀登 F6 峰》《在边境》等剧作。20 世纪 30 年代初，艺术家鲁珀特·杜恩（Rupert Doone）和罗伯特·梅德利（Robert Medley）等人在伦敦成立了“集团剧院”，该剧团是当时英国工人戏剧运动的有生力量，在意识形态上具有鲜明的社会主义倾向，而在艺术原则方面则受德国表现主义戏剧影响。奥登 20 世纪 30 年代的舞台戏剧作品大都是受集团剧院之邀而创作的，无论是在意识形态方面还是在艺术原则方面，都与集团剧院的理念不谋而合。奥登这一时期的戏剧作品都具有鲜明的政治色彩和现实意义，但是这种政治性并未使作品沦为宣传政治思想的工具。奥登在这些作品里融入了寓言和幻想的成分，使得荒诞不经的幻想与严肃的现实问题形成艺术性反差。在剧中，个人心理层面与社会政治层面同时存在，私人领域和公共领域互有渗透、互相影响。

第 3 章论述奥登在 20 世纪 30 年代末移居美国前后的戏剧创作。奥登 1939 年离开英国移居美国，这一标志性事件是奥登的人生和创作生涯中的一个重要转折点。这一转折也出现在奥登的戏剧创作之中。虽然奥登在 20 世纪 30 年代的诗名无人能及，但是他觉察到在他的诗歌和诗剧创作中存在着一个悬而未决的问题，那就是，诗人该如何在诗歌和诗剧中向大众发声，使作品既具有公众性和英雄性，同时兼具私密性和亲切感。就诗剧而言，它必须具备公众性，但是诗人一旦提高声音，便往往显得虚假而可笑。奥登移居美国不久之后便迷上了歌剧。这种展示歌手高超技艺的公众艺术形式为奥登的创作难题提供了答案。在观众眼里，一位伟大的歌手俨然一位超人或英雄，而作为歌剧脚本作者，他是为英雄服务的，他不必视自己为英雄。至此，奥登找到了书写宏大风格的合适载体。奥登与伊舍伍德合作创作的最后一部剧本《在边境》虽然以现实政治为主题，但已经有了些许歌剧的影子。不过，奥登在歌剧脚本方面的有意识的尝试，是在他移居美国之后。《保罗·班扬》正是英国诗人与英国作曲家合作创作的以美国为主题的现代歌剧。奥登在这部歌剧脚本中借助班扬这个美国民间故事中的传说人物，用神话的形式讲述人类从起源到当代的历史发展过程，宏大的历史主题与歌剧这一体裁相得益彰。

第 4 章论述奥登后期的戏剧创作。自从来到美国之后，奥登几乎每隔几年便写作一部歌剧脚本，直到生命的最后一年。在现代文学艺术领域中，现代主义最为盛行，而现代主义擅长反讽，对宏大的风格是非常抵触的。有鉴于此，奥登把歌剧称为“崇高风格的最后避难所”（*Secondary*

Worlds 116）。在奥登看来，歌剧是技巧与强烈感情的独特结合，是写作原型喜剧和悲剧性神话的理想戏剧形式。奥登在他的歌剧脚本里展现的神话行动具有一种直接性，这在他最伟大的诗歌里都难以呈现。奥登运用最简洁的歌曲语言，将最复杂的历史、心理学和宗教问题以戏剧的形式呈现，他这方面的成就在英语世界里无人能及。奥登的歌剧脚本创作是他戏剧创作的一个重头戏，不应该受到忽视。他的歌剧脚本多数是与卡尔曼合作完成的。这些歌剧脚本汲取了多种传统戏剧的养分：古希腊悲剧、莎士比亚喜剧、莫扎特歌剧、理查·斯特劳斯的歌剧等。奥登的歌剧脚本往往以神话、原型作为组织原则，主题往往是两种相反力量或原则之间的角逐：酒神原则与日神原则、夜与日、本能与理性、无意识与意识等。在歌剧脚本中，如果其中一方力量胜出，结果往往是悲剧和死亡（如《年轻情侣的哀歌》《酒神的伴侣》）；如果两种原则最终协调一致，结果则往往是喜剧和婚姻（如《魔笛》《爱的徒劳》）。可以说，奥登的后期戏剧创作是一片有待发掘的宝藏。

第 5 章论述奥登的戏剧创作与广播、电视、电影等新兴媒体形式的关系。奥登之所以愿意接触新兴媒体，主要是因为广播、电视和电影的受众人数远远超过诗歌和舞台戏剧，具有无法估量的潜力。奥登将戏剧视为一种社会艺术，为了向更多的受众传递政治信息，借助新兴媒体显然是最佳选择。1935 年，奥登通过友人介绍进入邮政总局电影组（General Post Office Film Unit）工作，为纪录片电影撰写脚本。电影组的领导约翰·格里尔森（John Grierson）致力于拍摄与工人阶级有关的纪录片，但他特别强调影片的艺术性，因此邀请了诗人奥登、作曲家布里顿和画家科德斯特里姆（William Coldstream）与他合作。在艺术性与政治性相结合这一点上，奥登与格里尔森不谋而合。在奥登参与制作的六七部纪录片里，最成功的恐怕要算《夜邮》（*Night Mail*，1935）了。纪录片中，画外音朗诵的奥登的诗行的节奏与画面中火车行进的节奏完全吻合，堪称节奏的盛宴，而诗行的内容与纪录片的主题非常贴切，实现了内容与形式的完美配合。工人阶级纪录片运动在英国很快式微，但奥登与广播、电视、电影等媒体的接触一直延续到他后期的戏剧创作，并有了一定的发展。

总体而言，奥登的戏剧作品，无论是思想性，还是艺术性，都有着鲜明的特点，理应进入现代西方戏剧评论的视野。此外，奥登对戏剧可表演性的思考，他在戏剧与新科技和新媒体相结合方面所做的有益尝试，以及与他人合作创作戏剧作品的做法，都可以为当代戏剧的创作者和评论者提供重要参考。

第1章

奥登戏剧创作的发端

奥登的戏剧创作对于英国现代戏剧史意义重大。他筚路蓝缕，开辟草莱，摸索出一条不同于前人的崭新道路，启发了包括艾略特在内的众多剧作家。从文献来看，《两败俱伤》几乎为评论者所忽视。在论及奥登诗剧的风格特点时，论者往往将奥登与其他几位同时代作家相提并论，未辨明这种风格产生的源与流。本章将首先从欧洲戏剧流变的历史过程来考查20世纪初的英国戏剧概况，随后从《两败俱伤》的主题、创作手法和语言特征这三个方面进行分析，以确立该剧对于英国现代诗剧发展所做出的独特贡献。

1.1 奥登之前的英国现代戏剧

大体而言，欧洲戏剧的发展方向是越来越忠实于日常语言和日常事件，即越来越趋向现实主义。古希腊戏剧中的人物无论是看起来还是听起来，都与台下的观众相去甚远。古希腊戏剧对心理和政治的深度刻画隐藏在一种固化的呈现模式之中。文艺复兴时期的戏剧虽然非常热衷于遵循古典三一律，但是却打破了古典戏剧的固化模式，更紧贴现实世界的细节。文艺复兴时期的戏剧人物在穿着和举止方面与观众没有多大的差别，尽管他们的台词听起来与古典戏剧中的人物一样，要宏伟得多。到19世纪末，在几乎所有的欧洲剧院里，演员的舞台对话听起来与台下观众的对话几乎一模一样，舞台背景也似乎是从观众家里照搬来的。

整体而言，20世纪是英国戏剧最具活力的一个时期，从主题和形式的多样性来看，仅次于伊丽莎白一世时期。从20世纪戏剧所用的语言来看，在19世纪末之前，诗一直被认为是处理戏剧中重大道德问题的唯一适当媒介，而在 19 世纪末及其后，散文似乎完全取代了诗的职责。以萧伯纳为代表的现实主义散文剧聚焦政治、社会和理性主义等时代主流议题，处理神话或宗教主题的诗剧则被边缘化。进入 20 世纪后，创作诗剧的作家人数很少，而且普通戏剧观众几乎不知道他们的存在。其中一些诗剧作家的作品偶尔会由小剧场的剧团或业余爱好者演出，但大剧院的大门对他们是关闭的。

1890 年往往被视为英国现代戏剧的开端，在这一年萧伯纳发表了题为《易卜生主义的精髓》（“The Quintessence of Ibsenism”）的演讲，这篇演讲在某些戏剧史家看来，代表了“传统视角与现代视角之间的分水岭，它呼吁对戏剧经验的性质和功能进行一场革命”（Innes, *Modern British Drama: 1890—1990*, 4–5）。需要指出的是，这仅仅是针对散文戏剧而言，诗剧的现代化此时并未开始。

20 世纪初的英国诗剧可以说是 19 世纪诗剧的余绪，而 19 世纪诗剧要想成功，“就必须按照从伊丽莎白时代流传下来的传统浪漫主义方式来写，最重要的是，它必须给明星演员很好的机会来展示他的力量”（Thouless 3）。浪漫主义诗人虽然崇拜莎士比亚，但是他们的诗剧如雪莱的《钦契》（*The Cenci*）或济慈的《奥索大帝》（*Otho the Great*），用词古奥，只适合阅读，不适合舞台演出。维多利亚时代诗人的诗剧作品如丁尼生的《贝克特》（*Becket*），沿袭浪漫主义传统，大多只能作为案头剧供读者阅读。正如戏剧史家所指出的，在易卜生和萧伯纳的自然主义戏剧确立新的戏剧标准之前，“诗歌就已经沦落为露天历史剧（historical pageants）的专属——古装剧里的盛装语言”（Innes, *Modern British Drama: 1890—1990*, 349）。20 世纪初只有两位诗剧作家的少数作品取得了巨大的票房成功：斯蒂芬·菲利普斯（Stephen Philips）的几部剧和埃尔罗伊·弗莱克（Elroy Flecker）的《哈桑》（*Hassan*）。菲利普斯的诗剧属于 19 世纪浪漫主义诗剧传统，其戏剧特质——闹剧般的剧情、华丽的布景效果和出色的演出——具有商业成功的潜力。《哈桑》之所以成功，一方面是因为它主要是作为一种盛大场面的娱乐节目来制作的，另一方面是因为该剧里的东方元素是当时广大观众所喜闻乐见的，弗莱克用浪漫主义的手法将中东的传奇故事加以重新包装。

除了这些例外，20 世纪初的英国诗剧并不为一般戏剧观众所知，因此诗剧的作者试图做出某种变革，既抵制旧派的浪漫主义诗剧传统，也反对流行的现实主义散文戏剧。他们认为后者关注社会和政治问题，却把对人类生活的思考局限在短暂的和肤浅的主题上；虽诉诸理性，却忽视了人类的精神领域和非理性的一面。为了表现具有永恒性和普遍性的人类主题，就需要诉诸诗的语言，需要将戏剧提升到精神性的层面。欧洲大陆的戏剧界此时出现的强调主观、想象和精神的新风尚——如法国象征主义和德国表现主义——对 20 世纪初英国戏剧的新发展起到了推波助澜的作用。概言之，这类诗剧作家想要追求的目标是：

> 把剧中的个体从大众中拉出来，把他放在生命本身的背景下。个体不受其环境必然性的支配，而是受某种内在存在法则的支配。这位诗剧作家的愿望不是让他的人物走近我们，不是给我们留下世界的具体现实的印象，而是让我们远离它们。他想把我们自己熟悉的世界与我们隔绝，剥夺我们在舞台上看到它的复制品的乐趣，以便他可以在我们身上唤醒陌生的联想，这将有助于将个体与他的同伴分开，并使我们在他身上感受到内在生命的流动。（Thouless 9）

当年轻的奥登踏上诗剧创作之路，希望从 20 世纪初的诗剧前辈那里得到一些可资借鉴的经验和技巧时，却发现自己一无所获。奥登在 1934 年评论普丽西拉·索利斯（Priscilla Thouless）的《现代诗剧》的文章开篇中写道："这本书就像一个永动机展览，它们都在这儿，贴着菲利普斯、戴维森、叶芝的标签，有些规模特别大，有些规模特别小，有些设计巧妙，有些制作精美，但是它们都只有一个缺点，那就是动不了。"（*Prose I* 69）

奥登此处提到的大诗人叶芝是 20 世纪初期诗剧复兴的主要人物之一。他最初希望通过创办剧院和创作诗剧来教育普通群众，"在现代人中间恢复一种高尚的民族精神"（傅浩 55）。但是在这一目标受挫后转向了精英主义，致力于创造一种"神秘的艺术"，用"节奏、色彩、姿态的综合体"来暗示某种真理，并刻意与普通人的生活保持距离（Yeats, *Explorations* 255）。叶芝受日本能剧影响创作的戏剧，目标观众非常少，业余剧团几乎不可能演出，因为要制作这些戏剧需要一名受过东方艺术传统训练的能剧舞者。

奥登在那篇书评里继续写道：

> 英国现代诗剧有三种类型：浪漫主义的伪都铎王朝戏剧，偶尔凭借其盛大场面而取得短暂的成功；宇宙哲学的戏剧，就其戏剧性而言始终是彻底失败的；高雅的室内乐戏剧，从艺术性来看是最上乘的，但是有点苍白无力。戏剧本质上是一种社会艺术，很难相信诗人们真的对这种解决方案感到满意。（*Prose I* 70）

在 20 世纪初期绝大多数的诗剧作者看来，诗剧的领域已经不再是商业戏剧，只有少数受过审美教育的人才是诗剧的真正观众，除非诗剧能像在 20 世纪之前那样，用辉煌的场面、明星演技、刺激的戏剧动作或者浪漫主义情调来获得普遍的吸引力。

从奥登的书评可以看出，他显然不想走前人的老路，他不满足于延续浪漫而优雅、古典而高贵的那种英国诗剧传统，也反对割断诗剧与普遍经验和普通观众的纽带，他试图坚守戏剧作为一种社会艺术的信念，力求创作出能够反映现代经验而又“动得了”的诗剧。《两败俱伤》便是奥登追求这一目标的首次尝试。下文就该剧的主题、创作手法和语言分别加以评述，从而对奥登的诗剧创作实践在多大程度上实现了他的诗剧创作理念做出一个论断。

1.2 《两败俱伤》的主题

在讨论《两败俱伤》的主题之前，有必要先简要交代一下此剧创作和发表的过程。此剧的初稿是奥登在 1928 年 7 月或 8 月初完成的。几个月后，奥登在德国柏林着手写作一部新剧本。1928 年 11 月，奥登在给友人斯蒂芬·斯彭德的信里透露：“旧戏可能是加入了一个新戏，然后变成了另一部戏，我还不太确定是什么。”彻底重写后的《两败俱伤》第二稿于同年圣诞节前后完成。1928 年 12 月 31 日，奥登将《两败俱伤》的打字稿寄给了时任《标准》杂志主编的艾略特。1929 年 4 月，奥登把对该剧所做的一些改动寄给了艾略特。最终，该剧刊登在《标准》杂志1930年1月那一期上（*Plays* 525）。这是奥登作品首次刊登在非学生刊物上。艾略特在1930年的书信里多次向友人大力推荐奥登的诗剧，希望他们协助把这部戏搬上舞台（Eliot, *Letters* 20, 24–25, 231, 562）。甚至在20年后，艾略特仍然认为奥登的《两败俱伤》"可以被视为当代诗剧的先驱"（转引自Haffenden 77）。艾略特本人的诗剧即受到了奥登的启发。有论者指出，《两败俱伤》"在很多方面都是艾略特后来将神话底层与现代英国进行融合的实验的粗略版本"（Innes, "Auden's Plays" 85）。艾略特对《两败俱伤》所作的评价依据的是发表的第二稿，以下的讨论也将依据这个版本。

《两败俱伤》是一部复仇悲剧，它的故事情节很简单，讲述的是发生在英格兰北部两大采矿家族之间的世仇。其中一个家族的儿子约翰·诺尔（John Nower）爱上了另一个家族的女儿安妮·肖（Anne Shaw），在二人订婚那天，两家表示从此放下世代的恩恩怨怨，重归于好。但是到了婚礼那一天，肖家的一个儿子受了母亲的怂恿，杀死了约翰，为约翰早些时候杀死肖家的另一个儿子报仇，由此重新开启两家的世仇。

复仇是西方文学的母题之一，古希腊的史诗和悲剧里早已有之，在文艺复兴时期的戏剧里也有突出表现。因此，从戏剧主题来看，《两败俱伤》并没有十分鲜明的时代特征，这一点使得此剧迥异于20世纪初期的英国诗剧。《两败俱伤》里既没有华丽的布景或盛大的场面，也没有可供明星演员尽情发挥的机会；它既不是谈虚语玄、缺乏戏剧动作的哲理剧，也不是辅以音乐和舞蹈的神话主题剧。奥登创作此剧的初衷，并非索利斯所说的，试图"把剧中的个体从大众中拉出来，把他放在生命本身的背景下"（Thouless 9）。与此相反，奥登在《两败俱伤》里着意表现的是两个群体之间的关系，以及群体中的个人能在多大程度上改变群体的命运。

既然奥登坚持把戏剧视为一种"社会艺术"，那么他在构思一出戏的主题时，必然要考虑读者的接受程度。对于英国的戏剧受众而言，复仇主题接受起来应该是不太困难的。且不论别的，仅莎士比亚一人，就有好几部剧以复仇为主题。事实上，《两败俱伤》中的世仇与爱情让人很自然地联想到《罗密欧与朱丽叶》这部家喻户晓的爱情悲剧。这样的主题在吸引力上也许无法与斯蒂芬·菲利普斯的《希律王》（*Herod*）中虚构的历史大场面或者埃尔罗伊·弗莱克的《哈桑》中的东方元素相提并论，但与叶芝的代表作《在鹰井畔》（*At the Hawk's Well*）那样由“五六个会跳舞、诵诗或演奏鼓、长笛和齐特琴的年轻男女”参与表演、只允许少数“秘密社团般的观众”入场的诗剧相较而言，《两败俱伤》的潜在观众显然会产生更大的共鸣（Yeats, *Explorations* 254–255）。

如果说复仇是《两败俱伤》的公开主题，那么这部剧还有一个带有一定自传性质的隐秘主题。奥登1928年从牛津大学肄业直至1930年春开始第一份工作的这两年间，他没有任何外在的束缚，可以尽情地去实现他当时的日记里所谓的“真正的‘人生愿望’”，即“与家人分离，与文学前辈分离”（*English Auden* 299）。在这两年里，奥登确实离开了家人，去自由探索身心的潜力；在他的第一部诗剧里，他主动与文学前辈分道扬镳，独自摸索新的诗剧创作道路。然而，无论是在日记里，还是在《两败俱伤》里，奥登都表露出他并不相信能够实现这样的人生愿望。在日记里，紧接着他所理解的“人生愿望”之后是如下两句话：“死者的暴政。没有人能够反抗他们”（*English Auden* 299）。在《两败俱伤》里，肖家的母亲让通过爱和宽恕来终结世仇的努力付诸东流，约翰可以改变自己的心态和行动，让两个家族久远以来的命运出现转机，但是他对于肖家母亲这样象征着家族权威的人物却无能为力，最终只能无可奈何地被继续裹挟在“死者的暴政”——早已由两个家族已故的父辈决定了的互相攻杀的命运之中。不可否认，奥登当时的这种认识是非常悲观和消极的。从奥登的传记材料可以了解到，他非常爱自己的母亲，母亲也非常爱她的这个三儿子，但是这种亲密的母子关系却给奥登带来了莫大的心理压力，他甚至将自己成年后的所有身心特点都归咎于他与母亲的关系。可以说，奥登一生都没能摆脱母亲的影响（Carpenter 11–12）。孩子与母亲的关系这一主题仍将在奥登此后的诗歌和戏剧作品里反复出现。奥登把《两败俱伤》称为“1907—1929年英国中产阶级（职业）家庭生活的一个寓言”（转引自 Mendelson, *Early Auden* 47）。1907年是奥登的出生年份，1929年是奥登完成《两败俱伤》最后修订工作的一年，该剧“以主人公的诞生开始，以他成年后第一次爱的努力被祖先的诅咒打败而告终”（Mendelson, *Early Auden* 47）。

1.3 《两败俱伤》的创作手法

《两败俱伤》的第二稿与初稿最大的不同在于，第二稿在剧中插入了一段约翰·诺尔的梦境。诺尔家族抓住了一个肖家派来的间谍，随即将他处死。在约翰的一段独白与合唱队的一段台词之后，剧中剧便毫无提示和过渡地开始了。首先出场的是圣诞老人，他是一场审判的主持者，审判的原告是约翰，被告是被诺尔家抓住的那个间谍。一个叫作“男女人”（Man-Woman）的人不断指责约翰，令约翰难以忍受，开枪打死了间谍。这时医生上场，拔掉了间谍嘴里的一颗硕大的牙齿，间谍死而复生。约翰意识到他和间谍是“同一个住宅的合用者”，仇恨于是得以化解，二人富有象征意味地共同栽了一棵树。（*Plays* 26）

这出剧中剧的创作手法具有两面性。第一，它运用了与当时在德国相当流行的表现主义相类似的戏剧表现形式。表现主义兴起于 20 世纪初的德国，并在 20 年代初进入高潮。受伯格森的生命哲学与弗洛伊德的精神分析心理学的影响，表现主义戏剧重视将人的精神、情绪、潜意识等非理性因素加以戏剧化的呈现，通常会采用内心独白、梦境、假面具、幻象等主观表现方式。

奥登于 1928 年 8 月抵达德国柏林，开始为期一年的访问。魏玛共和国时期的柏林文化氛围浓厚，有着各种各样丰富多彩的文艺演出和戏剧表演。尽管初来乍到的奥登不懂德语，但这并没有妨碍他广泛接触当时在德国方兴未艾的表现主义电影、新客观主义戏剧、布莱希特的戏剧作品，以及卡巴莱表演（cabaret）等。虽然没有确凿的证据表明奥登受到过德国表现主义戏剧的直接影响，但显而易见的是，奥登在柏林逗留期间耳濡目染，那里的文化生活势必会对他施加潜移默化的影响（Hahnloser-Ingold 87）。可以说，与其他英国剧作家相比，奥登对德国表现主义戏剧的了解更为直接。仅就布莱希特对英国现代戏剧的影响而言，英国戏剧界直到 20 世纪 50 年代中叶才有明显的体现，而那时奥登早已离开英国，英国“二战”后的戏剧史里也就没有奥登的一席之地了。

第二，这出剧中剧借用了英国中世纪民间圣诞剧（mummers' play）中的传统形式与固定角色。为了打破 19 世纪诗剧传统的桎梏，奥登试图从早于文艺复兴时期戏剧的本土戏剧传统里寻找资源。英国中世纪的神秘剧（the Mystery Play）不仅为奥登的诗剧实验提供了表层的戏剧结构，还提供了深层的神话结构。

圣诞剧不仅应景——《两败俱伤》的第二稿完成于圣诞节期间，奥登原打算在一位朋友家里上演此剧（*Plays* 525）——更重要的是，它与原始丰产仪式有着渊源。英国的古典文学学者康福德（F. M. Cornford）在他的专著《古希腊喜剧的起源》（*The Origins of Attic Comedy*）里对此有专门论述（61–62）。圣诞剧的主要结构元素是打斗与复活，这在《两败俱伤》的剧中剧里都有所体现。单独来看，由圣诞老人主持的这场审判，以及随后的间谍复活的情节，显得荒诞不经；但是如果结合约翰做梦之前的内心独白，以及他做梦之后在他个人身上发生的变化来看，这场梦的意义就凸显出来了。

在剧中，间谍被处死后，约翰独自坐在屋里，暂时与无止境的仇杀相隔绝。他发现自己第一次处于道德孤立状态。在此之前，仇杀就是他的生命的全部意义和秩序，而在此刻，他必须为自己做决定，但是他却发现自己无法选择。约翰在独白里说道：

总是跟随着别人智慧的历史之风，

制造出一股欢快的气息，

直到我们突然遇到气阱，那里

除了我们没有一点声响……

我们的父辈……教会我们战争，

* * *

但从未告诉我们这个，让我们自己去了解，

听到一些关于那即将到来的日子的消息，

那时你不可能更长时间地凝视一张脸

或看到一个想法而感到高兴。(*Plays* 21)

约翰希望自己成为比蠕虫更简单的生物，因为“蠕虫要承受的东西太多了”(*Plays* 21)，最好能成为矿物，这样一来就不必做任何选择了。

约翰的梦成为他改变的契机。梦境似乎使约翰接通了神话和无意识的世界，并从这个非理性的源泉中汲取了力量。总之，在他梦醒之后，他决定要用爱来终止两家的世仇。当然，后来的情节发展表明，约翰的内心和他个体行为上的改变，并没有强大到能改变两家之间仇杀惯性的地步。因此，无论是他个人的命运，还是两个家族的命运，都没有得到任何改变，整部戏最后以悲剧收场。

在《两败俱伤》一剧的创作手法上，奥登巧妙地将社会现实与心理深度相结合，让极具现代性的戏剧表现方式与古老的中世纪戏剧传统发生关联，同时也将通俗的娱乐表演与庄严的宗教仪式相结合。配合该剧的主题，《两败俱伤》的创作手法也实现了永恒性与当代性的巧妙融合。难怪英国著名诗人、批评家燕卜荪(William Empson)在1931年发文对《两败俱伤》大加赞赏：

这一手法令人印象如此深刻的一个原因是，它将精神分析和超现实主义等所有非理性主义倾向放在了适当的位置，这些倾向是当今思想机制的重要组成部分；它们成为正常和理性的悲剧形式的一部分，实际上构成了悲剧局面。人们似乎觉得，在许多(或许更好的)悲剧的危机面前，正是这种机制被秘密利用。在短短27页的篇幅里，有我们思考这件事的所有方式；它拥有让一部作品定义一代人的态度的那种完整性。(转引自 Haffenden 80)

1.4 《两败俱伤》的语言风格

《两败俱伤》的语言突出地展现了奥登的原创性，与此前的英国诗剧几乎毫无相似之处。《两败俱伤》的语言最显著的特点是现代英国公学男生口中的俚语与古英语诗韵的并置，如此奇特的组合与整部戏的主题相一致。

复仇作为西方文学的一个母题，反复出现于各个民族早期的史诗或传奇故事中，日耳曼民族也不例外。讲述北欧日耳曼英雄事迹的萨迦（saga）和古英语史诗《贝奥武夫》(*Beowulf*)，都记载了部落之间为复仇而发动的战争。

奥登从小熟读北欧神话、冰岛传奇，并且相信他们家族是古斯堪的纳维亚人的后裔。在牛津大学读书期间，奥登在古英语文学权威学者托尔金（J. R. R. Tolkien）的一次讲座上听到托尔金气势磅礴地朗诵了《贝奥武夫》里的一大段诗，第一次领略到了古英语诗歌的魅力。奥登晚年回忆道："我被迷住了。我知道，这种诗歌将成为我的菜。"（*Prose IV* 484）奥登为之着迷的是古英语诗歌的格律和修辞手法，这与他所谙熟的乔叟之后的英国诗歌传统迥异。奥登在 1962 年写道："古英语和中古英语诗歌一直是我最强烈和最持久的影响之一。"（*Prose IV* 484）

在奥登的早期诗歌里，一旦言及暴力或者失败，其诗歌语言往往带有"轻微然而清晰可辨的古英语诗歌或者冰岛传奇的回响"（Mendelson, *Early Auden* 42）。奥登于 21 岁时创作的《两败俱伤》也不例外。

有学者指出，《两败俱伤》的剧名即脱胎于《贝奥武夫》的第 1305 行（Mendelson, *Early Auden* 42）。在那部古英语史诗里，吃人的怪物格伦德尔被杀死之后，他的母亲为了给儿子报仇，夜里突袭人类，杀死了一个武士。史诗的叙事者评论道："这笔交易不划算，搭上了各自朋友的性命，两败俱伤。"（Heaney 89）

奥登通过剧名与英国文学的开端建立联系，而这两部远隔一千多年的作品在主题和情绪上却有着惊人的相似性。在《两败俱伤》里，诺尔家一位上了年纪的成员说了一番话，透露出他对于世仇存在的意义的质疑：

我受够了这场恩怨。我们为什么要自相残杀？我们都是一样的。他是个垃圾，但如果我割破手指，就会像他一样流血。但他是第一流的，用照明弹通宵轮班工作。当他蹲着爬出来时，他母亲像猪一样尖叫。（*Plays* 19）

仇杀的双方都是血肉之躯，有着相同的职业（采矿），家里都有牵挂着他们的家人，一报还一报，最终的结局必然是两败俱伤。

与这样的主题和情绪相适应的，是语言风格上对古英语诗韵的影射。《贝奥武夫》等用古日耳曼语创作的诗歌在格律上有着一致的特点，即一行诗分为前后两个半行，中间语意略作停顿，每个半行都包含两个重音，一行中的第三个重音与它之前的一个或两个重音押头韵。奥登在《两败俱伤》里对古英语诗韵的模仿不重形似，但是一行诗中头韵的复现让读者或听者自然而然地想到古英语诗歌的音韵，如剧中合唱队的第一段台词中的部分诗行便是如此：

O **w**atcher in the dark, you **w**ake

Our dream of **w**aking, **w**e feel

Your **f**inger on the **f**lesh that has been skinned,

By your **b**right day

See clear **w**hat **w**e **w**ere doing, that **w**e **w**ere vile. (*Plays* 16)

哦，黑暗中的观察者，你唤醒了

我们清醒的梦，我们感觉到

你的手指触到了被剥皮的肉，

凭着你的晴天

看清了我们在做什么，看清了我们的卑鄙。

剧中还有一些部分虽然是按散文排版，但是读起来却带有古英语诗行的重音节奏，如全剧开头部分诺尔家的特鲁迪与沃尔特的对话（*Plays* 15）。有学者将这一部分按照古英语诗行的形态进行排列，并标出每一行的重音节，奥登的现代诗剧与古英语诗歌在语言上的契合便清晰可辨了：

Yes. A **break**down at the **Mill** **need**ed at**ten**tion,
kept me all **mor**ning. I **guessed** no **harm**.
But **late**ly, **rid**ing at **lei**sure, **Dick** met me, **pant**ed dis**as**ter.
I **came** here at **once**. **How** did they **get** him?（Jones 75）

（是的。工场的一次故障需要处理，忙活了一上午。我猜没事了。但最近没事骑马的时候，迪克遇见了我，气喘吁吁地说遭了殃。我立刻赶来了。他们怎么抓住他的？）

这些句子不仅在节奏上容易让人联想到古英语诗歌，它们的句法也与古英语诗歌的简约风格和保守陈述（understatement）有着某种联系。在特鲁迪与沃尔特的对话中，奥登几乎省略了所有的定冠词，还经常省略句子主语和助动词，有时甚至连句子的主动词也省略了。

正如奥登的友人、合作者伊舍伍德曾向奥登所指出的，古英语诗歌和古冰岛传奇的那种简约的语言和保守陈述让他想到了他和奥登在公学里男生之间所用的语言："传奇世界是一个男学生的世界，有世仇，有恶作剧，有黑暗的威胁，用双关语、谜语和轻描淡写的方式传达：'我认为这一天对一些人来说将是不走运的，但主要是对那些没想到会受到伤害的人来说'。"根据伊舍伍德的叙述，奥登很喜欢这个想法，"在此之后不久，他创作了自己的第一部戏剧，其中那两个世界融合得如此天衣无缝，以至于不可能说出剧中人物是真正的史诗英雄，还是仅仅是一个学校里的军官训练团的成员。"（Spender 75）《两败俱伤》之所以产生伊舍伍德所说的这种效果，主要是依靠它那种杂糅了古英语诗歌特点与现代校园俚语的戏剧语言，使得该剧仿佛跨越了历史时空的阻隔，戏剧化地呈现了人类社会中自古便已普遍存在的一个面向。

《两败俱伤》是奥登思考 20 世纪的诗剧该如何写作的一个产物，是他诗剧实践的开端。由于缺乏可资借鉴的成功案例，《两败俱伤》极富实验性。奥登创作诗剧的目标是让诗剧走近人群，发挥寓教于乐的功效，而不是远离人群，成为阳春白雪。基于这个目标，奥登从主题、创作手法和语言这三个方面入手，试图将《两败俱伤》打造成能够让现代观众产生共鸣、在内容和形式上有较大创新的诗剧。

奥登选择了一个悲剧性的主题——诺尔家与肖家陷入复仇的闭环而无法自拔。这种令人沮丧的冤冤相报的模式反复出现于人类历史的各个时期，也体现在了各个时期的文学作品中，因此可以说，奥登为《两败俱伤》所选取的主题是具有普遍意义的。与散文相比，诗似乎更适合关乎人类普遍性的主题，而散文则更擅长现实的、政治的话题。

当然，戏剧在舞台上能否成功，关键还在于其表现手法或者说主题的呈现方式能否对观众产生足够的吸引力。《两败俱伤》里没有华丽的布景或服装，也没有歌舞表演穿插其间；剧中人物缺乏鲜明的性格特征，没有可以称得上英雄的人物。从这些方面来看，《两败俱伤》与那些讲究排场、注重舞台效果的诗剧相比，显然没有什么优势。但是剧中描写约翰梦境的剧中剧是此剧的最大亮点，给艾略特及其后的诗剧作者以重要启发。从奥登诗剧创作生涯的一开始，人的非理性的一面就得到了强调。可以说，理性与非理性的关系是奥登诗剧持续关注的一个主题。就对非理性的关注而言，奥登的诗剧是极具开拓性和现代性的。

在语言方面，《两败俱伤》以现代年轻人的语言习惯与古日耳曼诗韵进行拼接，给予现代经验以一种历史深度。当然，奥登在剧中所选取的现代经验是有局限性的。早有评论家以奥登早期作品中常常流露出的孩子气相诟病，但是就连这位评论家也无法否认，《两败俱伤》是一部“奇特而朝气蓬勃”的作品，体现了一位极富创造力的天才尚未成熟时的稚嫩（Leavis 227）。综上所述，说奥登的《两败俱伤》在20世纪的诗剧史上首次打破了诗与现代经验的鸿沟，是不为过的。

但如果说《两败俱伤》的主题和创作手法完全是奥登自己凭空创造出来的，这也是有失公允的。除了上文已经提及的德国表现主义和中世纪英国民间戏剧的影响之外，评论家还发现，《两败俱伤》借鉴了20世纪初期两部诗剧作品中的复仇主题和英国北部的背景：戈登·博顿利（Gordon Bottomley）的《驶向利斯安德》（*The Riding to Lithend*）背景设在冰岛，威尔弗里德·吉布森（Wilfrid Gibson）的《红隼崖》（*Kestrel Edge*）背景设在英格兰北部。这两部悲剧讲述的都是两个家族之间的仇杀，起因多少与“保护一位母亲或者替一位母亲报仇”有关（Auden, *Plays* xiv）。然而，这些乔治王朝时期的诗剧，因气氛过于庄严肃穆以及语言缺乏变化而得不到多少演出的机会。奥登创造性地将神话原型与现代生活糅合在一起，产生了良好的戏剧效果，这不仅为艾略特等诗人的诗剧作品提供了启发，也对他本人的后期歌剧脚本创作提供借鉴。

完成《两败俱伤》之后，奥登旋即着手创作他的第二部诗剧。1929 年春天，奥登开始写作诗剧《教养院》（*The Reformatory*），与此同时，他在日记里记录了他对于戏剧的最初思考：“我要用诗来写《教养院》里的插曲。”几天后，他又在日记里写道：“戏剧是行动的诗。对话应该相应地简化……预科学校的氛围：这就是我想要的”（*English Auden* 301）。几个月后，伊舍伍德加入进来，与奥登一起合写这部剧，他们还共同起草了一份《初步声明》（“Preliminary Statement”）[1]，探讨戏剧的本质。奥登和伊舍伍德当年就完成了这部剧，但剧名改成了《主教的敌人，又名，叫你死就得死—— 一出四幕道德剧》（*The Enemies of a Bishop, or Die When I Say When: A Morality in Four Acts*）。这部剧的情节充满年轻人的奇思怪想和谐谑幽默，拼凑的痕迹很重，其中穿插着奥登在那个时期写的关于爱情的抒情诗。据该剧另一位作者伊舍伍德的说法，“这出戏只不过是一场猜谜游戏，拼凑得很松散，充满了私下的笑话”（Spender 77）。

该剧中唯一的正面人物是劳主教（Bishop Law）。伊舍伍德透露，劳主教代表“自然法则”（natural law）（Valgemae 374），是美国心理学家霍默·莱恩（Homer Lane）的“理想化写照”（Spender 77）。奥登 1929 年在柏林逗留期间接触到了莱恩的心理学说，这对奥登当时的思想及其诗歌与戏剧创作都产生了很大影响。莱恩还曾担任过英国多塞特郡一家教养院的院长。在柏林期间，奥登和伊舍伍德还观看过彼得·马丁·兰佩尔（Peter Martin Lampel）的戏剧《一座教养院里的叛乱》（*Revolte im Erziehungshaus*），二人从这部剧里借鉴了教养院的故事背景。按照伊舍伍德的说法，主教的敌人们则是“假冒的医治者、故意生病的人和疯子”

1 中译文见附录。

（Spender 77）。这些剧中人物往往表现出性爱方面的某种扭曲，如铅矿经理罗伯特·比克内尔（Robert Bicknell）暗恋他一个下级经理的妻子；他的兄弟奥古斯塔斯·比克内尔（Augustus Bicknell），一个男童教养院的院长，迷上了一个从教养院里逃出来、乔装成年轻女子的男孩；蒂尔勒上校（Colonel Tearer）喜欢被从教养院逃出来的另一个男孩抽打。与蒂尔勒上校一起出现的两个男人是人贩子，他们盯上了那个乔装成女子的男孩。女警探埃塞尔·赖特（Ethel Wright）擅长精神分析，暗中紧盯着两个人贩子，却无意中帮了倒忙，反而让主教蒙冤被捕。

《主教的敌人》一剧里还有另一个相对独立的情节，具有相当的心理深度。罗伯特·比克内尔身边总跟着一个只有他自己能看见、能对话的幽灵（Spectre）。这个幽灵是罗伯特深藏在内心的欲望的投射。从表面来看，幽灵的行为总是挫败罗伯特的意图，但是实际上却实现了罗伯特的潜在欲望。根据奥登研究权威门德尔松教授的研究，这个幽灵的构思来源于奥登和伊舍伍德看过的一部 1926 年的电影《从布拉格来的学生》（*Der Student von Prag*）。与影片中的布拉格学生一样，罗伯特·比克内尔在戏剧的结尾处愤怒地杀死了幽灵，但这样做也毁了他自己。在门德尔松看来，这个情节可能反映了奥登内心对于霍默·莱恩心理学说的怀疑，“幽灵的存在超出了主教的认知范围，超出了他纠正和治愈的能力”（*Plays* xviii）。

无论从戏剧结构、创作技法，还是从思想深度来看，《主教的敌人》都远不及《两败俱伤》。这部从未上演过的《主教的敌人》，与奥登 1930 年开始创作但始终未完成的另一部剧《弗洛尼》（*The Fronny*）的部分情节与构思，后来被奥登和伊舍伍德移植到了他们于 1935 年一起创作的一部更为成功的剧作《皮下狗》（*The Dog Beneath the Skin*）之中。

第2章

奥登在20世纪30年代的戏剧创作

2.1 奥登与20世纪30年代英国的政治与社会

在完成于1929年的《主教的敌人》一剧里，奥登已对即将来临的大萧条有所影射。铅矿经理罗伯特·比克内尔在他内心欲望之投射的幽灵的怂恿下，买下了铅矿，然而不久铅矿便倒闭了，不是因为工人罢工等政治原因，而是因为投资失败这等经济原因。“这就是结束了。这座矿注定要完蛋了。我一分钱都不剩了。”（*Plays* 70）罗伯特的遭遇可谓20世纪30年代普遍发生于美国、英国和欧洲其他地区的经济大萧条的先声。

1929年11月发生于美国纽约华尔街的股市大崩溃，迅速波及几乎所有的西方国家，引发了资本主义世界规模最大、持续时间最长的经济危机，导致金融、贸易、工业生产及就业等一系列连锁反应。英国历史学家埃里克·霍布斯鲍姆（Eric Hobsbawm）如此评价经济大萧条：“这是一场大灾难，它摧毁了恢复19世纪经济和社会的一切希望。1929年至1933年这段时期是一个峡谷，它不仅使得回到1913年从此成为不可能的事情，更是不可想象的事情。”（Hobsbawm 107）

20世纪30年代初，拉姆齐·麦克唐纳（Ramsay MacDonald）领导的英国工党政府不得人心，使得许多原本对左翼思想只有模糊概念的人转向了共产主义，他们认为只有共产主义才有希望解决大萧条带来的经济问题和社会问题，只有共产主义才有希望抗击在欧洲与亚洲势力日益强大的法西斯主义。在20世纪30年代崛起的一代诗人和作家大多受到左翼思想或共产主义的影响，与奥登关系较密切的几位诗人和作家也是如此。例如，塞西尔·戴刘易斯（Cecil Day-Lewis）与爱德华·厄普沃德（Edward

Upward）先后加入了共产党；斯彭德在访问德国柏林期间目睹了共产党员的工作，这给他留下了深刻印象，他后来也曾短期入党。唯一的例外是伊舍伍德，他拒绝效命于任何一种政治立场，他宁愿当“一个局外人，一个不参与者”（Carpenter 148）。不可否认，这些进步作家和诗人在接触和吸收左翼思想和共产主义思想时，有时会出现不求甚解的情况，正如麦克尼斯后来回顾 20 世纪 30 年代早期时所说，“年轻人怀着同样天真的热情生吞活剥着马克思，就像雪莱生吞活剥戈德温一样”[1]（转引自 Alexander 246）。但是这没有妨碍这些作家和诗人积极寻求解决社会危机的方法。在意识形态方面与奥登一代诗人形成鲜明对照的是早一辈的现代主义诗人，如叶芝、庞德和艾略特。他们的政治立场往往是右倾的，他们往往持精英主义的艺术观，认为他们的艺术在一个大众的民主社会里没有多少前途。

奥登在 20 世纪 30 年代对马克思主义和共产主义有着浓厚的兴趣，但是他更关心的是作为思想本身的马克思主义，而不是作为政治行动纲领的马克思主义。奥登在 1955 年回顾他与朋友们在 20 世纪 30 年代的政治倾向时这样写道：“回首看来，我觉得我与朋友们对马克思曾有的兴趣更多是心理学上的，而不是政治上的；我们对马克思感兴趣的方式与我们对弗洛伊德感兴趣的方式是一样的，都是作为一种揭露中产阶级意识形态的手段，我们并没有想与我们的阶级断绝关系，我们只是希望能成为更好的中产阶级”（*Prose III* 524）。无论如何，奥登在 20 世纪 30 年代单独创作或与伊舍伍德共同创作的戏剧作品大多具有鲜明的政治性和阶级意识。例如，他在 20 世纪 30 年代创作的第一部诗剧《死神之舞》，开篇就告知观众，此剧描写的是中产阶级的衰落，以及“它的成员对一种新生活的梦想”（*Plays* 83）。

奥登还积极投身于 20 世纪 30 年代后期的反法西斯斗争。1936 年 7 月，西班牙的弗朗西斯科·佛朗哥（Francisco Franco）发动政变，他领导右翼的国民军与左翼的共和军之间爆发内战，作战双方都从国外争取支援。纳粹德国和意大利支持国民军；苏联支持共和军。来自许多国家的左翼和共产主义志愿者作为国际纵队（International Brigades）的成员，也加入了共

1 威廉·戈德温（William Godwin，1756—1836），英国作家、政治哲学家，诗人雪莱的岳父。

和政府。得知佛朗哥发动政变的消息后，与麦克尼斯正在冰岛旅行的奥登决定，在完成《冰岛书简》(*Letters from Iceland*)的书稿后，将立刻加入国际纵队，赶往西班牙参战。按照奥登原定的计划，他是真的打算上阵杀敌，而不是去从事支援西班牙共和政府的作家们常被要求做的政治宣传工作。他在给朋友的一封信里写道："我如此讨厌日常的政治活动，以至于我不会参与其中，然而这是一件我作为公民而非作家所能胜任的事情，何况我没有子女，所以我觉得我应该去。"(转引自 Mendelson, *Early Auden* 195)

在临行前，奥登改变了主意，他希望能去前线开救护车，但是当他于次年1月抵达巴塞罗那后，当地官员却没有安排奥登当救护车司机，而是让他为广播电台撰写宣传稿件和做英语播音工作。不久，奥登便从西班牙回了国，并对他的西班牙之行不置一词。多年以后，奥登才公开谈论他对这段经历的复杂看法。奥登看到，西班牙内战的实质是希特勒与斯大林之间的政治博弈，名义上代表民主、自由和正义的共和政府，实际所做的一些事使得它在道义上并不比佛朗哥阵营更占优势。当时有很多因道德立场而加入国际纵队的志愿者们看到共和政府的政客们整天拿他们来做虚假宣传，都产生了幻灭感。奥登也是如此，他后来对一位采访他的记者透露了为什么他从西班牙回国之后对亲身经历的西班牙内战闭口不言："我的失望情绪只可能对佛朗哥有好处。无论我的感受如何，我当然不希望佛朗哥获胜。把握说话的时机始终是一个道德问题。在错误的时间开口，可能会造成巨大的伤害。最后佛朗哥赢了，那还有什么可说的呢？假如获胜的是共和政府，那么就有理由来指出它的错误了。"(转引自 Mendelson, *Early Auden* 196)奥登在20世纪30年代的政治关切和道德立场都体现在了他同时期的戏剧创作中。

2.2　奥登与20世纪30年代英国的实验剧院

说起20世纪30年代英国的实验剧院，不得不提集团剧院，它的创立者是鲁珀特·杜恩(Rupert Doone)，曾经是一名舞蹈家，擅长古典芭蕾，在法国巴黎旅居多年，与法国现代派诗人、剧作家、小说家、电影导演、艺术家让·科克托（Jean Cocteau）和当时同样旅居巴黎的俄罗斯芭蕾舞团（Ballets Russes）的创始人兼经理谢尔盖·佳吉列夫（Sergei Diaghilev）交往甚密，杜恩从他们那里吸收了大量现代主义的艺术表现手法。1929年，杜恩加入了俄罗斯芭蕾舞团，担任了几场独舞的角色，但不巧的是，佳吉列夫两个月后突然去世，俄罗斯芭蕾舞团旋即解散。回到英国后，杜恩开始学习表演和导演，并设想成立一个能够与俄罗斯芭蕾舞团相媲美的保留剧目轮演剧团，其表演将结合语言、哑剧、舞蹈，以及各种艺术门类中的最新技法。1932年2月，集团剧院在伦敦正式成立。杜恩身边聚集了一批志同道合、愿意为英国前所未有的实验戏剧一道出力的艺术家和作家，其中不乏当时文艺领域的翘楚，如诗人叶芝、艾略特、奥登、斯彭德和路易斯·麦克尼斯，艺术家亨利·穆尔（Henry Moore）和约翰·派珀（John Piper），以及音乐家本杰明·布里顿。他们的分工非常明确：奥登等诗人负责写剧本，穆尔和派珀负责舞美设计，布里顿谱曲，杜恩编舞。集团剧院成立仅仅几个月之后便开始常规的系列讲座、授课和剧本朗读活动。到1935年，集团剧院的付费会员已超过250人。[1] 集团剧院的宗旨是：

> 开发一种简单的表演方式，这种方式灵活且容易适应它可能希望制作的任何戏剧，无论是古代的还是现代的。通过即兴表演，让演员发挥自己的创造力，摆脱自我意识。它强调动作是训练的开始，通过舞蹈接近动作；同样，通过歌唱训练发声。

集团剧院希望“通过不断地联合演出，并利用自己的制作人、剧作家、画家、音乐家、技术员等产生一个像训练有素的管弦乐队一样工作的剧团”（转引自 Sidnell 50）。

奥登是通过他的画家朋友罗伯特·梅德利（Robert Medley）接触到集团剧院的。1922年，正是在梅德利的建议下，奥登才走上了诗歌创作道路。十年后，正与杜恩同居的梅德利安排奥登与杜恩见面，看看二者是否有合作的可能。奥登对集团剧院的理念表示赞同，而且他在此之前创作的剧本

1 目前关于集团剧院最权威的研究是迈克尔·J. 西德内尔（Michael J. Sidnell）的《死神之舞——伦敦30年代的集团剧院》（*Dances of Death: The Group Theatre of London in the Thirties*）。

都没能上演，他希望能有机会创作真正可以上演的剧本。对杜恩而言，他不仅期待奥登为集团剧院创作剧本，还希望奥登在文学方面给予更多的建议和指导。正如西德内尔（Michael Sidnell）所总结的那样，奥登对集团剧院所做的贡献远非几部剧本而已：

> 作为集团剧院的诗人和“思想秘书”，他就可供演出的戏剧、可以用于演员培训的诗歌，以及可能与集团剧院合作的作家和其他艺术家的名字给出建议。作为“宣传员”（集团剧院的说法）和文案，他为短命的《集团剧院报》撰写文章，为节目单撰写介绍，用诗句写了一篇订阅呼吁……他的戏剧思想影响了杜恩，他在排练中的出现直接影响了杜恩的戏剧实践。（*Plays* 490）

在剧本创作方面，奥登首先向杜恩提议，以中世纪晚期的“死神之舞”（danse macabre）主题为基础创作一部剧本，但是杜恩更希望奥登以地狱中的俄耳甫斯为主题创作一部带芭蕾舞的音乐剧本，以便杜恩在其中担任领舞。最终二人商量决定，让奥登试着把两个主题融合在一部作品里。在接下来的几个月里，奥登进展并不顺利，他在给杜恩的信里汇报说，他“已经写了一篇东西，但坦率地说，它没法用。我怕你会认为我让你失望了，但我知道它没法用。也许有一天我能做到，但现在还不行”（转引自 Mendelson, *Early Auden* 268）。在 1933 年完成的独幕剧《死神之舞》里，奥登在死神步入地狱之际（象征中产阶级走向衰亡）安排了独舞环节，杜恩后来为之编舞并担任死神一角，总算是实现了死神之舞与地狱中的俄耳甫斯这两个主题的结合，但是死神之舞主题显然占据了主导地位。《死神之舞》1934 年由集团剧院制作并搬上舞台，与中世纪神秘剧《大洪水》（*The Deluge*）同场演出，观众是集团剧院的会员。由于反响很好，第二年《死神之舞》重新制作后，面向大众再次上演，这次是与艾略特的《力士斯威尼》（*Sweeney Agonistes*）同场演出。

奥登为集团剧院写的第二部剧本是《追捕》（*The Chase*），完成于 1934 年夏天。该剧运用了奥登不久之前创作的戏剧和一首未完成的长诗的部分材料。然而奥登对该剧并不满意，完成后不久便试图重写结尾部分，为此他征求了伊舍伍德的意见，后者建议奥登彻底修改。奥登与伊舍伍德合作重写了剧中的大部分对话，并增加了歌曲、舞蹈、闹剧成分和大场面。他们把该剧重新命名为《弗朗西斯在哪里？》(*Where Is Francis?*)，而后来该剧在搬上舞台和印刷出版时，剧名又被杜恩或梅德利改成了《皮下狗》。

1936年，奥登与伊舍伍德完成了他们合写的第三部剧作《攀登F6峰》，次年，集团剧院将其搬上了舞台。该剧的成功让奥登和伊舍伍德大受鼓舞，他们希望二人合作的下一部剧能够由伦敦西区的专业剧院制作并进行商业演出，而不是由集团剧院这样的实验剧团制作上演。经过与杜恩等集团剧院核心层的多次协商，最终决定这部新剧仍将由集团剧院制作，但是不再完全听命于杜恩一个人的权威。奥登与伊舍伍德合作的最后一部剧作《在边境》于1938年11月首演，当该剧在1939年2月再次上演之际，两位作者已经身在美国，即将开启新的人生阶段和写作生涯。

以下略述奥登与伊舍伍德在戏剧创作方面的合作。作为剧作家的奥登喜欢与其他作家合作，无论在英国还是在美国都是如此。在英国期间，奥登戏剧创作的主要合作伙伴是小说家伊舍伍德。伊舍伍德比奥登年长三岁，成名也比奥登早。二人早在1915年就是中学同学，但彼此并不熟悉，直到十年后，当奥登还在牛津大学读书而伊舍伍德已离开剑桥大学时，他们之间建立了持续一生的文学友谊。

奥登与伊舍伍德在文学上的合作是在阅读对方作品时不经意间开始的。对此，伊舍伍德是如此描述的："(奥登)讨厌润饰和改正。如果我不喜欢一首诗，他就把它扔掉，再写一首。如果我喜欢一行诗，他会把它保留下来，然后把它写进一首新诗里去。就这样，整首整首的诗都是我最喜欢的诗句的集结"(Isherwood 75)。伊舍伍德的这种说法有夸张之嫌，不过奥登对伊舍伍德文学意见经常不加甄别照单全收的做法却是实情，也因此遭到一些批评家的诟病。伊舍伍德提醒这些批评家注意，奥登的这种看似被动的态度实际上却是他创造力的一种体现："富于想象力的人常常会觉得听从别人的命令很有趣。就像《一千零一夜》里的精灵一样，它为克服所有障碍和实现所有愿望而欢欣鼓舞，无论多么不明智"(Isherwood 78)。伊舍伍德的这番形象的描述也符合奥登的性格特点。

奥登与伊舍伍德在戏剧创作方面的合作发挥了两人各自的长处。一般情况下，伊舍伍德为他们合作的戏剧作品提供结构框架和用散文写成的叙事部分，奥登则提供韵文的对白、歌曲以及其他需要用到诗歌的部分。伊舍伍德在 1965 年的一次访谈里谈到了他与奥登的合作：

> 整个合作实际上就是这样：奥登显然已经是一位重要的诗人，我所做的一切可能是提供了一个略微稳固的框架，在这个框架上可以呈现这些诗歌。我并不是说奥登不懂剧本作法，因为事实上他写了很多场景。但我的真正作用很大程度上是一名歌剧脚本作家，而他是作曲家。（转引自 Mason 573）

伊舍伍德这番话带有一定的自谦成分，但从中仍然可以看出，在两人的合作中，奥登起到主导作用，但伊舍伍德所提供的构思和素材往往能够激发奥登，让其产生新的想法，或者写出精彩的抒情诗。伊舍伍德在另一处透露，奥登常常从伊舍伍德或其他人那里抽出一句话，然后在几个小时内写出一首诗（Valgemae 376）。

奥登与伊舍伍德的首度戏剧合作发生于 1929 年的柏林，最后的成品是《主教的敌人》，但作品不太成功，剧本既没有出版也没有上演。1935 年，他们第二次合作的戏剧作品《皮下狗》部分基于《主教的敌人》，但这部新作获得了批评家与观众的好评。两年后，奥登与伊舍伍德再度联手创作了《攀登 F6 峰》。他们的第四次，也是最后一次合作是 1938 年完成的《在边境》，这是他们合作的四部戏剧作品中政治性最明显的一部。对奥登和伊舍伍德而言，合作创作戏剧作品只是他们文学友谊的一个副产品，但是这些作品却颇能折射出两位作者各自创作道路上的发展变化。

大多数评论家都认为，奥登与伊舍伍德合写的戏剧作品往往只是两人各自完成的部分的拼凑，缺乏连贯一致的整体性。伊舍伍德负责散文部分，奥登负责韵文部分和歌曲。在 1938 年题为“英国诗剧的未来”的讲座里，奥登提到：“如果今晚我向你们建议，未来的一种可能的戏剧形式是一种结合了散文和诗歌的戏剧，部分原因是我的合作一直是诗歌和散文之间的合作”（*Plays* 514）。奥登又说：“写一部诗和散文相结合的剧本是很困难的，我认为这个问题还没有得到解决”（*Plays* 521）。二人的合作满足了奥登所构想的诗剧概念的一个关键要求——仪式性。

2.3 《死神之舞》：剧场性、政治与心理

作为文学和艺术中的一个传统主题，“死神之舞”（又译为“死亡之舞”）[1] 始于欧洲中世纪晚期。这一母题首先在视觉艺术中出现，大约从 15 世纪开始渗透进文学与戏剧表演，并通过印刷和版画迅速传播（Huizinga 132）。从 19 世纪中叶开始，西方人对“死神之舞”的起源及其历史进行了大量的研究，这些研究给出的结论尽管多有争议，但是它们都认为，14 世纪在欧洲爆发的黑死病是“死神之舞”源起的重要影响因素。在欧洲的中世纪早期，死亡总是与撒旦相关联，在视觉上往往被呈现为一种怪兽，而经过了 14 世纪的大瘟疫之后，这种单一、固定的关联被彻底打破。显然，“如果死亡可以造成巨大的损失，圣徒和罪人都是如此，那么死亡与撒旦的认同就变得虚幻了”（Meyer-Baer 291）。与此相对应的是，死亡的视觉象征物从怪兽变成了更加具有现实性和普遍性的骷髅，其寓意也是显而易见的。大瘟疫一方面让人感到死亡无处不在，并且随时可能降临到任何人头上；另一方面，它也引发了一种及时行乐或者说“娱乐至死”的心态。“死神之舞”将这两方面结合到了一起。在以“死神之舞”为主题的中世纪文学作品中，通常包含死神与各色人物的对话，其宗旨是教诲世人死亡之不可避免，无论男女、老幼、尊卑，皆无幸免，应尽早为死亡做准备——拉丁文 *memento mori*（记住你终有一死）是对这一思想言简意赅的表达。正如奥登戏剧《死神之舞》里的报幕员所说：“虽然他们忘记了他……但死神不会忘记他们。”（*Plays* 86）

至于舞蹈为什么会与死亡发生关联，根据学者埃利娜·格茨曼（Elina Gertsman）的最新研究，两者的联系可以追溯到异教和早期基督教的葬礼仪式。一方面，新柏拉图主义者、教父和中世纪神学家在世俗舞蹈与和谐宇宙之间建立了联系；另一方面，中世纪基督教的教士们谴责舞蹈，以显

1　在英文中作 dance of death，德文中作 totentanz，法文中作 danse macare，西班牙文中作 danza della morte。

示他们与异教徒的差别，在前者看来，舞蹈只能引导世人走向地狱和魔鬼。在死神之舞的意象中，活人与死人并置，舞蹈成为一个充满不稳定性的死亡的象征。根据格茨曼的说法，"'死神之舞'可以被解读为对逝去的时刻——也就是'带走'的时刻——的图画回应和视觉纪念……换言之，死神呈现出他从活人那里剥夺了的那些属性：行动的能力、说话的能力，以及，最终，他们的存在"（Gertsman 69）。死神的舞蹈代表着变动不居，即人在世间的存在状态。

从15世纪上半叶开始，"死神之舞"主题迅速地在欧洲的艺术和文学作品中广泛流传，当时的人们可以在壁画、教堂的彩色玻璃窗、泥金装饰手抄本、早期印刷书籍和雕塑中找到这个主题的视觉呈现。"死神之舞"主题在中世纪结束之后仍然非常流行，其中最著名的艺术作品当属16世纪德国画家小霍尔拜因（Hans Holbein the Younger）于16世纪20年代创作的49幅场景木刻组画。晚年的歌德根据听闻的此类传说创作了叙事歌谣《死神之舞》（"Der Totentanz"）。后世的音乐家如舒伯特（Franz Schubert）、李斯特（Franz Liszt）、圣桑（Camille Saint-Saëns）和马勒（Gustav Mahler）都创作过以"死神之舞"为主题的音乐作品。这个主题还启发了电影导演英格马·伯格曼（Ingmar Bergman）以及电影制片人兼动画作家沃尔特·迪斯尼（Walt Disney）。

据说，以"死神之舞"为主题的戏剧表演最早可以追溯至1393年的法国（Sharp 107）。但是并没有多少这类戏剧文本流传下来，这些戏剧作品曾经存在过的证据多是从绘画作品中得来的。无论如何，以戏剧体裁表现"死神之舞"的主题源远流长，历时五百年，且这一传统一直延续到了现代。除了奥登的独幕剧之外，以"死神之舞"为主题的现代戏剧作品还有瑞士剧作家弗里德里希·迪伦马特（Friedrich Dürrenmatt）的戏剧《流星》（*The Meteor*）和法国剧作家欧仁·尤内斯库（Eugene Ionesco）的《屠杀游戏》（*Massacre Games*）。在《流星》一剧中，迪伦马特把"死神之舞"的元素植入一个喜剧性的情景中，剧中人物施维特（Schwitter）迫切希望了结自己的生命，然而死了几回又复活。在中世纪的"死神之舞"队列中的社会各阶层代表，到了迪伦马特的戏剧里有了新的略显荒唐的代表：自命不凡的教皇被替换为生性腼腆但心地纯洁的牧师；处于社会最底层的不再是农民或残疾人，而是厕所服务员。在一次访谈中，迪伦马特透露，施维特是一个象征性的人物，他代表的是人自我毁灭的那一面，希望用自己的死来为他那野蛮而虚无的利己主义开脱（转引自 Sharp 110）。尤内斯库的《屠杀游戏》则体现了它与法国“死神之舞”绘画传统的渊源。该剧由 17 个互不相连的场景组成，每一个场景都呈现了一个未具名的小镇上的不同社会阶层的人在瘟疫肆虐时的众生相。该剧沿用了中世纪“死神之舞”文艺作品中的寓言、社会类型和大规模死亡等元素。

与迪伦马特和尤内斯库相类似，奥登在借用“死神之舞”基本元素的基础之上进行了令人意想不到的改写，具有很强的实验性和现代感，继《两败俱伤》之后又一次实现了新与旧、古与今的奇妙糅合。

在他的《死神之舞》里，奥登继承了中世纪道德剧的教诲传统，但在其中掺入了一定的戏仿成分。此外，由于奥登在柏林期间的耳濡目染，该剧在很大程度上受到了卡巴莱的影响。卡巴莱是一种结合音乐、歌曲、舞蹈、朗诵和戏剧表演的娱乐形式，兴起于 19 世纪末的法国，20 世纪初流传至荷兰、德国、英国等多个欧洲国家。卡巴莱通常在酒吧、餐馆、夜总会等场所表演，经常包含时事讽刺内容。卡巴莱在德国的魏玛共和国时期（1919—1933）十分盛行，柏林充斥着“数不胜数的酒吧和卡巴莱夜总会”，“很多位于乌烟瘴气的地方”，奥登和伊舍伍德游历柏林期间是那里的常客（韦茨 50）。奥登对德国卡巴莱歌曲风格的把握体现在他在这一时期创作的多首诗歌中，而他对卡巴莱歌曲最广泛的运用是在《死神之舞》中。

该剧融合了对话、歌曲、解说、观众的参与，以及其他在布莱希特戏剧中惯常使用的戏剧手法。关于奥登的戏剧理论和实践是否受到了布莱希特的影响这个问题，早先还有学者为之争论，但自从门德尔松教授的《早期奥登》一书出版以来，学界便很少听到不同的声音了。根据门德尔松的研究，在戏剧创作的理念和实践方面，奥登与布莱希特之间存在着很大的相似性，但是奥登并没有直接从布莱希特那里获得什么。可以说，奥登沿着他自己的路线发展，而最终取得了与布莱希特戏剧异曲同工的效果。在这里不妨引用门德尔松书中的两段原文：

> 尽管奥登的戏剧有许多缺点，但他比任何用英语写作的人都更接近于解决现代诗剧的问题，尽管他从未设法在同一部作品中解决所有这些问题。只有布莱希特解决了更多的问题，布莱希特在深度和细节上开发的技巧非常类似于奥登独立设计的更粗略的技巧。布莱希特对舞台的承诺要坚定得多，也更加始终如一，但他和奥登有着相似的说教目的。二者都拒绝了那种让观众成为性格或命运那不可阻挡的运动的被动看客的戏剧，无论它的技巧多么“先进”。二者都试图提醒它的观众选择和改变的紧迫性。与布莱希特相同，而与艾略特不同，奥登想要教育他所有的观众，而不是与其中最优秀的成员分享秘密；与布莱希特相同，而与叶芝不同，奥登更喜欢使用观众已经知道的象征符号，而不是坚持让他们接受他认为他们应该知道但实际并不知道的象征符号。（Mendelson, *Early Auden* 261）

> 通过观看戏剧让观众从一种漠不关心的状态转变为一种敏锐的意识状态，这是奥登和布莱希特共同持有的戏剧观点，但是奥登是自己产生这个想法的。1928 年，他在柏林观看了一场《三便士歌剧》（*Die Dreigroschenoper*）的演出，可能对他的思想产生了一些影响，但他主要是从哑剧（pantomime）和中世纪戏剧的传统里得到的灵感，在他到达柏林之前写就的《两败俱伤》里就运用了这些传统。布莱希特在他的歌剧《玛哈贡尼》（*Mahagonny*）的注释中对这一理论进行了更详细的阐述，但那是直到两年后的 1930 年才出现。（Mendelson, *Early Auden* 263）

与奥登同行的伊舍伍德在柏林期间几乎没有去过剧院，也没有看过任何一部布莱希特的戏剧表演，他被表现主义剧作家格奥尔格·凯泽（Georg Kaiser）与恩斯特·托勒（Ernst Toller）的作品“逗乐了，而不是印象深刻”（Mitchell 165）。公允地来看，布莱希特戏剧中的歌谣和卡巴莱风格的歌曲对于奥登创作的某些口语体风格的诗歌起到了一定的促进作用。奥登与伊舍伍德共同创作的戏剧作品与布莱希特所构想的史诗剧有不少相通之处，但奥登与伊舍伍德的戏剧作品还有其他来源，如英国中世纪的道德剧和圣诞剧，以及在 19 世纪末和 20 世纪初非常流行的音乐喜剧。

2.3.1 《死神之舞》中的剧场性

奥登的独幕剧《死神之舞》的一大创意是让剧中的独舞者代表行将灭亡的中产阶级的求死愿望。但与晦涩难懂的《两败俱伤》不同的是，奥登并没有费心隐藏作品的主题，而是从戏剧的一开始就通过报幕员与合唱队向观众表明了剧作家的意图：

报幕员：今晚我们为您呈现一幅一个阶级衰落的图景。

合唱队［从幕后］：中产阶级。

报幕员：以及其成员是如何梦想一种新生活的。

合唱队：我们梦想一种新生活。

报幕员：但是暗地里渴望旧生活，因为他们的内心里有死亡。我们用一位舞者来向您展示这种死亡。

合唱队：我们的死亡。（*Plays* 83）

从一开始，奥登就展露了该剧的一大特点——剧场性（theatricality）。这个术语被戏剧理论家赋予了极为广泛的含义，充满了不确定性（Postlewait and Davis 1）。在此处，我们主要是在与现实主义戏剧的对峙中来看待剧场性。现实主义戏剧的陈规试图制造一种身临其境的幻觉，以消除种种“剧场主义的明显运作”。与之相反，现代主义戏剧诸流派则“拥抱和赞美露骨的剧场条件”（Postlewait and Davis 11–12）。换言之，现实主义戏剧重视“再现”（representational），而现代主义戏剧着眼于“呈现”（presentational）（Postlewait and Davis 13）。在现代主义戏剧的诸多剧场性的呈现方式中，布莱希特的做法和地位显得极为突出。布莱希特的戏剧理论“旨在通过‘间离’（Verfremdungseffect）的手法阻隔‘摹仿’（mimesis）以及其‘移情’（empathy）的手段，而指向一种由开启深度反思而抵达复杂认知的能动之域”（颜海平 20）。

奥登在《死神之舞》一剧里采用的戏剧手法与布莱希特有异曲同工之处，他不断提醒观众，呈现在他们眼前的行动是虚构的，他们是在看表演和参与表演。

剧中的独舞者在一阵狂舞之后羊痫疯发作，合唱队请来了医生，接下来有医生参与的对话部分充分暴露了该剧的剧场性，或者说元剧场性（metatheatricality）。当医生告知众人，“恐怕今晚他的表演只能到此为止了，接下来许多晚上也都不能表演了”，合唱队顿时陷入一片慌乱：“啊，但是，医生，这出戏——这出戏。没有他，我们就演不下去了。那我们呢？我们不能就这样突然丢了工作。”医生表示自己爱莫能助。此时，一个叫作爱德华爵士的人物上场，与医生展开一番对话，希望后者施以援手：

> 爱德华爵士：等一等，医生。
>
> 医生：啊，晚上好，爱德华爵士。我不知道您在这儿。
>
> 爱德华爵士：你真的不能为这个可怜的家伙做点什么吗？如果不能继续演下去，他会非常失望的。顺便说一句，还有观众，你知道的。毕竟，他们已经为自己的座位付过费了。（*Plays* 94）

此处，观众被牵扯进了剧情，虽然是被动的，但却可以引发观众希望独舞者能够被治好，从而能够继续留在舞台上完成演出的想法，并且有助于观众更加专注于此后的剧情发展。

在为集团剧院 1935—1936 年演出季节目单撰写的戏剧宣言中，奥登开门见山地表明了他对戏剧起源和戏剧本质的基本认识：

> 戏剧起源于整个社群的行动。理想情况下不会有观众。实际上，每一位观众都应该感觉自己像个替补演员。
>
> 戏剧本质上是一种身体艺术。表演的基础是杂技、舞蹈和各种形式的身体技能。歌舞杂耍表演、圣诞哑剧和乡村住宅的猜字游戏（charade）是当今最有活力的戏剧。（*Prose I* 128）

奥登的首部剧作《两败俱伤》的副标题就是“猜字游戏”，按照他最初的计划，是打算在一位朋友的乡村别墅里上演此剧，演员即朋友及其家人，以及所有在场的客人。《死神之舞》则运用了各种“身体艺术”，并在观众席中安插演员，让观众席也成为舞台的一部分，台上与台下的界限被模糊化，观众被安插在观众席中的演员带动，也一起参与到戏剧演出中来。在《死神之舞》里，观众不仅有台词，还有动作表演，有时这两者结合在一起。当台上的演员摆出一艘船的造型在海面上乘风破浪时，观众“发出像海浪的声音”。当报幕员宣布“前方有暴风雨”时，观众齐声说道：“我们是暴风雨”，并模拟暴风雨的声音。报幕员随后宣告电闪雷鸣，观众随即配合：“我们是闪电。咔嚓。嘶嘶。我们是雷。轰隆隆。”（*Plays* 93）总的来说，观众的台词和戏份在这部戏里是非常少的，他们得到的最多的一段台词是 6 行口号般的诗行：

> 一、二、三、四，
>
> 上一场战争是老板们的战争。
>
> 五、六、七、八，
>
> 起来造反，造一个工人的国家。
>
> 九、十、十一、十二，
>
> 占领工厂，自己管理。（*Plays* 90）

从这段台词里可以明显看出，在剧中，观众扮演的是工人阶级，代表的是英国的未来，与台上代表中产阶级的合唱队相呼应。因此，虽然台词和戏份不多，观众在剧中所起到的作用却是关键性的。曾用马克思主义观点撰写《人民的英国史》（*A People's History of England*）的莫顿（A. L. Morton），观看了《死神之舞》的演出之后，在《工人日报》（*Daily Worker*）发表剧评（1935 年 10 月），认为该剧“在政治上、诗意上和戏剧性上都是多年来伦敦上演的最有效果的戏剧”，他鼓励工人去看这部剧并参与表演（Haffenden 153–154）。《死神之舞》的剧场性剥除了戏剧的幻觉效果，突显了该剧的政治紧迫性。

2.3.2　《死神之舞》中的政治

1933 年开张的水星剧院（Mercury Theatre）的开创者阿什利·杜克斯（Ashley Dukes）将《死神之舞》定性为“政治音乐戏剧”（Haffenden 157）。在很大程度上，奥登的《死神之舞》以戏剧方式呈现了他在 20 世纪20年代末至30年代初创作的诗歌里的一个常见主题。在创作于1932年的《我有一个漂亮的简历》（"I Have a Handsome Profile"）一诗里，每一诗节都终结于"一个曾经风光无限的世界"（"a world that has had its day"），亦即中产阶级的世界。诗歌的发言者（亦即诗人奥登本人）试图用各种方式摆脱他所属的那个日益没落的阶级——例如，把所有的钱抛到排水沟（gutter）里让工人们去捡；找一份工厂的工作，与工人阶级的男孩们朝夕相处，分享他们的喜怒哀乐；写一部揭露中产阶级世界的书；向神父忏悔，努力改过；逛窑子、吸毒、偷猎——然而这一切都是徒劳无益的：

> 变坏是没有用的
>
> 变好是没有用的
>
> 你就是你，无论你做什么
>
> 都不能让你走出困境
>
> 走出一个曾经风光无限的世界。

也许"你"的子孙会"成为英雄"，"但是你不会，/ 和你那个曾经风光无限的世界一起堕落吧"（*English Auden* 124–125）。

《死神之舞》中的独舞者在剧中始终一言不发，他象征的是日薄西山、行将就木的中产阶级，亦即剧中的合唱队。对于日渐迫近的死期，合唱队既恐惧又期待。死神试图通过各种方式对合唱队隐瞒他们即将灭亡的真相。一开始，死神以体操教练的身份出场。根据开场的舞台指示，合唱队一边唱着歌，一边脱下丝质晨袍，"露出漂亮的两件套泳衣"，舞台上还放着一只锻炼用的实心球（*Plays* 83）。合唱队号召全欧洲中产阶级的男女老少（"挪威来的先生们 / 瑞典来的女士们……法国来的男孩们……意大利美女们……德国来的教授们"）"都出来晒晒太阳"（*Plays* 83）。这时合唱队的语气是极其积极乐观的，他们相信体操教练会让他们拥有"希腊人的身材"，身体锻炼能够"让你变得强壮、个子长高 / 让你重生"（*Plays* 84）。合唱队的唱词有两句影射当时欧洲的大萧条，对当时的社会现状做了文学性的生动概括："欧洲陷入困境 / 上百万人领救济金"（Europe's in a hole / Millions on the dole)。虽然现实如此糟糕，但合唱队仍然乐观地憧憬未来：

> 我们将建设明天，
>
> 一个新的整洁的小镇，
>
> 再也没有悲伤，
>
> 在那里可爱的人走来走去。
>
> 我们都将变得强壮，
>
> 我们都将变得年轻，
>
> 不再有流泪的日子、可怕的日子，
>
> 或者不幸的事情。
>
> 我们都将在这艘国家之船上
>
> 尽自己的力量。
>
> 出来晒晒太阳吧。(*Plays* 84)

合唱团口中的“太阳”一语双关，既指太阳系的唯一恒星，也指能够带领他们步入理想化的未来生活的英雄，即那位暂时化身体操教练的死神。在稍后的一段舞台指示中，读者可以看到，独舞者化身为“太阳神”(Sun God)，集“创造者与毁灭者”于一身(*Plays* 86)。当死神登上舞台时，合唱队成员表现出对英雄的崇拜：“当我看到他时 / 我的腿都软了”。他们称呼死神为“充满活力的年轻人”，希望他竭尽所能使他们的体格由弱转强，“强壮得如同一匹马，敏捷得如同一只鸟”(*Plays* 85)。

正如报幕员所看到的，死神的伪装暂时瞒住了合唱队，他们在身体强健之后产生了“新的欲望”，开始追求“闲适”“愉悦”和“爱情”，他们唱着情歌，迷醉于浪漫，丝毫没有意识到作为“太阳神”的独舞者所具有的破坏力。死神跳完一段独舞后捡起合唱队落在舞台上的衣服，把它们装进一个衣篮，藏到了舞台侧面。衣服代表中产阶级的“社会防卫”，失去了衣服，“未来的寒风会使他们的感官冻结”(*Plays* 86)。

不久，观众发出了“打倒老板阶级，/ 工人阶级站起来”的呼声，不仅观众，连合唱队也把矛头对准了死神。而死神这时摇身一变，成了煽动者（demagogue）。由于死神本人在剧中不说话，报幕员成了他的代言人，发表了一段高举民族主义的讲话：

> 同志们，我完全同意你们的看法。我们必须来一场革命。但是等一等。所有这些关于阶级斗争的言论都不会让我们有任何结果。这里的情况与俄罗斯截然不同。俄罗斯没有中产阶级，没有官方行政服务的传统。我们必须来一场适合英国国情的英国革命，一场不是把某个阶级置于首位而是废除阶级的革命，以确保不是一部分人少了，而是所有人都多了，一场英国人为英国人的革命。毕竟，我们不是都是同一个血统吗？亚瑟王和铁匠韦兰的血统？我们有兰斯洛特的勇气，梅林的智慧。我们的首要职责是保持民族的纯洁性，不要让这些肮脏的外国人进来抢走我们的工作。打倒国际资本的独裁统治。带走他们腐化我们无辜儿女的肮脏书籍。英国的正义，英国的道德，英国人的英格兰。（*Plays* 90–91）

作为煽动者的死神和他的代言人试图以民族认同来消弭阶级矛盾。在这段话的一开始，死神首先迎合工人阶级的革命要求，但旋即话锋一转，表示要发动一场符合英国现实情况的革命，而不是工人阶级所要求的那种某一阶级打倒另一个阶级的革命。这种声称“废除阶级的革命”不仅能够满足工人阶级希望得到的权利，还能增加所有英国人的利益，但前提是抛弃阶级隔阂，统一在英国人的血统之中。在16世纪初的英格兰，“民族”一词的含义得到了极大的拓展，被用来指英格兰的全体居民。报幕员的这段话里提到的亚瑟王、铁匠韦兰、兰斯洛特和梅林是英国家喻户晓的传说人物，是英格兰民族文化中的一部分。强调与这些民族记忆中的政治精英享有“同一个血统”，意味着普通民众的每个成员都分享一个民族中“出众、精英的特征，这就使得同一民族不同阶层的居民被视为在本质上是同质的，而地位和阶层的划分被看作只是表面上的而已”（格林菲尔德“导言”6）。既然工人阶级和中产阶级本质上是同质的，也就不存在敌对关系，因此未来的英国革命要针对的是“肮脏的外国人”和“国际资本的独裁统治”。

合唱队也被报幕员的这番话说动了心，连连表示："也许你是对的，也许你是对的。/ 你用另一种眼光看待事物。"（*Plays* 91）当报幕员询问谁愿意跟随死神去拯救处于危难之中的"安格鲁－萨克逊民族"时，合唱团成员纷纷积极表态。但是细读他们的响应，却不难发现他们的动机各不相同，他们希望通过参加革命来解决他们各自生活中的种种问题。例如，其中一位失业者的回答是这样的：

我已经失业五年了。

我不管你是犹太人还是贵族，

只要你答应给我一块钱，

我就跟着你。（*Plays* 91）

统一了思想，确定了敌人，接着便是行动。第一位被革命的对象就是他们身边的剧院经理——一个德国犹太人（这可以从他说话的口音辨认出来）。首战得胜的合唱队意气风发，摆成象征英国的船的造型，一路乘风破浪，驰往"应许之地"，扬言要"让旧英格兰焕然一新"（*Plays* 92）。然而不久他们就遭遇了暴风雨和暗礁，合唱队成员主张不一，船身逐渐解体，他们的领袖死神则狂舞不止，最后羊痫疯发作。被请来的医生给死神打了强心针，让表演得以继续，但医生提醒"不能有任何形式的刺激——比如说，不能有政治，只能是非常平和的东西，比如关于乡村或家庭生活的东西"（*Plays* 95）。

合唱队认同医生的嘱咐，开始向往一种田园生活，贴近土地，远离城市生活的喧嚣和焦虑，在拥抱大自然中得到心灵的宁静：

当我们感到忧郁时，便耕种我们的花园，

躺在靠近土壤的地方，

我们的心找到幸福的源泉，

我们日夜生活在

内心的光芒中

……（*Plays* 98）

不过合唱队的一个成员意识到，崇拜自然并不能让中产阶级得到他们想要的东西，因为

永恒的道

没有栖息在

走兽或飞鸟之中，

海洋或石头之中，

也没有栖息在

乡村舞蹈之中，

它单独存在。

想要证明

原初的爱的人

必须抛弃

所有他那类爱，

独自飞向

孤独本身。（*Plays* 99）

为了体验远离一切罪恶的独存状态，现代人不必重复中世纪的禁欲和苦修手段，因为有“更现代的方法”：

探索干旱的沙漠，

穿越北极的雪地，

或任何危险地区，

或加入外国军团，

以每小时三百英里的速度

与死亡和他所有的力量竞赛，

或飞越云端

和喜欢安逸的人群，

穿过刺骨的空气，

在那里孤独地面对死亡。（*Plays* 99–100）

合唱队对这种“神秘主义的飞行”半信半疑，他们希望有人能够向他们展示完成这种超验的飞行所需要的技巧（*Plays* 100）。不出所料，死神又一次成为他们心目中期待的那个英雄人物，只不过这次死神又换了一个称呼“飞行员”（Pilot）。据报幕员说，他的雄心壮志是要“抵达现实的核心”（*Plays* 100）。

然而事与愿违，工人阶级革命的呼声越来越高，而死神的身体状况则每况愈下，先是半身不遂，被轮椅推着走，最后在新旧年交替之际，在众人的歌声中迎来了死期。《死神之舞》有一个出人意料的结尾。卡尔·马克思在门德尔松《婚礼进行曲》的伴奏之下走上了舞台，并说出了该剧的最后一句台词，用语充满政治斗争性：“生产工具对他来说太多了。他被肃清（liquidated）了。”

《死神之舞》的政治性非常明显，这得到了一些评论家的肯定。小说家和评论家 A. 德斯蒙德·霍金斯（A. Desmond Hawkins）在观看了 1934 年的两场内部演出后撰写剧评，将《死神之舞》称为“马克思主义道德剧”，肯定了奥登结合新内容与旧形式的能力之强（Haffenden 150）。霍金斯认为，从文学角度来看，《死神之舞》不如《两败俱伤》，但前者的戏剧性更直接，演出“包含炸药”，可以“摧毁当代戏剧界的可悲垃圾”，而观众席中安排的演员则有一种“具有感染力的能量”（Haffenden 150）。

戏剧评论家哈罗德·霍布森（Harold Hobson）在 1935 年 10 月的《基督教科学箴言报》（*Christian Science Monitor*）上发表剧评，赞誉奥登创造了一种新的、有意义的艺术形式，具有“划时代意义”（Haffenden 154）。但目前奥登仍属于戏剧的开拓者（pioneer），还不是大师。“他的成就在于指出了一条新的道路，而不是自己沿着这条道路走了很远。”（Haffenden 155）霍布森判定奥登是一名共产主义者，他是这样描述集团剧院演出的《死神之舞》的结尾部分的：“他的戏剧以一群布尔什维克人胜利地冲上

舞台结束，他们从观众中冲出来，唱着《国际歌》，挥舞着一面硕大的红旗。”（Haffenden 155）

当然也有负面的评论，尤其是针对《死神之舞》中的讽刺所取得的效果。英国广播公司的老牌制作人 D. G. 布赖森（D. G. Bridson）认为该剧中的讽刺“做作有余，摧毁力不足”（more precious than damaging）（Haffenden 148）。奥登的朋友、诗人、小说家和批评家戴 – 刘易斯（C. Day-Lewis）认为奥登的讽刺手法很容易弄巧成拙，他在嘲弄剧中的受害者时经常变得和他们感同身受（Day-Lewis 148–149）。在戴 – 刘易斯看来，奥登这部作品更要紧的问题是，“背后缺乏一套连贯的哲学”，作者无法将他“对一些思想的影响的极度敏感性”与任何的“价值体系”联系起来，因此整部作品有“一股心智的半吊子作风”（a flavour of intellectual dilettantism）（Day-Lewis 149）

与霍金斯和霍布森的看法不同，戴 – 刘易斯认为《死神之舞》作为马克思主义视角的教诲作品是失败的，原因是取消了阶级的社会尚未在英国建立，而社会讽刺作品的起点应该是一个既成的体系，“诗人无法站在一个不确定的未来的立场讽刺当下”。“诗人是一个敏感的工具，而不是一个领袖”。他批评当时的英语革命诗歌往往既不是诗歌，也不是有效的政治宣传。对新世界含糊其词的大声疾呼，对整个现状毫无方向的散漫攻击，只会让态度中立的读者怀疑，作品的目的究竟是要让自己支持共产主义国家还是法西斯国家。加上奥登一直以来寻求的“真正强大的人”，容易让诗歌带上法西斯的音调（Day-Lewis 149）。戴 – 刘易斯的批评不无道理。霍布森也听出了《死神之舞》中的“法西斯的音调”。他在剧评里概述剧情时提到：“剧院经理讨好地恳求观众安静点，一个法西斯组织正在舞台上形成，这个组织一成形，就把犹太人剧院经理打了一顿。”（Day-Lewis 156）

奥登的《死神之舞》中的游戏因素十分显著，剧中充满各种插科打诨、流行歌舞和戏仿，但是这不妨碍该剧成为一部严肃的文学作品。有些过于严肃的批评家无法认识到这一点，他们只看到该剧荒诞不经的表面。例如，以研究英国 20 世纪 30 年代文学出名的坎宁安（Valentine Cunningham）

认为，《死神之舞》只呈现了马克思主义的“一个奇怪的滑稽版本”，并指出这可能是由于奥登这位年轻的剧作家拒绝或无力“与成人的世界妥协，除非采取轻率的态度”（Cunningham 142）。专精 20 世纪 30 年代英国文学的文学史家塞缪尔·海因斯（Samuel Hynes）评论说，《死神之舞》作为“马克思主义经济学的一个寓言”，使得戴 - 刘易斯的诗作《磁山》（*Magnetic Mountain*）“显得滥情而不成熟”（sentimental and undergraduate）（Hynes 129）。当然，奥登还称不上是一个立场坚定的共产主义者，本章开头部分引用过的奥登的一段话更符合实际情况：“回首看来，我觉得我与朋友们对马克思曾有的兴趣更多是心理学上的，而不是政治上的；我们对马克思感兴趣的方式与我们对弗洛伊德感兴趣的方式是一样的，都是作为一种揭露中产阶级意识形态的手段，我们并没有想与我们的阶级断绝关系，我们只是希望能成为更好的中产阶级”（*Prose III* 524）。

根据奥登的早期研究者里普洛格尔（Justin Replogle）的分析，在奥登的《死神之舞》里，马克思主义只是一种边缘化的存在，是对“奥登那本质上的心理学文化观点的一个补充”（Replogle 585）。此外，剧中行动的辩证性完全可以用奥登的其他哲学来源来解释：“劳伦斯、格罗德克与霍默·莱恩像马克思一样，也有辩证法，尽管这些与马克思的辩证法有很小但很重要的不同……奥登的剧本模糊了这些哲学上的区别，直到只剩下它们的相似之处”（Replogle 585–586）。不过里普洛格尔也指出，临近剧终时合唱队对西方历史的简要回顾确乎体现了马克思主义对《死神之舞》的真正贡献：“这种经济学分析而不是心理学分析的出现不仅标志着奥登的一些新东西，而且所有这些思想都是马克思—恩格斯历史研究的熟悉产品，并在他们的著作中频繁出现”（Replogle 586）。

因此，一方面，我们对于奥登在《死神之舞》中对待马克思主义的严肃程度不必质疑；另一方面，我们还应留意该剧的另一个维度——心理学，以及与心理学密切相关的神话、原型和仪式等问题。

2.3.3 《死神之舞》中的心理因素

《死神之舞》虽然有着很强的阶级意识，但是剧中对中产阶级“求死愿望”的描绘更多是心理层面的。事实上，“中产阶级的求死愿望”这种说法就是马克思与弗洛伊德相结合的产物。作为“求死愿望”化身的独舞者有着明显的非理性成分。

首先，他以“太阳神”的身份跳完一段独舞后，居然恶作剧式地偷走了在海滩上晒日光浴的合唱队扔在地上的衣服。报幕员随即对此举作了一番评论：

虽然他们忘记了他，因为浪漫让他们头晕目眩，

但是死神却不会忘记他们；正如你所见，他忙着

藏起他们的衣服，他们的社会防御，

这样，未来的寒风就可能会冻结他们的感官。（*Plays* 86）

其次，根据报幕员的解说，独舞者是“飞行员”，他的雄心壮志是要通过“神秘的飞行”“抵达现实的核心”（*Plays* 100）。门德尔松发现，这里的独舞者其实就是奥登作于 1931 年的《演说家》（*The Orators*）里的“飞行员”（Airman），那个“集癫痫病患者、耍诡计的人和飞行员于一身、想要毁灭自己的人”：

飞行员和舞者似乎是对立的——一个是革命英雄，另一个体现了统治阶级的死亡愿望——但实际上他们是同一理念的两种不同表达。统治阶级的死亡愿望——舞者——表现为革命英雄——飞行员——他来自那个阶级，想要摧毁它，但被它的自杀激情感染了。（*Early Auden* 169–170）

耍诡计的人（trickster）作为一个原型人物，在世界各地文化的神话中普遍出现。根据民俗学和人类学的研究，耍诡计的人的渊源与萨满教有关（Bloom xv）。宗教史学家米尔恰·伊利亚德（Mircea Eliade）在他的学术名著《萨满教》（*Shamanism*）中多次引用英国人类学家和心理学家约翰·威洛比·莱亚德（John Willoughby Layard）发表于 1930 年《皇家人类学研究所学报》上的一篇论文，该论文分为两部分：第一部分题为《马拉库拉岛：飞行的巫师、鬼魂、神灵与癫痫病患者》（“Malekula: Flying Tricksters, Ghosts, Gods and Epileptics”）；第二部分题为《萨满教：基于与

马拉库拉岛上的飞行的巫师进行对比的分析》（“Shamanism: An Analysis Based on Comparison with the Flying Tricksters of Malekula”）。这位莱亚德恰好是奥登的朋友。在奥登的第一部戏剧作品《两败俱伤》的开头部分，剧中主人公约翰·诺尔的父亲正是在去找莱亚德的路上被偷袭身亡的（*Plays* 15）。奥登在给朋友的一封信里透露，《演说家》的构思正是源自莱亚德的论文（Mendelson, *Early Auden* 104–105）。而《死神之舞》中独舞者的特征将他明白无误地与祭仪和神话联系在一起。法国社会学家和文学批评家罗歇·凯卢瓦（Roger Caillois）将“要诡计的人”的特征归纳为“集可笑、愚蠢与悲剧性结局为一身”（Caillois 157）。荣格（Carl Gustav Jung）对美国印第安神话中的“要诡计的人”进行过专门研究，他列举了“要诡计的人”这类原型人物的典型特征：“对狡猾的笑话与恶意的恶作剧的喜好，改变形态的能力，两面性，一半是动物，一半是神，经受各种折磨，近乎救世主的形象”（*Four Archetypes* 160）。“要诡计的人”的这些特征绝大多数都能在《死神之舞》中的死神身上找到。偷衣服、癫痫发作、不断变换身份、逐渐病入膏肓直至死去，代表中产阶级求死愿望的死神完成了他的历史使命，随着新年钟声的敲响，与旧的一年一起退出了历史舞台；卡尔·马克思的登场预示着未来将属于无产阶级。一方面，这当然体现了该剧的政治性；另一方面，这里旧年的死亡与新年的诞生以及死亡的被驱逐与生命的被引入，也指向古老的丰产仪式（fertility ritual）。丰产仪式最常见的一种类型就是“邪恶力量的模拟像——通常是以死神的名义——被抬出来焚烧，或扔进水中，或以其他方式销毁”（Cornford 58）。《死神之舞》里的死神在临死之前祝愿正在兴起的工人阶级新年快乐，这与《两败俱伤》的结局形成了鲜明对比：“在《两败俱伤》里，旧年不肯让位于新年，复活的仪式失败了。在《死神之舞》中，仪式成功了。”（*Plays* xx）

第三，《死神之舞》里的英雄崇拜心理还指向奥登创作此剧前后的矛盾心态。在该剧的一开始，合唱队就期待着能够出现一位英雄人物，引领他们走出一条生路，避免覆灭的结局。在合唱队的台词里，这个英雄用一个阳性人称代词“他”（he）来指称。（与此类似，在《演说家》里也有这样一个不具名的领袖，在作品里仅以首字母大写的“他”（Him）指称。）中产阶级憧憬着，在这位不具名的英雄的带领下，他们将建设一个美好的未来世界，在那里“没有更多的悲伤，/ 可爱的人在那里走来走去。/ 我们都将变得坚强，/ 我们都将变得年轻，/ 不再有流泪的日子、可怕的日子 / 或不愉快的事情”（*Plays* 84）。中产阶级对这位英雄人物的崇拜之情流露在他们的言行举止之中：

乙：把你的梳子借给我
用来做个发型，
当他在这里的时候，
我必须展现出最好的一面。

丙：他走路真优雅，
就像一只猫，
我的柯达相机在哪里，
我得把他这样子拍下来。（*Plays* 85）

在日薄西山的中产阶级眼里，他们的英雄是一个充满活力的年轻人，他们把一切希望都寄托在英雄身上，对他的崇拜之情溢于言表：

精力充沛的年轻人，
为我们的尘埃
尽你所能，
我们这些虚弱的人
想要一个极佳的体格，
你必须，你必须。
求你不要离弃我们，答应我们，
让我们强壮如马，飞快如鸟。
你是我们的理想，
让它成为现实，
为我们。

精力充沛的年轻人，

尽你所能，

你必须。（*Plays* 85）

20世纪30年代常被英国文学史家称为“奥登的一代”，可见奥登的诗歌对他的同时代人在美学上、道德上和政治上所产生的影响之巨大。然而，所谓的“奥登帮”（the Auden group）纯粹是评论家们的发明，事实上，奥登与他周围的诗人和作家朋友并没有形成明确的流派、团体或者运动。正如戴－刘易斯所说：

> 从一群诗人齐心协力给公众留下深刻印象、以不同于他们的前辈的方式写作，或者写不同的主题的意义上说，这根本不是一场运动。虽然奥登、斯彭德、麦克尼斯和我从三十年代中期就认识了，但在1932年《新签名》（*New Signatures*）出版前，我们每个人甚至都没能见全其他三个人，而直到1947年，奥登、斯彭德和我才第一次出现在同一个房间里。直到评论家们告诉我们，我们才知道我们是一场运动。（Day-Lewis 216–217）

无论这几位诗人、作家如何看待自己，在当时的评论家和读者眼里，他们俨然代表了英国诗歌的最新风尚。《新签名》的编者迈克·罗伯茨（Michael Roberts）表示，奥登1930年出版的《诗》（*Poems*）和戴－刘易斯1931年出版的诗集《从羽毛到铁》（*From Feathers to Iron*）是“第一批从当代生活中提取的意象始终作为诗人思想和情感的自然和自发表达而出现的书籍”（转引自Spears 81）。

1933年出版的诗文集《新国家》（*New Country*）更加确认了奥登在当时诗人中的核心地位。这本诗文集仍由罗伯茨编辑，作者仍是《新签名》的那些作者，但不同的是，《新国家》的政治性要强得多。罗伯茨甚至在此书的前言里声称，英国的知识分子应该为共产主义事业服务。他对关心祖国前途的爱国读者们说道：“你们对她（指英国）疾病的症状看得很清楚。难道你们看不出它们都是同一种疾病的症状吗？”（转引自Spears 82）罗伯茨在序言里借用了奥登早期诗歌中常见的意象，不仅如此，《新国家》中的所有作者都经常引用或模仿奥登，正如一位批评家所说，“在一个非常真实的意义上，奥登的风格和感觉习惯就是三十年代的风格和感觉习惯”（转引自 Spears 82–83）。

总而言之，20 世纪 30 年代的英国文学圈确乎把奥登视为诗坛领袖，奥登自然也清楚他在英国文坛的分量和地位，他一度热衷于诗歌的政治功用，希望用诗歌和艺术针砭时弊，改变英国的社会面貌。奥登清楚他的诗句所蕴含的力量，至于批评家和普通读者对他的赞赏和推崇，一方面他感到颇为自得，另一方面他也暗自疑惑和担忧。这种矛盾心理在他 20 世纪 30 年代的诗歌和戏剧作品中多有流露。《死神之舞》颇为隐晦地折射出奥登对于英雄崇拜心理及其可能造成的破坏性的怀疑和忧虑。三年后，奥登将在《攀登 F6 峰》里更为集中、更为直接和更为深刻地剖析他的这种矛盾心理。

独幕剧《死神之舞》不分场景，短小精悍，一气呵成，在小范围观众群体中得到了颇高的评价。就其形式来看，主要借鉴了奥登从柏林接触到的卡巴莱表演，剧中可以说“唱念做打”一应俱全，难怪有评论家指出，《死神之舞》的文本本身不应被看作是一部作品，而是应该被看作是一部歌剧脚本，只有在加上了歌唱、舞蹈、吟诵和表演之后才是一部完整的作品（Sidnell, “Auden and the Group Theatre” 496）。从《死神之舞》开始，奥登已经埋下了后期歌剧脚本写作的伏笔。

2.4 《皮下狗》与奥登的“寓言艺术”

《皮下狗》（1935）是奥登与伊舍伍德合作完成并正式出版的第一部戏剧作品（二人于 1929 年合作完成的《主教的敌人》并未出版）。《皮下狗》的生成历史非常复杂，该剧包含奥登此前创作的几部未完成或未出版的戏剧和诗歌作品中的部分材料，如戏剧作品《主教的敌人》（1929）、《弗洛尼》（1930）、《追踪》（*The Chase*，1934），以及仿效但丁《神曲》的未完成长诗《在我年轻的那一年……》（“In the Year of My Youth”，1932—1933）。这些早期作品与《皮下狗》的关系可参看富勒的《评注》（Fuller 126–131）。此外，门德尔松教授将《皮下狗》的版本历史和文本变体进行了详尽的描述（*Plays* 553–597）。收录于《奥登作品全集》戏剧卷正文中的该剧文本并不是1935年5月由费伯出版社出版的文本，二者的主要区别在于结尾部分，《奥登作品全集》正文中采用的是奥登与伊舍伍德于1935年重写的结尾，[1]该剧的首演也采用了这个新写的结尾。对于这两个版本的优劣，批评家似乎更倾向于最初的版本。希德内尔发现，政治上左倾和右倾的评论家虽然出于不同的政治立场，对《皮下狗》做出了很不相同的解读，但是他们却都出奇一致地对该剧的新结尾表示不满（Sidnell, *Dances of Death* 163）。

西里尔·康诺利（Cyril Connolly）在观看了1936年1月由集团剧院制作上演的《皮下狗》之后发表剧评，表达了对演出版本中的新结尾的不满："我们想念精彩的布道，那是剧本中的精华部分。"（Haffenden 188）康诺利剧评中所谓的"布道"是指剧中假扮成狗的弗朗西斯·克鲁爵士（Sir Francis Crewe）重新回到他自己的村子后，面对全体村民所说的一番话，总结了他从狗的视角所看到的那个村子的总体感受：

> 作为一条狗，我明白了你们对待那些你们认为不如你们、但是你们却又要依赖他们来取乐的人时，夹杂了多少恐惧、欺凌和居高临下的善良。开始从下面看人真是令人震惊……你们是一支庞大的军队中的一支部队：你们中的大多数人死的时候都不知道你们的领导人为什么而战，甚至根本不知道自己在战斗。嗯，我要成为另一方军队中的一支小分队。（*Plays* 582）

"布道"完成之后，弗朗西斯带着剧中的主人公艾伦·诺曼（Alan Norman）和其他几个跟随者穿过观众席离场，随后全部村民变成了动物（戴上了动物面具）。而在奥登与伊舍伍德重写的结尾部分，弗朗西斯虽然也对着村民慷慨陈词，痛斥他们的法西斯主义和虚伪，但是他并没有离开村子去加入另一方军队。他揭露了声称自己的两个儿子都在战争期间死于德国人之手的米尔德丽德·卢丝（Mildred Luce）的谎言。实际上，米尔德丽德不仅一个儿子也没有，甚至连婚都没结过，不过她倒是一度与

1　1935年12月，奥登和伊舍伍德决定重写《皮下狗》的最后一场戏。伊舍伍德在给奥登的一份信里提供了一份如何改写的草案，但具体的文本是奥登写的（*Plays* 534）。

一个德国军官订过婚。她听了弗朗西斯的指责之后恼羞成怒，拔枪射杀了他。

富勒也对门德尔松没有把原始版本放在正文位置颇有微词。他认为弗朗西斯的“布道词”是全剧“最精彩的一部分”，去掉“布道词”“简直就是一场灾难”。富勒还提到，伊舍伍德也没有料到“它会从修改后的结尾中被删除”（Fuller 142）。

删改作品文本可以说是奥登创作生涯中的一个突出特点。比较显著的例子是他对创作于 20 世纪 30 年代的诗歌的删改，其中不乏《西班牙》（“Spain”）和《1939 年 9 月 1 日》这样在当时脍炙人口的名篇。这让读者和批评家们感到疑惑、失望，甚至愤怒，他们不明白奥登为什么要删改那些一度振奋人心、令人难忘的诗行或诗篇。奥登对于他的这种做法给出的解释是，他无法容忍这些作品中自欺欺人的部分。例如，《西班牙》中脍炙人口的名句“历史对于失败者 / 可能叹口气，但不会支援或宽恕”（“History to the defeated / May say Alas but cannot help nor pardon.”）在奥登事后看来是不诚实的，因为“这样说就是把善和成功等同起来。要是我曾信奉过这个邪恶的教条，那就够糟糕的了；可是我这么写竟是因为我觉得它听起来很有修辞力度，这是绝对不可原谅的”（“Foreword” 16）。

《皮下狗》又是奥登删改自己作品的一个例子。有所不同的是，《皮下狗》是一部戏剧作品，而不是诗作；此外，和奥登删改诗作的情况不同，他并没有等到数年后乃至数十年后才动手删改《皮下狗》，而是在剧本出版后短短几个月之后就开始着手修改。就奥登的戏剧创作实践来看，这种情况似乎并不显得有多么特别。从第一部戏剧《两败俱伤》开始，奥登便有改写乃至重写的习惯，而且随写随改，改而又改，甚至始终无法形成一个从各方面看来都让人满意的版本。然而，如果联系奥登在一些散文和评论文章里述及的“寓言艺术”（parable-art），也许对奥登改写《皮下狗》结尾的动机，乃至对整部作品的理解，都能更加深入一些。

二

奥登于 1934 年写了一篇题为《心理学与当今的艺术》（“Psychology and Art Today”）的重要文章，主要讨论弗洛伊德的心理学说对阐明艺术家的起源所起到的重要作用，以及艺术家在社会中的地位和作用等问题。奥登在这篇文章的结尾部分指出：

> 总会有两种艺术，一种是逃避艺术（escape-art），因为人需要逃避，因为他需要食物和深度睡眠；另一种是寓言艺术（parable-art），这种艺术可以教人忘却仇恨，学会爱，它可以使弗洛伊德更加深信不疑地说：
>
> 我们可以随心所欲地坚持认为，与人类的冲动相比，人类的智识是无能为力的，我们所说的话可能是正确的。尽管如此，这种弱点还是有一些特殊之处。智识的声音是柔和而低沉的，但它是持久的，并持续到它获得了倾听。在无数次重复之后，它确实获得了倾听。这是少数几个可能有助于我们对人类的未来抱有更大希望的事实之一。（*Prose I* 104）

奥登透过弗洛伊德心理学说的表面，敏锐地捕捉到了其要义所在。弗洛伊德在他的著作中大谈人的本能、本我或力比多，但是他对本能的暴力性和无政府主义抱持不信任的态度，他希望人类能够通过认识和升华性本能来提升人类的文明和道德水平。正如在上面的引文里所表明的，人类未来的希望在于人类倾听理智的声音，做出正确的选择。而艺术最重要的功用之一，就是通过讲寓言帮助受众做出正确的道德选择。奥登在同一篇文章里简要地概述了寓言的本质，以及他所谓的“寓言艺术”产生效用的机制：“你不能告诉人们做什么，你只能告诉他们寓言；这就是艺术的真谛，关于特定的人和经历的特定故事，每个人根据自己直接和特殊的需要可以得出自己的结论”（*Prose I* 103）。

在《皮下狗》的开场，合唱队交代了故事发生的地点：“一个英国村庄”（*Plays* 191）。至于这个英国村庄的具体地理位置，合唱队的描述显示了这部戏的纯寓言性质：

> 我们将首先带你去一个英国村庄：你来选择它的位置，
>
> 任何一个你的心最渴望看到的地方；你对它充满爱意
>
> * * *

无论它是你度过童年的地方还是第一次有外遇的地方，

它都矗立在你心爱的风景中。（*Plays* 191）

奥登将选择戏剧地理背景的权利赋予英国的读者或观众，作者仅提示这个地方在读者或观众心中所应激起的那种情感的种类和强度，读者或观众需要将它具体化。不同的读者或观众的具体化显然不可能完全一样："无论是向北到苏格兰峡谷和贝灵汉"，"还是向西到威尔士边境"（*Plays* 191）。

在这里，奥登已经触及了作为寓言的艺术的本质特点。寓言艺术是奥登一生的追求，后来他在不同场合用不同的表述方式表达了类似的意思。在一篇写于20世纪50年代关于歌剧《乡村骑士》和《丑角》的文章里，奥登写道：

艺术作品不是关于这样或那样的生活；它有生命，当然，是从人类经验中提取的，但是经过了转化，就像一棵树把水和阳光转化为树的状态，变成自己独特的存在。每一次与艺术作品的相遇都是一次个人相遇；它所说的不是信息，而是对它本身的揭示，同时也是对我们自己的揭示。（*Dyer's Hand* 482）

1961年，奥登与伊丽莎白·迈耶（Elizabeth Mayer）合作翻译了歌德的《意大利游记》（*Italienische Reise*），此后不久他写了一首与此相关的诗作《异地疗养》（"A Change of Air"），在这首诗里，"歌德在意大利的经历被转化为奥登永远离开意大利后的经历的一个寓言"（Mendelson, *Later Auden* 448）。根据奥登自己的说明，他非常仔细地选择了"足够具体"的意象来吸引读者的兴趣，但同时又"没有任何过于具体的历史或地理联系"（*Prose V* 76）。例如，在该诗的第三节里，风景和风景中的人物并不是类型或原型，而是具体的风景和人物：

虽然那里的燕雀，或已习得了

另一个江河流域的方言，

某个地质断层已改变了当地的建筑石材，

那里仍会有牧师、女邮政局长和领座员，

孩子们也知道不应向陌生人乞讨。(《奥登诗选：1948—1973》260)

直到诗的最后一节，奥登才保留了一个与歌德有关的特定历史称谓：“还发现了一封大公写给他表亲的信，/ 正聊着要事，他在中间补了一句评论，/ 说你看上去要比原先无趣多了”(《奥登诗选：1948—1973》261)。魏玛大公确实写了一封信——虽然不是写给他表亲的——他在信里抱怨歌德从意大利回来后变得少言寡语，不爱与人交流。奥登之所以决定保留这个唯一的历史元素，是因为他相信，“既然我的读者不可能认识一个真正的大公本人，那么他就可以充当一个代表社会、文学批评家等的寓言式人物”(*Prose V* 76)。奥登在《异地疗养》一诗里试图做的，是确保读者不会认为它只与歌德或者写这首诗的诗人有关，确保读者不会“从它与自己的个人相关性上分心”(*Prose V* 75)。在这样一首寓言诗中，地域性内容可以被翻译成对每个读者而言都具有同等意义的东西，从而超越其原来的历史或文化空间。

同一时期，奥登还写了一篇关于卡夫卡的书评文章，后经修改收录于文集《染匠之手》中。奥登对卡夫卡的定位是“一位伟大的，也许是最伟大的纯寓言大师”，卡夫卡的小说都是纯粹的寓言故事，阅读纯寓言的方式与阅读一般的小说和戏剧是不同的：

> 尽管小说和戏剧也可能具有寓言意义(parabolic significance)，但是小说的读者或者戏剧的观众面对的是一段捏造的历史，是与他们并不完全相同的人物、情景和行为，尽管它们可能与他们自己的人物、情景和行为相类似。例如，在观看《麦克白》的演出时，我看到具体的历史人物卷入了他们为自己制造的悲剧：我可能会将麦克白与我自己相提并论，我可能会想，如果我处于他的境地，我会做什么，会有什么感觉，但我仍然是一个旁观者，牢牢地固定在自己的时间和地点上。但我不能用这种方式读一个纯粹的寓言故事。虽然寓言中的主人公可能会被赋予一个专有名词(尽管他可能经常只被称为“某个人”或者“K”)和一个明确的历史和地理背景，但这些细节与寓言的含义无关。为了找出某个寓言意味着什么——如果它有意义的话——我必须放弃我的客观性，并认同我读到的东西。(*Dyer's Hand* 159–160)

由于寓言的意义对于每个读者来说不尽相同，因此奥登把“纯寓言”称为“一种批评家几乎没有什么值得说的文学体裁”（*Dyer's Hand* 159）。对于一般的小说或戏剧，一个好的批评家可以通过其在“艺术史、社会史、语言甚至人性方面的卓越知识”，让别人看到作品中不易被一般读者觉察到的东西。“但如果他试图解释一个寓言，就只会暴露自己”（*Dyer's Hand* 160），这与上面引文中所说的“对我们自己的揭示”相吻合。批评家只能向别人描述这个寓言之于他的意义，“至于这个寓言可能会对其他人做什么，他没有任何想法，也不可能有任何想法”（160）。更进一步，寓言艺术可以说是一种民主的艺术，因为任何一个受众都可以基于他（她）本人的经验对作品做出对他（她）而言有效的解读。正如奥登在文章中所说，“‘正确的’解读总是很多”（*Dyer's Hand* 160）。

正是由于《皮下狗》的寓言属性，导致批评家对该剧的解读众说纷纭，而且往往互相矛盾。帕森斯（I. M. Parsons）评论说，《皮下狗》一剧“是一出粗制滥造的作品，是一部半生不熟的讽刺作品”（Haffenden 169）。“如果是布朗先生和史密斯先生写的，而不是奥登先生和伊舍伍德先生这样两个聪明的年轻人写的，就不会有人费心去发表了，也不会有人成为输家”（Haffenden 169–170）。此外，他认为剧中的讽刺是不成功的，如破坏狂德斯蒙德（Destructive Desmond）毁掉伦勃朗真迹那一场。按照帕森斯的理解，“讽刺依赖于对矛盾的认识，通过同时呈现真实和荒谬。没有真实的基础，就没有现实的尺度来衡量作为讽刺对象的自命不凡”（Haffenden 170）。显然，在帕森斯看来，《皮下狗》里的讽刺缺乏现实基础。与帕森斯的意见类似，莫顿一方面看到剧中对当时欧洲的法西斯主义和政治经济危机的批评，另一方面，他认为“但在很大程度上，这种批评没能命中鹄的”（Haffenden 171）。

批评家、诗人、出版商约翰·莱曼（John Lehmann）看到了奥登的独特贡献：“奥登把心理学的 X 光片应用于当代社会，揭示了其根本的弱点、压抑和些微疯狂的特征，这些通过个人，在生活的表面下起着破坏性的作用。他也认为这些弱点是受历史制约的；我们体内有一些力量在一代又一代地运作，他把这些力量称为‘爱’‘敌人’‘死亡’，围绕着它们发展出一种非凡的神话。”（Haffenden 177）莱曼还注意到奥登喜欢“字谜游戏

（象征性动作）和扮小丑”（charades and clowning）（Haffenden 177）。他同时指出，与《死神之舞》相比，《皮下狗》“没有新的进步”，“讽刺写得没有《死神之舞》的某些部分那么巧妙，分析也没有那么清晰”，“从革命性角度来看，我们又回到了奥登的《演说家》”（Haffenden 183）。

与此相反，评论家德里克·弗斯科伊尔（Derek Verschoyle）却肯定了《皮下狗》比《死神之舞》出色：“《皮下狗》在各个方面都比奥登早先的戏剧《死神之舞》令人印象深刻得多。它在题材的选择上更精确，因此更有针对性；在讽刺方面更一致，（在大多数情况下）更成熟；除了其相当尴尬的结论外，其政治态度也不那么天真的狂热。”（Haffenden 183）当然，弗斯科伊尔对《皮下狗》的评价还是有所保留的：“然而，它远不是一部完全令人满意的戏剧。”（Haffenden 183）斯皮尔斯对《皮下狗》的赞赏却毫无保留，他认为《皮下狗》是奥登到当时为止最具娱乐性和最有价值的戏剧作品，充满生气和挑衅性的思想（Haffenden 94）。

对寓言文学的阐释见仁见智，难以达到也不必达到唯一的解读。然而，不同的解读是对不同解读者的自我揭示，也就是说，从批评家对寓言文学的阐释中，我们得到的更多是关于批评家本身的信息，而不是关于他（她）所阐释的那部寓言作品。

基于以上对奥登所谓“寓言艺术”的梳理，让我们再回到《皮下狗》的剧本本身。

二

从结构上来说，《皮下狗》类似西方传统的追寻故事（quest story），主人公为了某个目标或理想而四处冒险、追寻，这一条线索串起了该剧中显得松散甚至互不关联的片段。在一处名叫普雷桑·安博（Pressan Ambo）的英国村庄曾经有一位乡绅弗朗西斯·克鲁爵士，他于十年前离家出走后不知所终。弗朗西斯的父亲在八年前临终之时留下遗言，要求村民每年通过抽签的方式选出一人去寻找他的儿子，顺利完成任务的那个人将得到老克鲁爵士的一半土地，并可以与他的女儿艾丽丝（Iris）小姐结婚。前两次被派出寻找弗朗西斯的两名村民离开村子后都没有再回来。这次被选中的是剧中主人公艾伦·诺曼，他就像西方民间故事和童话故事里的那个幸运的三儿子，尽管天真无知而又常犯错误，但最后成功地完成任务的人是他，而不是大儿子和二儿子。“追寻故事”和民间文学里“幸运的老三”的主题都属于寓言故事的范畴。

村里一条叫作乔治的狗出现在抽签现场，它在人群里东闻闻西嗅嗅，最后朝着艾伦摇着尾巴表示亲热。艾伦决定带着这条狗一起出发，村民让艾伦给它重新起一个名字，艾伦给了它与将要寻找的那个人一样的名字——弗朗西斯，因为他觉得这样会带来好运气。当然，从对喜剧传统手法的了解可以预料到，艾伦当然得到了好运，而且他要找的人一直就在他身边——披着狗皮的正是失踪的弗朗西斯。艾伦和弗朗西斯一路上的所见所闻尽管荒诞不经，但大多可以视为政治寓言和政治讽刺。

剧中虚构的地名与真实的时代和地域背景交织在一起，为解读寓言提供了线索。艾伦和弗朗西斯离开英国后，先后来到奥斯特尼亚（Ostnia）和韦斯特兰（Westland）这两个想象中的欧洲国家，时代背景是“战后欧洲”（*Plays* 206）。首先，通过剧中一个记者的描述，来看奥斯特尼亚是一个怎样的国家：

> 奥斯特尼亚，一个小小的国家。拥有欧洲最大的国债和最低的出生率。一半的预算花在了边境堡垒上，但是没有什么用处，只是让人头疼，因为承包商是个骗子。铁路太旧了，不安全，煤矿大多被淹，工厂除了着火什么都不做。统帅并不比强盗更好：他让所有的大商店支付保护费。大主教把时间花在为韦斯特兰情报局复制海军计划上。与此同时，农民死于斑疹伤寒。（*Plays* 209）

有批评家根据“奥斯特尼亚”一词的发音猜测，这是在影射奥地利（Austria）（Waidson 348）；还有批评家根据剧中合唱队的一行诗“这是那个南方国家，有着康沃尔的外形”（*Plays* 212）做出判断，认为这是在暗指意大利（Jurak 343）。事实上，无论是奥地利还是意大利，都无法与剧中对奥斯特尼亚国情的描述完全对上。观众或读者大可以根据剧中对该国的描写，自行联想现实中具有类似国情的国家。

可以确定的是，奥斯特尼亚是一个极度腐败的君主制国家，工业瘫疾，经济衰退，民不聊生，各地的叛乱此起彼伏。当艾伦、狗，以及同行的两位记者抵达奥斯特尼亚皇宫时，正赶上每半个月一次的处决日，国王、王后携朝臣和神甫将出席处决前的隆重仪式。这段插曲极尽讽刺，是整部剧的一个亮点。

国王似乎并不关心那些叛乱者的具体情况，也丝毫没有愤怒或烦躁的情绪，他更在意的是仪式的美学效果。司仪已按照国王的要求提前彩排整场仪式，并删去了安魂弥撒曲中情感过于激烈的《震怒之日》（“Dies Irae”）那一段。国王还不忘提醒司仪，“你可以告诉男高音，让他稍微缓和一下他的高音。上次，他让王后头疼”（*Plays* 213）。这位表面上温文尔雅、注重和谐与仪式感的国王，实质上却是一个冷酷无情的刽子手，且看他对行刑前的叛乱者所说的一番话：

> 先生们。我不想耽误你们太久，但我不能让这个机会溜走而不说我和王后是多么欣赏和钦佩你们所表现出来的精神，我们都非常抱歉，我们之间的微小分歧只能通过这种，呃……有点激烈的方式来解决。
>
> 相信我，我从心底里同情你们的目标。我们现在不都是社会主义者吗？但作为世界上的人，我相信你们会同意我的观点，那就是必须维持秩序。不管发生了什么，我希望我们在这个庄严的时刻不要有任何恶意的想法。如果你们中的任何人对你们的待遇有任何抱怨，我希望你们现在就说出来，否则就太晚了。没有吗？我真的很高兴听到这一消息。在进入仪式的下一部分之前，让我以祝你们一路顺风和来世幸福作为结束。（*Plays* 214）

国王在讲话里对叛乱者即将遭受的极刑故意轻描淡写，而且装出一副同情者的样子，假惺惺地给予叛乱者最后的申诉机会，实际上却只是摆摆姿态，完成仪式的必要环节而已。让读者背脊发凉的是接下来的舞台指示所暗示的国王的行为：“音乐起。囚犯们被带了出去。一个男仆将一把放在垫子上的金色左轮手枪交给国王，国王跟着囚犯下。”（*Plays* 214）这意味着国王将亲自动手枪毙那些囚犯，他的行为与他的言语形成了戏剧性的反差。

在描绘处决仪式的这场戏中，有一处容易为读者或观众忽略的细节。在仪式上，领唱者与唱诗班用拉丁文演唱安魂弥撒，说明奥斯特尼亚信奉天主教，但是剧中的安魂弥撒与天主教安魂弥撒的唯一区别在于，所有涉及“圣父”的地方都改成了“宙斯”或“朱庇特”。这一词之改完全改变了天主教弥撒的性质，将奥斯特尼亚崇尚力量而非仁慈的本性暴露无遗。

艾伦一行觐见国王之后，前往奥斯特尼亚的红灯区寻找弗朗西斯。这一场（第一幕第 5 场）是按追寻故事的套路来写的。艾伦一行来到红灯区的一条街上，这里有四家夜店，提供满足身体欲望的各种方式：

> 在这里，柏拉图的两个部分终于统一了。
>
> 无论你独自在床上梦想什么，
>
> 来我们这里，我们会让它变成现实。（*Plays* 219）

艾伦就像追寻故事里的英雄一样，需要抵制住一切诱惑，并付出一定的代价，才能顺利找到目标，或者至少得到找到目标的线索。艾伦挨个询问这些夜店的老板弗朗西斯的下落，为此艾伦付出越来越多的金钱，并拒绝了所有老板的邀请——他没有踏进任何一家夜店放纵自己的欲望。传统的追寻故事里往往不会对人物的心理活动加以深度刻画，读者也就无从得知英雄经历了怎样的内心挣扎才抵制住了诱惑。批评家往往认定奥登 20 世纪 30 年代的戏剧作品缺少人物的性格刻画，这当然可以视为奥登戏剧作品的一个缺点，不过对于一部寓言性质的戏剧作品而言，人物性格与心理刻画便显得没有那么重要。在第四家夜店里，艾伦遇到了七年前被村里选中前往寻找弗朗西斯的索尔博·兰姆（Sorbo Lamb），后者没有抵制住诱惑，忘记了自己的使命，已沦为瘾君子，再无脸面返回家乡。

在第二幕第 1 场里，艾伦一行来到了韦斯特兰，这个法西斯主义军事化国家被描绘成一个巨大的疯人院。在这个国家，窥探他人隐私被视为天经地义，人们互相窥探、告密。韦斯特兰极度排外，不欢迎外国人和外国思想，甚至连发疯都必须按照“由来已久的韦斯特兰方式”，“任何打着外国烙印的疯狂——无论多么壮观，无论多么喧闹或令人愉快，都无法将我们从古老的‘韦斯特兰狂热’中引诱出来”（*Plays* 231）。举国上下都服从于领袖一个人的声音。疯人院的墙上挂着领袖的巨幅画像，画像中脸的部位被一个扩音器所占据。这是奥登和伊舍伍德的巧妙设计，在剧中，韦斯特兰领袖始终以声音形式出现，没有形象。考虑到《皮下狗》创作时的历史语境，观众和读者很容易将这位领袖与希特勒画上等号，尽管两位作者的巧用心思恰恰是为了避免这类坐实的解读。有批评家明知道这里的领袖应该寓言式地理解为“任何法西斯独裁者”，但是仍然忍不住将他狭隘地解读为希特勒（Callan 331）。

第二幕第3场的地点是天堂公园的花园，艾伦先后与坐在一棵树上的“诗人”（Poet）和坐在另一棵树上的一对“恋人”（Lovers）邂逅。这里的寓意很明显，诗人和那对恋人生活在他们自己想象出来的“天堂”里，脱离现实生活，以自我（指诗人）和对方（指恋人）为生命的中心。艾伦与诗人的对话充满机锋，艾伦实际上解构了诗人的唯我主义。艾伦向诗人打听弗朗西斯的下落：

艾伦：你知道他在哪儿吗?

诗人：当然了。

艾伦：在哪儿?

诗人（轻拍额头）：在这儿。万事万物都在这儿。你在这儿。他在这儿。这个公园在这儿。这棵树在这儿。如果我闭上眼睛，它们就全都消失了。

艾伦：如果我闭上眼睛会发生什么？你也会消失吗?

诗人（生气地）：不会，当然不会！我是世界上唯一真实的人。

艾伦：假设你的树被砍倒了呢？当你寻找它的时候，它不会在那儿。

诗人：荒唐！斧子不会存在，除非我想到它。伐木工也不会存在。

趁着诗人俯身向艾伦讨烟抽，狗跳起来咬了诗人的手：

诗人（揉着手）：你为什么就不能管好你那该死的狗呢？哦，我可怜的手！

艾伦：我非常抱歉。但你看，他以前从来没见过真人。当你只是一只想象中的狗，一生都在吃想象中的饼干时，一只真正的手一定尝起来非常美味。你是忍不住的，是不是，弗朗西斯老伙计？[对诗人]不要紧。闭上你的眼睛，你就会忘记我们。

诗人（闭着眼睛）：哦，我早就把你们给忘了！我惦记着的是我的手！（*Plays* 243）

艾伦此行最大的考验出现在尼尼微酒店（Nineveh Hotel）里。尼尼微是古代亚述帝国的首都，在剧中似是用来喻指物质富足进而变得颓废的现代社会。在这里，餐厅里的一名食客可以任意挑选一个为食客们歌舞助兴的尼尼微女孩，让餐厅做成一道菜；破坏狂德斯蒙德故意毁坏伦勃朗真迹，恶趣味的食客观众们鼓掌叫好。电影明星卢·维庞德小姐（Miss Lou Vipond）的出场在食客中间引起了骚动，艾伦也冲到人群前面，想一睹卢小姐的芳容。两位记者如同艾伦的保护神，此刻他们提醒艾伦不要受诱惑，因为“如果你爱上了那个女人，那就完了：/ 她已经断送了足够多的好男人”（*Plays* 266）。原本相当自信不会移情的艾伦，在见到卢小姐的容貌后立刻着了迷，他应卢小姐之约，当晚去卢小姐的房间找她。

在卢小姐的卧室里，艾伦大发爱情的豪言壮语。为了确保卢小姐对他矢志不渝，他会

在北极低地捕杀巨大的鲸，

我会数一数不列颠群岛上所有的椋鸟，

我会跑着穿过战争中的欧洲，一言不发。

卢小姐反驳说，男人容易移情别恋，他们嘴上说着爱你，但其实心里还想着别人。艾伦这时坦承，他原来爱的是艾丽丝小姐，而现在他当着卢小姐的面撕毁了艾丽丝小姐的照片，发誓只爱卢小姐一人。值得注意的是，在舞台指示里，两位作者明示，舞台上的卢小姐是一个服装店的人体模型，卢小姐的话是艾伦跑到它身后用尖锐的假声说的（*Plays* 271）。也就是说，艾伦与卢小姐之间的对话实际上是艾伦一人分饰两角的自言自语，这为读者和观众对这一片段的解读提供了更多可能性。目前，主流

的批评意见认为，这一片段是在揭示爱情关系中的自恋成分（Mendelson, *Early Auden* 276；Spears 97）。

艾伦背叛了他对艾丽丝小姐的爱情，未能抵制住诱惑，这使得他遭遇了在追寻途中的最大危机。第二天一大早，酒店经理来到卢小姐房间门外要求艾伦结账，但是艾伦所带的钱根本不够支付他在尼尼微酒店的开销，他想向卢小姐求助，但后者已不知所终。正当艾伦绝望得要割腕自杀时，弗朗西斯脱下狗皮，向艾伦显示了自己的真实身份。艾伦也认识到自己的错误。在弗朗西斯的帮助下，艾伦渡过了难关。二人一起回到了故乡，却发现安博村发生了巨变。

三

最后，我们重新审视一下奥登重写的《皮下狗》的结尾部分与原始版本的差异所在。《皮下狗》始于安博村，终于安博村，但开场时村里祥和的田园氛围和稳定的秩序感已不见踪迹，取而代之的是一种好战的骚动和反动的意识形态。

弗朗西斯重新以人的身份出现在村民面前，向他们讲述了十年来他以狗的视角所观察到的安博村，以及他看法上的前后变化。一开始，弗朗西斯对他以全新的视角所看到的一切感到震惊，他发现村民是“如此淫秽、残忍、虚伪、卑鄙、粗俗”，不过现在他已释怀：

> 我不再恨你们。我明白你们是如何融入整个体制的了。你们很重要，但不像我过去想象的那样。你们是一支庞大的军队中的一支部队：你们中的大多数人死的时候都不知道你们的领导人为什么而战，甚至根本不知道自己在战斗。嗯，我将成为另一方军队中的一支小分队……（*Plays* 582）

随后，弗朗西斯带着艾伦和其他几个村民离开了村子。这是《皮下狗》第一版的结尾部分。而在新版本里，两位作者让弗朗西斯的慷慨陈词更加侧重于让村民自己选择自己的前途：

> 我不再恨你们。你们很重要，但不像我过去想象的那样。

你们不是我以为的那种不寻常的怪物。你们个人并不重要。你们只是一支庞大军队中的小队；你们中的大多数人死的时候都不知道你们的领导人为什么而战，甚至根本不知道自己在战斗。这就是我回来的原因。这种无知至少我可以做点什么来消除。我不能命令你们做什么，我也不想这样做。我只能试着向你们展示你们在做什么，所以迫使你们做出选择。因为选择是你们所有人都害怕的。每一项技术发明，每一次知识的进步，都在慢慢地侵蚀着你们对自然的依赖……这就是让你们害怕的东西。"什么都行，"你大声喊道，"什么都行，只要能换回旧的安全感与和谐感；如果大自然不给我们安全感，那就给我们一个独裁者，一个从我们肩上接过思考和计划的责任的权威。"好吧，现在已经太晚了。在文明开始之前，你们就已经与自然隔绝了，你无法再追溯历史，就像心烦意乱的青少年无法重新进入他母亲的子宫一样……你在与之斗争的是你自己的本性，那就是学习和选择。（*Plays* 285–286）

在创作《死神之舞》时，奥登隐隐觉得要想让英国社会发生实质性改变，或许需要一位力挽狂澜的领袖人物，民众仅凭自身是不会做出改变的。时隔一年多，奥登的想法发生了变化，他刻意让观众与舞台动作保持一段距离，以便让观众自己决定未来打算采取什么样的行动。这种认识上的转变使得奥登的戏剧作品能够取得与布莱希特的间离相类似的效果。《皮下狗》临近终场的一段合唱强调了选择的重要性：

不要为这些人哀悼；他们是选择了自己的痛苦的幽灵，

还是为你们自己哀悼吧；也为你们的拿不定主意而哀悼吧

* * *

因此，选择吧，这样你就可以康复；你的仁慈和你的地位

决定不了我们最近所目睹的局面：但可以决定另一个国度，

在那里，恩典可能会向外增长并得到赞扬，

在那里，美与善是鲜活的。（*Plays* 289）

《皮下狗》是一个现代的寓言故事，它具有追寻故事的结构和“童话般的情节”（Wright 74），高明的机趣和辛辣的讽刺穿插其间，传统的叙事方法与现代的表现手法有机结合，使得该剧成为奥登 20 世纪 30 年代最重要的戏剧创作之一。希德内尔对该剧的断语今天仍然站得住脚：“《皮下狗》的技艺和活力使它成为英国戏剧有史以来最具吸引力的作品之一。”（Sidnell, *Dances of Death* 148）

2.5 《攀登 F6 峰》中的浪漫主义英雄形象

《攀登 F6 峰》是奥登与伊舍伍德在 20 世纪二三十年代共同创作的第三部戏剧作品。剧中的主人公迈克·兰塞姆（Michael Ransom）是一位名满英伦的杰出登山家，他的孪生兄弟詹姆斯·兰塞姆爵士代表英国政府，试图说服迈克去攀登一座位于某英属殖民地边境且极具战略意义的高峰 F6。兰塞姆拒绝了詹姆斯的要求，但在与随后赶来的母亲进行一番交谈之后，他又改变了主意。在第二幕第 1 场里，兰塞姆与四位登山队员在 F6 峰上的一座寺庙里过夜，在那里，他们透过一个神秘的水晶球知晓了各自内心深处隐藏的欲求。兰塞姆从水晶球里听到了众人的呼唤，他们希望兰塞姆成为引领、治愈和拯救他们的英雄（*Plays* 324–325）。在接下来的攀登过程中，三名队员先后丧生，兰塞姆让第四位队员留守营地，他独自一人冒着暴风雪爬到了峰顶，但终因精疲力竭而亡。

评论者普遍认为《攀登 F6 峰》带有作者的自传性质。20 世纪 30 年代的奥登被他的同时代人奉为诗坛领袖，他也确曾一度产生过用诗歌来引领、治愈和拯救英国民众的想法（Mendelson, *Early Auden* 238–256）。兰塞姆的悲剧往往被批评家解读为奥登对自身处境的一个寓言。例如，门德尔松在评论中指出，奥登以兰塞姆的失败警醒自己，不要充当诗人英雄的角色（Mendelson, *Early Auden* 285）。这种解读被奥登晚年的言论所证实。他在 1963 年的一次访谈里透露，在写作《攀登 F6 峰》时，他已决定离开英国这个把他当作英雄来看待的诱惑之地：“我当时就知道，如果我留下来，就一定会成为英国统治集团的一员。”（转引自 Carpenter 195）

把兰塞姆解读为奥登本人内心欲望的镜鉴无疑是贴切的。如门德尔松所言，这不仅符合奥登当时的心境，还可以解释他为什么多次修改该剧的结尾但始终不满意："奥登利用兰塞姆之死来否定他自己雄心勃勃的幻想。他达到了他的治疗目的，但代价是一出成功收场的戏剧。"（Mendelson, *Early Auden* 255）然而，这部作品的意义不仅仅在于这一点。该剧探讨的不仅仅是作为诗人的英雄，亦非一般意义上的英雄主义和英雄崇拜，其主题是更为宏阔的浪漫主义英雄观。作为《攀登 F6 峰》一剧所塑造的浪漫主义英雄，兰塞姆的形象具有多角度和多层次，各角度和层次之间互有联系，且存在着张力。

一

在《攀登 F6 峰》第一幕第 1 场的开头部分，兰塞姆坐在英国湖区名胜柱山（Pillar）之顶，读着但丁《神曲·地狱篇》（*The Inferno*）第 26 章——老迈的尤利西斯敦促和他一样老迈的伙伴们踏上最后航程。尤利西斯提醒伙伴们，人生"不是为的像兽类一般活着，而是为追求美德和知识"（但丁 202）。湖区是英国浪漫主义诗歌的发祥地，浪漫主义诗人华兹华斯（William Wordsworth）、柯勒律治（Samuel Taylor Coleridge）和骚塞（Robert Southey）因居住在湖区而被称为"湖畔诗人"（Lake Poets）。不仅如此，华兹华斯在《兄弟》（"The Brothers"）一诗里对柱山有生动的描述。该诗最早出现在华兹华斯与柯勒律治合著的《抒情歌谣》（*Lyrical Ballads*）1800 年版的第二卷里，正是在这一版的"前言"里，华兹华斯发表了他著名的浪漫主义诗歌主张。

奥登与伊舍伍德为兰塞姆的出场所设置的浪漫主义背景，预示着他们将要把兰塞姆塑造为一个浪漫主义者。典型的浪漫主义者，首先是"沉思的人"（men of contemplation），耽于思考现象世界背后的抽象哲理，而且往往摆出高蹈出尘的姿态，看不起"行动的人"（men of action），即那些从事物质生产或汲汲于名利的人。[1] 剧中的兰塞姆非常贴合这一浪漫主义者的模板。他读完一段但丁的诗行之后掩卷而思，思绪从文本转向眼前的现实，从他的内心独白里可以看出，他既反感附庸风雅的中产阶级对

1 "沉思"与"行动"是讨论浪漫主义时常见的一组二元对立。参见 Frank Kermode, *Romantic Image*, London: Routledge, 2002；陈雷：《中产阶级与浪漫主义意象——解读〈最漫长的旅程〉》，载《外国文学评论》2006 年第 2 期。

自然景观的消费——情侣们沿着湖畔踱步，“沉浸于令人激动和让人产生陌生感的幻想之中”；松林中的白屋里有人喝着咖啡，周末会有人来聊艺术——也不满缺乏智性追求的底层农民那种单调乏味的生活：“在这些多得数不清的绿色石板屋顶下，愚蠢的农民正在制造他们那愚蠢的孩子。”（*Plays* 296）

兰塞姆将自己与那些缺乏思考能力和思考意愿的“行动的人”对立起来，后者却将兰塞姆视为偶像。奥登与伊舍伍德设计了两个人物，A先生和A太太，在剧中起着合唱队的作用。A先生和A太太过着平庸而稳定的中产阶级生活，但他们却流露出一种“浪漫化”的思维方式，“这种思维方式将人和事物中（往往是无意和偶然地）体现出来的符合浪漫主义理想的因素夸大，并一厢情愿地把这一人或物当作理想来企慕和追寻”（陈雷 6）。A先生和A太太是英国普通中产阶级的代表，A即是“普通”（average）一词的首字母。平淡无奇的生活消磨了A太太曾经怀有的浪漫主义遐思，她一边做着家务一边回忆过去：“起居室，曾经是我的自由的宏伟形象，/还有卧室，曾经让我拥有埃及的神秘柔情和令人恐怖的东西印度。”（*Plays* 297）面对每天“没有什么有趣的事可做，/没有什么有趣的话可说，/没有任何不同寻常之处”的平淡生活，A先生不禁发问：“我们到死都会像现在这样吗？”（*Plays* 297–298）他们期待着外界能出现让他们的精神为之一振的事件，于是，兰塞姆团队攀登F6峰的消息顺理成章地成了他们“浪漫化”的对象。

尽管浪漫主义者喜欢把自己视为“行动的人”的对立面，但是他们却往往向往一种不受世俗规范约束因而显得更为超然和更具个人英雄主义色彩的行动（转引自 Kermode 32）。叶芝笔下的罗伯特·格雷戈里（Robert Gregory）少校就是这样一位浪漫主义行动者：

> 我知道我将要遭逢厄运，
>
> 在天上浓云密布的某处；
>
> 对所抗击者我并不仇恨，
>
> 对所保卫者我也不爱慕；
>
> ……

不是闻人或欢呼的群众，

或法律或义务使我参战，

是一股寂寞的狂喜冲动

长驱直入这云中的骚乱（傅浩 220）

罗伯特·格雷戈里是叶芝的好友、爱尔兰剧作家和剧院经理格雷戈里夫人（Augusta Gregory）的独子，他多才多艺，极有绘画天分，第一次世界大战爆发后加入了英国皇家空军，1918 年 1 月在意大利前线阵亡。应格雷戈里夫人的请求，叶芝先后写过四首纪念格雷戈里的诗。在《一位爱尔兰飞行员预见死亡》（“An Irish Airman Foresees His Death”）这首诗里，叶芝以格雷戈里少校本人的口吻，想象如何驾驶着战斗机在高空飞行时反思自己参战的动机。格雷戈里既不仇恨“所抗击者”，也不爱慕“所保卫者”，他的行为具有“类似艺术活动的无功利目的性”（傅浩 221）。在叶芝的诗中，格雷戈里在云端“回想一切，权衡一切，/ 未来的岁月似毫无意义，/ 毫无意义的是以往岁月，/ 二者平衡在这生死之际”，展现了少校身上沉思与行动这两个对立面的调和一致（傅浩 220）。在英国文学批评家克莫德（Frank Kermode）看来，叶芝的这一态度恰好印证了他是一个典型的浪漫主义诗人，这两个对立面的调和正是“叶芝式象征的用意所在”，代表了克莫德所谓的“浪漫主义意象（Romantic Image）的开花结果”（Kermode 52）。

《攀登 F6 峰》中的兰塞姆同样是沉思的人与行动的人的两相结合，是理想化的浪漫主义英雄。前来说服兰塞姆接受攀登 F6 峰挑战的斯塔格曼特尔勋爵（Lord Stagmantle）夸赞兰塞姆是学者和行动的人的“不同寻常的混合体”，这倒并非溢美之词（*Plays* 309）。

事实上，兰塞姆所从事的登山运动与浪漫主义有着极为密切的联系。登山作为一种风尚兴起于 18 世纪末和 19 世纪初。这一时期的浪漫主义诗人和作家如华兹华斯、司各特（Walter Scott）、玛丽·雪莱（Mary Wollstonecraft Shelley）和拜伦（George Gordon Byron），在他们的诗歌、小说和游记里对登山活动以及登山者的主观体验多有描述，这类文学作品使得英国人对于英国本土以及欧洲大陆上的山岳的兴趣日益增长（McNee 7）。1857年在伦敦成立的阿尔卑斯俱乐部（the Alpine Club）则标志着登山运动制度化的开始。在浪漫主义者眼里，登山为远离人群和平庸的生活提供了契机，是一种以规避行动的世界为目的的行动。有学者在讨论浪漫主义文学与19世纪英国乡村的文化霸权之间的关联时，对浪漫主义者眼中的“风景”做了精辟的定义：所谓“风景”就是那种“不使人产生功利性联想而仅仅作为内心力量的象征的地貌……是观赏和沉思的对象”（程巍）。在山巅之上容易引生卓然独立或睥睨尘俗的感觉，这种由登山而产生的浪漫主义超越感与叶芝笔下的格雷戈里少校在云霄中所感受到的那股非功利的“寂寞的狂喜冲动”本质相同。

而对中产阶级而言，由于不敢或不能攀登令人生畏的高山，登山的壮举很容易被他们赋予过度的浪漫主义色彩，并对登山者产生英雄崇拜心理。《攀登F6峰》里的A先生和A太太从报纸和广播里得知兰塞姆即将攀登F6峰的消息后，乏味的生活顿时被注入了活力，他们感受到了久违的幸福感，暂时忘却了工作的疲惫和家务的琐碎，计划周末出行以示庆贺，尽管他们并不清楚要去那里：

> A太太：让我们离开这里，再也别回来；
>
> 　　赶上末班车，去——
>
> A先生：去哪儿？
>
> A太太：那有什么关系？
>
> 　　哪儿都行，只要能摆脱这种忙碌和喧闹！（*Plays* 317）

这对中产阶级夫妇和浪漫主义者有着相似的远离尘嚣的冲动，但是前者选择的目的地却是多佛尔（Dover）、马尔盖特（Margate）、福克斯通（Folkestone）或者布赖顿（Brighton）这类大众度假胜地。更具反讽意味的是，A夫妇并不知晓，被他们奉为行为榜样的兰塞姆从一开始就看不起那种把消费风景引为时尚的庸俗行为。显然，正如叶芝诗中的格雷戈里少校一样，兰塞姆对那些崇拜他的普通英国民众并无好感，而对于民众而言——借用奥登作于1934年的一首诗里的短语——兰塞姆是一位“满不在乎的挽救者”（indifferent redeemer）（*The English Auden* 148）。

研究《攀登 F6 峰》的学者大都同意，兰塞姆这个人物的原型之一是现代英国颇具传奇色彩的考古学家、陆军军官、外交家兼作家 T. E. 劳伦斯（T. E. Lawrence）。劳伦斯在奥登与伊舍伍德创作《攀登 F6 峰》的前一年因车祸去世。1934 年，奥登发表了一篇评论英国军事历史学家利德尔·哈特（Liddell Hart）撰写的劳伦斯传记的书评文章。他在书评里把劳伦斯视为一位现实中极为罕见的英雄人物。在奥登看来，劳伦斯的一生是“真正虚弱的人转化为真正强大的人的一个寓言”，劳伦斯是“情感与理智、行动与思维两相结合最接近完美的体现”（*Prose I* 61–62）。1936 年，《攀登 F6 峰》以戏剧形式对劳伦斯以及以他为代表的浪漫主义英雄加以重新评估，并对英雄崇拜心理进行了批判。

曾有论者指出，剧中关于兰塞姆的部分与关于詹姆斯爵士等公众人物和 A 夫妇的部分之间，缺少必要的关联：前者是“心理学的和宗教的”；后者则要么充满漫画般的讽刺，要么显得极其沉闷（Spears 102）。如果把整部剧视为对浪漫主义理想主义的再评价，那么剧中关于兰塞姆私人领域的部分与他参与公共领域的部分则显得密不可分。

二

与现实中的劳伦斯一样，兰塞姆也卷入了国际政治的竞逐。剧中的 F6 峰位于一个叫作苏多兰（Sudoland）的地区，英国和另一个叫作奥斯特尼亚的帝国分别在此开辟了殖民地，而 F6 峰恰好处于两块殖民地的边境线上，具有极为重要的战略意义。根据当地久远的传说，此峰有守护神护佑，因此从未被人攀登过。奥斯特尼亚此时正在设法策反英方殖民地的土著，除了向他们许诺任何一方乃至任何其他殖民力量都无法实现的改革措施之外，还派遣了一支登山队前往攀登 F6 峰，因为当地的苏多兰土著都在口耳相传，第一位登上 F6 峰的白人将统治苏多兰全境一千年（*Plays* 301–302）。此传闻显然是奥斯特尼亚殖民者刻意散布的，虽然荒诞不经，但是如果英方置之不理，势必造成英属苏多兰发生动乱，让敌对势力有可乘之机，有可能让英国完全失去对这块殖民地的统辖。因此，英国的当务之急是立刻派遣一支登山队，赶在奥斯特尼亚登山队之前登上 F6 峰。

迈克·兰塞姆的孪生兄弟詹姆斯·兰塞姆爵士恰好负责此次英国登山行动的人选事宜，他毫不犹豫地推荐迈克，此举倒不是出于徇私偏向，而是因为登山行家认定迈克是“这个国家最出色的登山运动员之一”（*Plays* 303）。詹姆斯携韦尔文夫人（Lady Isabel Welwyn）和报界大亨斯塔格曼特尔勋爵前往湖区的一家酒馆找到兰塞姆和他的同伴们，他刚准备说明来意，即遭到兰塞姆的断然拒绝：

> 詹姆斯：[清了清喉咙]我以英王陛下政府的名义，前来向你提出一个极为重要的建议——
>
> 兰塞姆：对此我无条件拒绝。
>
> 詹姆斯：[吃了一惊]可是——迈克——我还没告诉你是什么建议！
>
> 兰塞姆：你告诉我的已经够多的了。我知道你的那些建议，詹姆斯，它们全都一样。它们极有说服力。它们包含某些保留意见。它们关乎声望、战术、金钱，以及常见词语的私下预先安排的含义。我与它们中的任何一个都无关。你走你的阳关道，我走我的独木桥。（*Plays* 310）

浪漫主义者兰塞姆不愿意与世俗世界所看重的一切“声望、战术、金钱”发生任何关系，他想要保持他理想世界的纯粹。此外，从第一幕第3场这兄弟俩的对话还可以看出，迈克与詹姆斯之间的隔阂并不仅仅是由他们不同的人生选择和价值观造成的，源自童年的宿怨即使不是主因，至少也起到了相当重要的作用。

詹姆斯对兰塞姆的反应早有预料，他用兰塞姆最想做的事情作诱饵，促使后者就范：“我给你的是一个机会——是你一生中最伟大的机会——让你随心所欲地做一些事情。我们希望你带领一支探险队，去尝试攀登F6峰。”（*Plays* 310）对兰塞姆而言，这是一个莫大的诱惑，他不禁回忆起自己从童年起便无数次地梦想着要登上这座迷人的山峰，不过兰塞姆很快意识到了这种诱惑，于是再次果断拒绝。

詹姆斯见这招不管用，旋即指出，攀登F6峰关乎国家前途，希望兰塞姆以帝国大业为重。而兰塞姆却一针见血地指出，詹姆斯最关心的是他自己的前途。詹姆斯理屈词穷，不再说话，此时韦尔文夫人开始充当说客，试图以荣誉感和女性特有的情感力量打动兰塞姆，但也没有成功。最后出场的是斯塔格曼特尔勋爵，他不谈政治和理想，只说这次登山行动将会给兰塞姆带来可观的收入，他知道兰塞姆“需要现金来追求你的爱好”（*Plays* 311）。对斯塔格曼特尔勋爵的坦直，兰塞姆倒没有那么反感，不过他还是表示拒绝。

伊舍伍德 1938 年对采访他的记者表示，他和奥登想在剧中表现“为登山而登山与出于政治目的而登山之间的反差”（转引自 Sidnell 186）。F6 峰在兰塞姆心目中极为神圣，他不愿意因政治方面的考虑而登山，他的几番拒绝体现出他的浪漫主义姿态，鄙视现实政治、空洞的荣誉观和庸俗的价值观。因此，《攀登 F6 峰》在此触及了另一个重要议题，浪漫理想主义能否与现实的国家利益兼容，换言之，浪漫主义英雄是否有可能成为民族英雄。兰塞姆仍然维持着容不下现实利益的“真正强大的人”的形象，但很快，这个形象将随着兰塞姆母亲的上场而转变。

得知母亲到来，兰塞姆顿感沮丧，两人之间随后展开的对话让观众得以窥探兰塞姆内心中的脆弱部分。兰塞姆从小就觉得母亲偏爱詹姆斯，现在他又“听见了你的声音里有偏心的意思”（*Plays* 312）。他的言语中透露出他对母亲和兄弟怨尤很深，这次母亲又站在詹姆斯一边，让兰塞姆尤难接受，他对母亲说道：“多年前 / 他偷走了我从你那里应得的部分；现在他非得 / 让我疏远我自己吗？”（*Plays* 312）在兰塞姆看来，答应詹姆斯的请求无异于违背自己一贯的处世原则，是对自我的一种背叛。

母亲接下来的一番话揭露了一段不为人知的隐情，让兰塞姆迅速做出了最终的决定。审视母亲的这段陈述和兰塞姆的最终决定有助于我们对何为“真正强大的人”产生进一步的理解。根据母亲的讲述，迈克和詹姆斯从一出生就表现出非常不同的性格特征。迈克“个头小小的、一脸严肃、沉默寡言”；而詹姆斯无论身体素质还是长相，都更讨人喜欢，而且他也习惯于受到别人的关注，用他母亲的话说，“他一时都离不开掌声”（*Plays* 313）。对詹姆斯，母亲毫不吝惜地给予关爱，而对迈克，母亲的爱却显得不近人情。母亲是这样向兰塞姆解释她的区别态度的：

而你，你是要成为真正强大的人的，

必须要让你远离一切有可能侵染你

或削弱你的东西；我是为了你才故意

让我的爱冷酷无情并藏起它。你以为

把你排斥在外很容易吗？我是那么渴望

让我的心成为世界上最温馨的角落，

让你永远在那里得到温暖，怎舍得让你

赤裸裸地面对冷漠的暴风雪和闪电？

不知道多少个夜晚，诱惑袭来，

想让我把你从床上抱起来吻个不停，

我咬住枕头坚持着。但是我赢了。（*Plays* 313）

母亲希望兰塞姆明白，她不给他爱，恰恰体现了她对他爱得更深沉。母亲把她所做的这一切视为自我牺牲，以此来换取兰塞姆的独立和自由。在母亲看来，兰塞姆拒绝出于政治目的去攀登 F6 峰的做法，貌似是在维护自己的自由，实际上却是不自由的表现，因为：

当选择他一生中

最伟大行动的那一刻来临时，

他却无法做到，因为那是他兄弟的请求，

他受制于对兄弟的仇恨——（*Plays* 314）

母亲的一番话在兰塞姆听来不啻醍醐灌顶，没等母亲把话说完，他便做出了最后的决定：

兰塞姆：母亲，别说了！

母亲：迈克！你的意思是——

兰塞姆：是的。去找詹姆斯吧，告诉他你赢了。

但愿这能让他高兴。

母亲：我的孩子！（*Plays* 314）

这里的“你赢了”语带双关。从詹姆斯的角度来看，母亲赢了也就意味着他的胜利，兰塞姆将乖乖参加这场以登山为名义的政治行动。对兰塞姆来说，母亲赢了有着更深层的含义。母亲此前说过，她成功地克制住自己，没有滥施母爱，从而成就了兰塞姆独立自主的人格。而母亲的最后一番话点醒了兰塞姆：基于仇恨或者任何一种情绪所做的决定，都称不上是自主的选择。兰塞姆相信，尽管他的最终决定遂了詹姆斯一干人等的愿，但是这对他的自由独立并没有丝毫影响。只要他的内心坚信，他是为登山而登山，那么母亲为他做出的巨大牺牲就没有白费，在这个意义上，母亲赢了。

至于那些帝国的代言人们如何利用兰塞姆大做政治文章或大发其财，以及普通民众如何把兰塞姆视为英雄加以膜拜，都与兰塞姆无涉。戏剧情节发展至此，似乎传达了以下信息：对于一个真正强大的人而言，参与公共领域的事务与他（她）内心的理想主义之间虽然存在着张力，却并非不可兼容，只需为他（她）所参与的公共事务找到一个非功利的浪漫主义理由即可实现。

与兰塞姆一样，作为兰塞姆原型的 T. E. 劳伦斯也被认为集浪漫主义英雄与民族英雄于一身，他在 20 世纪 30 年代的英国被视为“最后一位浪漫主义军事英雄”（Hynes 190）。丘吉尔（Winston Churchill）为劳伦斯写的悼词就突显了后者遗世独立的一面：

> 世界自然会以敬畏的眼光看待一个对家庭、金钱、舒适、地位甚至权力和名誉漠不关心的人。世界不无忧虑地感到，这个人在其管辖范围之外；在他面前，世界徒劳地散播它的诱惑；他不可思议地被免除了法律义务，不受约束，不受习俗的束缚，独立于人类行为的普通潮流……（转引自 Hynes 190）

对于名利毫不动心，也不受任何世俗礼法的制约，这恰好是对“真正强大的人”的另一种表述。奥登与伊舍伍德显然并不打算效仿丘吉尔给兰塞姆轻易贴上“真正强大的人”这张标签，在《攀登 F6 峰》这出二幕剧的后半部分，我们将跟随两位作者的戏剧性刻画，深入兰塞姆的意识深处，以检验浪漫主义英雄是否真能抵制住一切功利诱惑。

三

浪漫主义英雄一旦参与公共事务，就必然涉及与他人共事、合作，这时，个人理想主义往往会与现实产生冲突，浪漫主义英雄如何处理可能出现或业已出现的矛盾冲突，是检视浪漫英雄主义的一个重要面向。

兰塞姆带领的登山队由四位性格迥异的成员组成：冈恩（Gunn）无忧无虑，胆小却喜欢寻求刺激；肖克罗斯（Shawcross）对待登山严肃认真，他崇拜兰塞姆，嫉恨受到兰塞姆偏爱的冈恩，经常与冈恩起冲突；兰普（Lamp）热衷于采集奇花异草，一心想找到一种叫作“倾覆之极”的花[1]；威廉斯医生（Doctor Thomas Williams）非常在意他发福的身材，他是团队中年龄最长者。兰塞姆了解团队每个成员的弱点，但他善于用人，用肖克罗斯的话来说，兰塞姆“善于利用（use）各种各样的人，发挥每个人的最大潜能”（*Plays* 320）。

反之，团队成员对于他们队长的了解程度却显得很不对称。除了佩服兰塞姆的登山技能和信赖他的为人之外，他们并不知晓兰塞姆攀登 F6 峰的真正原因。兰塞姆与每一位队员都保持着亲切但不亲密的关系。亲密关系暗示着平等，即彼此透露和分享深层次的情感体验，你了解我多少也意味着我了解你多少。兰塞姆从未向他的队友真正敞开心扉。在第二幕第 1 场，当他们依次透过水晶球得知自己的内心欲望时，除兰塞姆之外的每个人都公开说出了他们从水晶球里看到的景象。兰塞姆对自己所见闭口不言，当队员们询问他看到了什么时，他“在长时间的停顿之后”选择了撒谎：“我什么也没看见。”（*Plays* 325）威廉斯医生根据兰塞姆的回答得出了以下结论，即如果一个人的意志力足够强大，催眠将起不到任何作用（*Plays* 325）。也就是说，兰塞姆通过撒谎增强了他在队员们心目中的英雄形象。

1　原文为 Polus Naufrangia，直译为 pole of shipwreck，因此此花名的寓意不祥。见 *Plays* 630；Fuller 197。

现实中的浪漫主义英雄劳伦斯情况与此颇为类似。他鲜有特别亲密的友人，除了只以通信保持联系的萧伯纳夫人（Charlotte Shaw）之外，还有几名空军战友，这些战友没有受过多少教育，劳伦斯“可以按照自己的主张与他们保持密切关系，而不会透露比他希望透露的更多的信息”（Pfaff 81）。此外，劳伦斯承认他在战时的阿拉伯工作时，对阿拉伯人和对他的英国上司都曾隐瞒过实情。根据一个战时曾和劳伦斯共事过的人所说，劳伦斯喜欢“陈述一些他心里清楚，无论是路人或来自阿拉伯的阿拉伯人都可能会相信的假话”（艾许 51）。

由此可见，浪漫主义英雄即使在参与公共事务时，仍努力维持着一种疏离感，这是一种防范他人太过亲近而导致他（她）的独立人格受到任何形式的侵犯的自我保护机制。但事实上，在这种疏离感背后隐藏着的很可能是某种不宜暴露在大庭广众之下的隐私或欲求。劳伦斯的一位传记作者发现，在劳伦斯的疏离感中隐藏着“一种对名声、他人的关注以及欲脱颖而出的渴望”（艾许 32）。

在从水晶球里获悉潜意识中的欲求之前，兰塞姆一直对他的浪漫理想主义深信不疑。在第一幕第 1 场的开头部分，兰塞姆在读完《神曲·地狱篇》中关于尤利西斯的段落之后大发感慨。他站在道德制高点上，认为世人所追求的并不是“美德与知识”，而是权力，甚至连但丁本人也不例外，因为但丁利用自身的文学天赋在他的长诗里寻求“为每一回冷遇、每一次头痛、每一位未堕落的美人施加绝对的报复”（*Plays* 295）。水晶球让兰塞姆看到了他隐藏得非常深的权力欲望，他极不情愿地得知，他与他所鄙视的世俗人并无本质区别，他并非是一个不受任何外物引诱的真正强大的人。兰塞姆用谎言打发走他的队友之后，让僧侣重新拿来水晶球，以便再次验证刚才所见是否是幻觉，但结果再度令他失望：

> 他们转过他们那啮齿动物的脸来，是冲着我吗？那些衣衫褴褛的滨水区居民，如此可怜地尖叫着：“把我们复原！把我们恢复到独一无二的样子，恢复到人的状态。”这位悲伤的艺术家在拥挤的海滩上的祈祷真的是为了我吗？“刺杀我那可怕的超然。我对这些游泳者的爱是无可救药的，也是过分的。让我也做仆人吧。”我想我看到了世

界上疲惫不堪的病态脸颊在我走近时变得明亮起来，就像看到了独生子回家一样。……我怎么能告诉他们这些呢？（*Plays* 325-326）

从可怜兮兮的禽兽到无法与周围人建立联系的孤独艺术家，他们无不在期待兰塞姆的拯救；在另一个幻象中，世上的病苦之人一见到他就变得容光焕发，充满了希望。不难想象，假如兰塞姆对他的队友透露真相，势必会影响兰塞姆在他们心目中的完美形象，也一定会削弱这次登山行动的士气。因此，尽管兰塞姆已无法继续自欺，他仍不得不对外人勉力维持住浪漫主义英雄的高大形象。在整部剧里，兰塞姆与他人互动时通常都表现出我们对浪漫主义英雄所期待的那种平和淡然，只有在他的兄弟和母亲前来游说时，他才显露出强烈的情绪波动，表明原生家庭对兰塞姆造成的心理创伤之深。然而与此构成悖论的一个事实是，恰恰是由于童年时母亲对待他的方式，才使得兰塞姆后来成为世人眼中的浪漫主义英雄。

同样的悖论也发生在劳伦斯身上。在劳伦斯小时候，母亲“在家里以铁的纪律‘掌控大权’”（艾许 23），她对性格执拗的劳伦斯的管教要比对其他几个孩子的管教严厉得多。母亲施加在劳伦斯身体和心理上的压力不仅没有让劳伦斯屈服，反而促成了他的反抗精神和强者意志。他对母亲所产生的疏离感逐渐延伸到他所接触的其他人身上，最终形成了一种不假外物的独立精神。另外，他竭尽全力不辜负母亲对他的期待，为了母亲，他必须“够完美：他必须勇敢、高贵、强壮、苦干实干、诚实、值得尊敬、服从而且忠诚——宛如一位白骑士般，‘无所畏惧，不怕责备’”（艾许 29）。对劳伦斯而言，从童年的痛苦中发展出来的强大意志力成为一把双刃剑，既成就了他一生的事业，同时也是“他生命中的骇人怪物”（艾许 29）。根据传记作家艾许的描述，劳伦斯“擅长操弄事实和媒体，以期达到个人目的”；他把阿拉伯大起义“看成他个人叛逆的表现……他内心的‘野兽’和不服输的灵魂，渴望他人的关注与焦点，期盼别人能看出他的‘与众不同’和‘异于常人’”（艾许 234）。

意志力的培养有赖于主体与环境的互动，而强大的意志力往往是在恶劣环境中形成的。童年是个人性格形成的关键时期，在这一时期经历的逆境更有助于强大意志力的发展及其在成年期的维持。由于儿童所接触的环境主要是家庭，而父母、家庭对一个人性格和意志力的影响通常是潜移默化的，因此浪漫主义英雄往往只看到自己具有强大意志力这一事实，却忽略了它的成因，而这一发生在久远之前、已隐入意识深处的成因却可能成为导致浪漫主义英雄的事业或人生遭受失败的原因。强者意志的这种潜在破坏性在《攀登 F6 峰》的第二幕里得到了充分的戏剧表现。

兰塞姆在确认了他试图担当世界拯救者的秘密欲望之后，与寺院住持有一番较长的对话。住持告诉兰塞姆，凡是爬到 F6 峰顶的人都会见到魔，但是魔既不是迷信，也不是虚构的存在，它对不同的人——无论是头脑简单、未受过教育的人还是思想复杂、情感细腻的人——会有不同的显现。住持接着解释道，随着科技的进步与社会的发展，魔并不会消失，而是转入人的意识深处，用他的话来说，魔是“梦中无形的恐怖，是你在黎明醒来时向后退去的驼背影子”（*Plays* 327）。随后，住持指出了兰塞姆目前所面临的诱惑：“用意志战胜魔”，然后“拯救人类”（*Plays* 327）。也就是说，如果兰塞姆能够成功登顶，并凭借自身的意志力战胜峰顶上的魔，就有望实现他拯救世人的欲求。

兰塞姆现在面临的选择是：屈服于诱惑，即继续攀登 F6 峰？还是抵制诱惑，即终止这次登山计划？向诱惑低头显然有违浪漫主义英雄理应具有的那种“真正强大的人”的形象，因此，兰塞姆倾向于抵制诱惑，即使这意味着推翻他此前的决定，让全国人民失望，并让帝国利益受损——没有什么事比维护浪漫英雄主义的完整性更加重要。但是他的困惑在于，放弃登山活动后，他该做什么。显然，他无法做那从骨子里就瞧不起的凭劳动谋生、过着平庸生活的世俗行动者。住持提供了一种可行但极其困难的方法，那就是留在寺院里通过艰苦的修行“彻底放下意志”（complete abnegation of the will）。住持详细描述了一种极为繁复的宗教仪轨，但即使修完这套仪轨，“也很难说自我放弃（self surrender）的过程已经开始”（*Plays* 328）。更何况，在兰塞姆的追问之下，住持透露道，连他自己都无法做到彻底放下意志，因此仍不时受到魔的侵扰。

正当兰塞姆感到犹豫之时，登山队员带来了敌国的奥斯特尼亚登山队的最新消息：这支队伍正在全速向峰顶进发。对手的态势激发了兰塞姆队友们的昂扬斗志。兰塞姆当即果断做出了继续攀登F6峰的决定："既然你们希望如此，那好吧。我顺从你们。我们将会抵达峰顶（The summit will be reached.），奥斯特尼亚人将被打败，帝国将得到拯救。我失败了。我们黎明时分出发……"（*Plays* 330）兰塞姆的这一决定，使得他的行动注定要与抵制诱惑、做十足的浪漫主义英雄的理想相互龃龉。

兰塞姆屈服于诱惑，使他的队友们陷入绝境。兰普在悬崖下发现了"倾覆之极"，却不幸遭遇山崩而亡；肖克罗斯无法接受兰塞姆打算只带冈恩完成最后一段攀登行程的决定，愤然跳下悬崖；威廉斯医生被留在营地做接应；兰塞姆与冈恩冒着暴风雪向峰顶进发，冈恩因体力不支死在了刃脊上。兰塞姆正如《神曲》中的尤利西斯，带领着他的老伙计们在经过"疯狂航行"之后船毁人亡（但丁 202）。

在第二幕第5场里，兰塞姆勉强登到了峰顶，但已精疲力竭，他在临终前的模糊意识中遭遇了魔。在他的幻觉中，山巅上出现了一个坐着的戴面罩的人物，他的兄弟詹姆斯化身一头恶龙，兰塞姆的任务就是要打败恶龙、拯救世界。双方的决斗以对弈的形式展开，就在詹姆斯要将死兰塞姆之际，兰塞姆看到山顶上那个不明身份的人物摇了摇头，詹姆斯随即倒地身亡。接着出场的斯塔格曼特尔勋爵和韦尔文夫人等人向詹姆斯致悼词，但从悼词的内容来看，死者应是兰塞姆无疑。幻觉反映了兰塞姆的复杂心态：首先，他很清楚这次登山失败因他而起，负罪心理让他觉得该死的人应该是自己；其次，他的求生本能和对詹姆斯无法释怀的怨恨使得他在潜意识里用不光彩的手段让詹姆斯成为牺牲品；最后，虽然在兰塞姆的幻觉中死的不是他本人，但是他却宁愿将斯塔格曼特尔等人那些充满爱国主义和英雄主义修辞的悼词献给自己，这些悼词的基调与丘吉尔致劳伦斯的悼词如出一辙。

随后，身披僧袍、头戴法官假发、手捧水晶球的住持上场，试图找出杀人的凶手。一开始，兰塞姆矢口否认，将罪责都推给魔："我没干！我发誓我没碰过他！这不是我的错！是魔的示意！"（*Plays* 351）但是当他发现住持即将把矛头对准山顶上端坐的魔之后，又开始极力把罪责往自己身上揽：“我说了什么？我不是故意的！原谅我！都是我的错。F6 峰已经向我展示了我是什么样的人。我是个胆小鬼，是个道貌岸然的人。我撤销指控。”（*Plays* 352）尽管如此，魔仍然被判定有罪。在全剧接近结尾处，魔的“面罩滑落，兰塞姆夫人露出了年轻母亲的模样”。兰塞姆趴在母亲的脚下，“头枕在她的大腿上。她抚摸着他的头发”（*Plays* 353）。谜底揭晓：兰塞姆在 F6 峰顶上遭遇的魔实际上是他母亲的形象在他意识深处的投射。母亲为了把他造就为出人头地的英雄而不近人情，他的欲望之魔便是母亲的欲望之魔。

《攀登 F6 峰》的副标题是“两幕悲剧”（“A Tragedy in Two Acts”）。兰塞姆的悲剧既指他生命的陨落，也指他从浪漫英雄主义的神话跌落到现实中。无论是“陨落”还是“跌落”（英文都可以用 fall 表示），都与主标题中的“攀登”（ascent）一词构成了悖论。登山既是对浪漫英雄主义所表现出的那种极端个人主义崇高理想的一种肯定，也是浪漫理想主义所暗藏的毁灭性的一个隐喻。浪漫主义英雄的生成过程中早已隐伏了这种毁灭性，随着浪漫主义英雄从私人领域进入公共领域，随着他（她）参与公共事务的程度愈益加深，这种毁灭性所具有的破坏力也愈益显现。在与住持的长谈中，兰塞姆逐渐看清了自己的处境：抵制诱惑意味着他要么转型成为浪漫主义英雄所鄙视的那种行动的人，要么就得走一眼望不到尽头的出家修行之路，然而这两条路都走不通。在外力的促使之下，兰塞姆决然选择登山这条屈服于诱惑的道路，此举实属知其不可为而为之：首先，登山队的准备工作严重不足；其次，他们登山时的天气条件极为恶劣。他非常清楚，“整个攀登行动就是疯狂之举”（*Plays* 338）。在做出继续攀登 F6 峰的决定时，兰塞姆就已经做好了面对死亡的准备，他只表达了会有人攀登至峰顶，却没有说那个登顶的人能活着回来。与叶芝诗中的格雷戈里少校和现实中的劳伦斯一样，兰塞姆选择了一种符合他浪漫主义英雄形象的死法。

诚然，《攀登 F6 峰》隐含着奥登的自传成分，但是在更普遍的意义上，该剧从社会文化层面对理想化的浪漫英雄主义进行了深刻反思。一方面，该剧肯定了浪漫主义英雄沉思与行动俱备、理想与入世兼容的特性；另一方面，该剧也深刻剖析了浪漫英雄主义的心理深渊。由此，奥登和伊舍伍德实现了对浪漫主义英雄观的重构和对浪漫主义英雄形象的祛魅。

2.6 奥登20世纪30年代的戏剧观

一

在20世纪的诗剧创作实践与理论阐述方面，叶芝和艾略特都是奥登的先行者。奥登的戏剧观与叶芝和艾略特的戏剧观既有联系又有区别，要想厘清奥登的戏剧观，不得不从叶芝和艾略特说起。

叶芝进行诗剧实验的出发点，是试图借助戏剧这一形式来教育普通民众。1899年5月，叶芝在给一位友人的信里透露，他“最希望做的一件事是戏剧，它似乎是我与爱尔兰公众发生直接关系的一种方式，也许是唯一的方式”（转引自Foster 214）。叶芝希望通过创办剧院和创作诗剧，“在现代人中间恢复一种高尚的民族精神”（傅浩55）。在发表于1919年的《人民的剧院：致格雷戈里夫人的一封信》（“A People's Theatre: A Letter to Lady Gregory”）里，叶芝透露了他与格雷戈里夫人在戏剧理念上的分歧。根据叶芝所说，他们当初创建阿比剧院（the Abbey Theatre）[1]的初衷是要建立一个“人民的剧院”，从该剧院上演的剧目广受欢迎这一点来看，他们的目的算是达到了。但是在叶芝看来，剧院的商业化成功有违他们创办剧院之初所设定的理念，即用爱尔兰的传统神话传说作为剧作的故事题材，重塑普通民众的内在生活（Yeats, *Explorations* 244, 249, 252）。对人民群众大失所望的叶芝转向精英主义路线，他要创造“一种非大众化的剧院和秘密社团般的观众，须经许可方能入场，人数绝不能多”，50人左右，演出场地大小与观众人数相匹配（“一个大的餐室或者客厅”），表演者不是专业戏剧演员，而是“五六个会跳舞、诵诗或演奏鼓、长笛和齐特琴的年轻男女”（Yeats, *Explorations* 254–255）。叶芝受费诺罗萨（Ernest Fenollosa）和庞德翻译的日本能剧启发而创作的诗剧《在鹰井畔》（*At the Hawk's Well*）

1 阿比剧院位于都柏林的阿比大街，1904年12月正式开张，隶属于爱尔兰民族戏剧社（Irish National Theatre Society），由叶芝担任经理兼导演，主要上演叶芝、辛格、奥凯西、格雷戈里夫人等爱尔兰剧作家的作品。

是这种戏剧理念的完美体现。该剧于1916年4月2日在伦敦一位贵妇人的客厅里首演，应邀前来观赏的艾略特对叶芝在诗剧领域的最新实验印象极为深刻，以至于十多年后他本人最具实验性质的诗剧即将搬上舞台之际，叶芝的影响仍然清晰可辨。1933年，美国瓦萨学院（Vassar College）的哈利·弗拉纳根（Hallie Flanagan）教授请求艾略特授权她在瓦萨学院上演《力士斯威尼》（*Sweeney Agonistes*）。艾略特同意了这个请求，并在给弗拉纳根的信里表达了他本人对于演出该剧的一些设想："您要上演《力士斯威尼》我没有意见……虽然我无法想象，如果我不在现场担任导演，别人还能做些什么。动作应该是程式化的，就像能剧那样——参见埃兹拉·庞德的书以及叶芝为《在鹰井畔》所作的序和注。人物要戴面具……念台词时不应带有过多表情。"（*Poems* 800）

然而，从艾略特20世纪50年代对叶芝诗剧创作生涯的总结和评论里可以看出，他要走的是一条与叶芝截然不同的诗剧创作之路。艾略特在《诗歌与戏剧》（"Poetry and Drama"）一文里指出："通常认为，诗剧的题材要么应该来自神话，要么应该与某个遥远的历史时期有关，要与当下保持足够的距离，以至于不必把剧中人物当作人来看待，这样他们就得到了用韵文说话的许可。"（Eliot, *On Poetry and Poets* 84）这显然是叶芝走过的路，而艾略特要做的则是"把诗歌引入观众所身处的那个世界，他们离开剧院后还要回到那个世界；而不是把观众带进与他们所处的世界完全不同的某个想象世界，一个容忍诗歌存在的虚幻世界"（Eliot, *On Poetry and Poets* 87）。在艾略特看来，现实世界是丑陋的，但他的宗教观和文化观决定了他写诗剧是为了使"肮脏、沉闷的日常世界"被"照亮"和得到"改观"，而不是通过另外创建一个虚假的世界来逃避现实（Eliot, *On Poetry and Poets* 87）。正因为如此，从一开始，艾略特就将他的诗剧的表象世界设定在当代，而赋予这个表象世界以形式和意义的则是某个原始神话，或者某出脱胎于原始神话的古希腊戏剧作品。艾略特对弗朗西斯·康福德（Francis Macdonald Cornford）和吉尔伯特·默里（Gilbert Murray）等所谓"剑桥大学祭仪研究者"（Cambridge Ritualists）的著作很感兴趣。这些古典学者都致力于研究原始宗教仪式，认为古希腊戏剧皆源出于此。康福德在他的专著《古希腊喜剧的起源》（*The Origins of Attic Comedy*）里对阿里斯托芬喜剧的论述为艾略特的第一部诗剧提供了神话的框架和主题。然而，艾略特意识到戏剧创作与诗歌创作的不同，前者必须把观众的接受考虑在内，要让作品对观众产生足够的吸引力。

叶芝放弃了他认为不可教的大众，躲进了象牙塔，而艾略特却主动放低身段，从戏剧的娱乐功能入手，不惮借鉴当代的通俗艺术形式，创作的诗剧务求让大众喜闻乐见，易于接受，在此前提下再考虑作品的艺术性和教化功能。艾略特在《诗剧的可能性》（“The Possibility of a Poetic Drama”）一文里认为，英国16世纪戏剧正是这么做的：“伊丽莎白女王时代戏剧的目标观众，是想要得到一种粗俗的娱乐、但却受得了大量诗歌的大众”（*Complete Prose 2* 283）。他在1938年写给庞德的一封信里用诙谐的俚语表达了同样的意思：剧作家的首要目标是抓住观众的注意力，“如果你能始终抓住该死的观众的注意力，那么趁他们不注意，你就可以随心所欲地搞恶作剧；可以说，正是那些背着观众偷偷做的事情让你的戏剧暂时不朽”（转引自Hinchliffe 23）。艾略特相信，如果作品只能迎合小众的审美，就有违创作诗剧的初衷。因此，20世纪20年代流行的歌舞杂耍表演（music hall）、时事讽刺剧（revue）、爵士乐、芭蕾等艺术形式都成了艾略特可资利用的资源。[1]

在借鉴当代通俗艺术形式方面，叶芝是有所保留的，他不赞同把爵士乐和杂耍剧场的歌曲等“我们时代的民间艺术”作为现代诗剧的“模子”（Yeats, *Essays and Introductions* 516）。他声称爱尔兰诗人“拒绝任何一种无法回溯到奥林匹斯山的民间艺术”（Yeats, *Essays and Introductions* 516）。他还表示，假以时日，并让他再年轻几岁，他就能证明连《乔尼，我几乎认不出你》（“Johnny, I Hardly Knew Ye”）这样的爱尔兰反战歌曲也源自神话（Yeats, *Essays and Introductions* 516）。艾略特对于当代通俗表演艺术与神话的联系虽然不像叶芝那么感兴趣，但是他发现，这些形态各异的鲜活艺术

1 采用大众娱乐形式作为现代诗剧的基本形式，这种观念受到了当时法国先锋戏剧的影响。艾略特于1923年撰写的《剧中人物》（“Dramatis Personae”）一文里援引了法国诗人、剧作家和电影导演让·科克托（Jean Cocteau）的一段话：“马戏表演、歌舞杂耍表演、电影，以及那些自谢尔盖·佳吉列夫（Sergei Diaghilev）到来之后给我们的年轻人提供了大好机会的其他事业，它们不自觉地形成了联盟，劲往一处使，共同对抗业已成为老相册的今日戏剧”（Eliot, *Complete Prose 2* 433）。

形式与作为戏剧起源的祭仪之间，存在着某种天然的联系。他在 1923 年 10 月发表的一篇书评里写道："戏剧表演不仅在它遥远的起源上是——而且始终是——一种仪式；当代戏剧表演未能满足人们对仪式的渴望，这就是它没能成为一种活生生的艺术的一个原因"（Eliot, *Complete Prose 2* 435）。艾略特援引古典学者布彻（Samuel Henry Butcher）对亚里士多德《诗学》的释读[1]来说明戏剧的基本要素："诗歌、音乐和舞蹈在亚里士多德那里自成一组，它们的共同因素是运用节奏来模仿——这种节奏可适用于语言、声音和身体动作"（转引自 Eliot, *Complete Prose 2*, 473）。基于这种认识，艾略特找到了现代诗剧复兴的突破口："正是节奏——它在现代戏剧（无论是诗剧还是散文剧）里完全不存在，莎士比亚的诠释者们尽一切可能压制它——使得马辛（Leonide Massine）与查理·卓别林（Charlie Chaplin）成为伟大的演员，使得拉斯泰利（Enrico Rastelli）的杂耍比一场《玩偶之家》（*A Doll's House*）的演出更能产生净化作用（cathartic）。"（Eliot, *Complete Prose 2* 473）

叶芝和艾略特对诗剧这种文学体裁都怀有浓厚的兴趣，他们都希望通过戏剧这一形式缩小他们的诗与诗歌爱好者之间的距离，并更好地发挥诗歌的社会功用。从诗剧创作的终极目标来看，艾略特与叶芝并无本质区别。叶芝致力于一种"神秘的艺术"，用"节奏、色彩、姿态的综合体"暗示一种真理（Yeats, *Explorations* 255）。他希望他的诗剧"与生活保持距离"，并希望观众通过观剧达到一种真正的出神（trance）状态，在这种状态下，"从意志的压力之下解放出来的心智被象征符号紧紧拥抱"（Yeats, *Essays and Introductions* 221, 153）。艾略特心目中的理想诗剧不仅要有戏剧秩序，还必须具备音乐秩序。在维系与日常经验生活必不可少的联系的前提之下，诗剧应尽可能地探索音乐性的那一面，因为在艾略特看来，"艺术最终的功用是，通过给日常现实施加一种可信的秩序——从而让人在现实里找到某种秩序感——把我们带到一种安详、静寂与和谐的境地"（Eliot, *On Poetry and Poets* 93–94）。

艾略特希望他的诗剧影响更多的人群，对社会进行精神层面的重塑，因此他没有像叶芝那样退避至贵妇人的起居室。艾略特在《诗歌的功用与

1　见《亚里士多德的诗歌与文艺理论》（*Aristotle's Theory of Poetry and Fine Art*）一书。

批评的功用》(*The Use of Poetry and the Use of Criticism*)的结论部分写道:“我想,每一位诗人都希望能够认为自己具有某种直接的社会功用……他希望成为一个通俗表演者那样的人,能够戴着悲剧或喜剧面具思考自己的想法。他希望传递诗歌的乐趣,不仅是向更多的爱好者,而且是向更多的整体的人群;戏剧是做这件事的最佳场所”(Eliot, *On Poetry and Poets* 154)。要对社会更有用这一文化观决定了艾略特的诗剧必然采取不同于叶芝的路径。

1928年,英国哈斯伍德出版社(Haslewood Press)出版了17世纪英国著名诗人、剧作家和文学评论家德莱顿(John Dryden)用对话体写成的《论戏剧诗》(*An Essay of Dramatic Poesy*)的限量版。在德莱顿的文本之前附有艾略特为此书撰写的前言和他模仿《论戏剧诗》的文体风格而写就的《关于诗剧的一番对话》(“A Dialogue on Poetic Drama”)。[1] 艾略特在前言里写道:“德莱顿和他的朋友们可以讨论一种实际存在并且仍然有人在写的‘戏剧诗’;因此,他们的目的是构建它的评价法则。而我们总是在讨论某种并不存在但是我们希望能成为现实的东西”(Eliot, *Complete Prose 3* 396)。此时,叶芝已经出版和上演了十几部诗剧,艾略特只完成并出版了他的首部诗剧的两个片段,奥登正在进行他的首次诗剧实验《两败俱伤》并正在形成他自己的戏剧观。

二

1929年春夏之际,奥登撰写了一篇关于戏剧和心理学的宣言式的“前言”(“Preface”),可能是要用作他与伊舍伍德当时正在合作的《主教的敌人》一剧或者某一部从未写出来的戏剧的前言。伊舍伍德对这篇文字做了修改,并将其改名为《初步声明》(“Preliminary Statement”)。从形式上看,这份声明类似一组互不关联的格言警句或者日记条目。从内容上看,除了少数几条与戏剧直接相关之外,大多涉及现代心理学对身心关系以及心理与社会文化之间关系的认识,其中有一部分与《主教的敌人》的情节有关。

1 《关于诗剧的一番对话》后来改名为《关于戏剧诗的一番对话》(“A Dialogue on Dramatic Poetry”),收录于《散文选》(*Selected Essays*, 1932)中,但是那篇前言从未与此文一起再版。见 Eliot, *Complete Prose 3* 409。

《初步声明》中与戏剧直接相关的条目涉及戏剧动作、戏剧人物、戏剧情节和悲剧类型。从一开始，奥登就和他的前辈叶芝和艾略特一样，重视戏剧与仪式的渊源：

> 戏剧动作是仪式。"真实的"动作是为了满足行动者的本能需求，从而使其从兴奋状态转到休息状态。仪式是为了刺激观众，使其从漠不关心的状态转变为敏锐的觉察状态。（*Plays* 459）

为了取得这样的效果，就需要在戏剧中综合运用面具、音乐、舞蹈、身姿、布景和服装，这也是刚开始走上诗剧创作道路的奥登与两位前辈所达成的共识。

总体而言，从一开始，奥登的戏剧观与艾略特的戏剧观较相近，而与叶芝的戏剧观针锋相对。虽然都强调戏剧的仪式性，但是奥登在他的诗剧中运用各种仪式手段的动机与叶芝截然相反。叶芝希望一切艺术与现实世界保持距离，"抵制住这个不断推进的世界"，与戏剧动作相关的仪式"要求姿态、服装、面部表情和舞台布景必须有助于守住大门"（Yeats, *Essays and Introductions* 224）。仪式化的戏剧被叶芝用来把普通观众挡在门外，而艾略特和奥登则希望通过仪式化的戏剧转化普通观众，尽管转化的目的有所不同。如前所述，艾略特是要把观众"带到一种安详、静寂与和谐的境地"（Eliot, *On Poetry and Poets* 94）；奥登所说的"刺激观众，使其从漠不关心的状态转变为敏锐的觉察状态"则具有鲜明的政治性，这一点在奥登 20 世纪 30 年代的诗剧创作中有着非常显著的体现。

关于面具的运用，奥登在 1936 年专门写过一篇文章加以讨论。奥登在讨论一个文学问题时，总是同时讨论人的问题，无论是个人身心层面的问题，还是社会、历史层面的问题。这篇旨在为集团剧院戴面具的戏剧表演加以辩护的短文，是从对个人的独特性的辨析开始的：

> 我们做的每件事，我们想的或感觉到的每一件事都会改变我们的身体。从拥有几乎无限潜在性格的婴儿开始，随着我们做出的每一个选择，未来的可能性变得更加有限，直到这个人或多或少是固定的，或多或少是独一无二的。性格的这种独特性反映在身体的独特性上，

因为我们穿衣服，所以我们通过别人的脸来判断他们。

此外，我们都或多或少地拥有假扮他人的能力，也就是采用另一个角色的能力，而且这种能力越强，我们就越有能力改变自己的面孔。

戏剧中面具的使用取决于对心理和身体的这种关系的认识。（*Prose I* 157）

奥登随后着眼于戏剧表演场所的物理局限性来论证戴面具的必要性。在现代剧院里，由于观众和演员之间的距离太远，如果不戴面具，观众就无法看清演员的面部表情。在现实主义散文戏剧里，这一点并不构成严重的问题，因为散文戏剧的“几乎所有效果都局限于对话”（*Prose I* 157）。但是在诗剧里，面部表情是演员用来传达人物情绪状态的重要手段之一。因此，需要通过运用面具来弥补演员与观众之间距离过远的问题。然而，由于面具是静态的，所以必须把面具的表情加以夸大或者用讽刺的方法。在文章的最后，奥登列举了面具在艾略特、麦克尼斯和他本人创作的诗剧中的不同用途。

叶芝认为仪式之所以是最有力的戏剧形式，是因为“听仪式的人同时也是表演者”（Yeats, *Explorations* 129）。为叶芝大加赞赏的日本能剧便是一种高度仪式化的戏剧形式，叶芝在论述能剧的起源和发展时写道，日本中世纪贵族被禁止出席通俗的戏剧表演，他们被鼓励去欣赏和参与能剧的表演（Yeats, *Essays and Introductions* 229）。这种情形与英国17世纪在宫廷流行的假面剧（masque）有诸多相似之处：二者都流行于贵族社会，都属于阳春白雪的艺术形式，都综合了说词、音乐、歌曲和舞蹈等元素，都有观众的参与表演。观者参与仪式表演这一认识在奥登那里得到了积极的回应：“戏剧起源于整个社群的行动。理想情况下不会有观众。实际上，每一位观众都应该感觉自己像个替补演员。”（*Prose I* 128）奥登完成《两败俱伤》的初稿后，打算在一位朋友的乡村住宅里半公开地上演此剧，演员就是奥登的那位朋友和他的家人。但是那位朋友的家人看了剧本之后，拒绝了奥登的请求。但至少从这段轶事里可以看出奥登当时的戏剧理念。《死神之舞》里也有相当多留给观众的戏份。

叶芝反对他当时的通俗戏剧形式，而艾略特却借助人类学研究，正确地看到了当代的通俗戏剧表演形式与原始仪式的渊源关系。在这一点上，奥登的观点与艾略特一致。他在一篇写于1935年的表达他的戏剧理念的短文里说道："戏剧本质上是一种身体艺术。表演的基础是杂技、舞蹈和各种形式的身体技能。歌舞杂耍表演、圣诞哑剧和乡村住宅的猜字游戏是当今最有活力的戏剧。"（*Prose I* 128）显然，奥登的《两败俱伤》《死神之舞》，以及《皮下狗》结尾之前的部分都可以为这段话作注脚。

当然，从布莱希特的间离理论来看，这种强调仪式、社群艺术和观众参与舞台动作的戏剧是不够理想的，虽然观众得到了参与感和成就感，但是实际上并没有受到教育，他们失去的是独立思考和独立行动的能力，最终，他们沦为了剧作家的被动工具。在创作《死神之舞》时，奥登认为英国需要有一个拯救者来引领社会发生变革，他觉得观众仅凭自己是不会做出任何改变的，在一年之后，奥登的想法发生了变化。《皮下狗》终场的合唱队向观众解释了将来可能会出现的道德和政治灾难，随后将选择权交给观众，让他们自行决定该怎么做，而不同的选择将会导致不同的未来。从奥登20世纪30年代的诗剧创作实践来看，作品的政治性越来越强，与此相对应的，在戏剧观方面，奥登逐渐从与艾略特趋同转向与布莱希特趋同。

从奥登戏剧观的变化趋势可以看出，奥登所受欧陆戏剧和戏剧理念的影响在逐渐加深。在为普丽西拉·索利斯的《现代诗剧》一书所撰写的书评里，奥登表达了对索利斯书中涉及的那几位英国主要诗剧作家的不满，并指出英国现代诗剧的各种类型所存在的问题：

> 英国现代诗剧有三种类型：浪漫主义的伪都铎王朝戏剧，偶尔凭借其盛大场面而取得短暂的成功；宇宙哲学的戏剧，就其戏剧性而言始终是彻底失败的；高雅的室内乐戏剧，从艺术性来看是最上乘的，但是有点苍白无力。戏剧本质上是一种社会艺术，很难相信诗人们真的对这种解决方案感到满意。（*Prose I* 70）

奥登在书评里指出，英国现代诗剧要想取得突破，就应该多借鉴欧陆作家的创作手法，他建议索利斯应该多向英国读者介绍科克托（Jean Cocteau）、奥贝（André Obey）和布莱希特等人的戏剧创作。此外，他建议英国的诗剧作家们——正如奥登他自己正在做的那样——“接受他手头的东西并开发其潜在的可能性”（*Prose I* 70）。奥登所说的“手头的东西”是指当时流行的通俗戏剧形式，包括杂耍表演（variety show）、哑剧、音乐喜剧、时事剧、惊悚剧、思想剧、风俗喜剧和芭蕾舞剧。

三

奥登戏剧观的价值不仅体现在他对叶芝、艾略特与布莱希特等人戏剧理论的扬弃，更体现在它的原创性和深刻性。奥登格外重视戏剧与其他媒体的比较，正是通过比较才更清晰、更准确地把握戏剧在形式和题材方面的特点，以及它的长处和不足。难能可贵的是，奥登并非仅在审美层面上比较戏剧与小说和电影等媒体，而是立足于政治、社会和文化，将戏剧与现实社会和人生紧密联系在一起。奥登20世纪30年代戏剧观最集中、最成熟的呈现是他于1938年底应法国大不列塔涅协会知识分子的邀请，在巴黎索邦大学以《英国诗剧的未来》为题所做的一次演讲。

在演讲的开场白里，奥登不无自谦地声称他“是戏剧艺术的初学者，也是一个犯过许多错误的业余爱好者”（*Prose I* 717）。与他四年前为《现代诗剧》写书评时相比，情况发生了很大的改变。从作家角度来看，德国、英国和美国的诗人和剧作家对诗剧的兴趣与日俱增；从公众角度来看，观众的喜好发生了变化，类似艾略特的《大教堂谋杀案》这样的诗剧受到欢迎，也获得了票房成功。抱着对诗剧前景积极乐观的态度，奥登从三个方面展开对诗剧相关问题的探讨：

> 首先，舞台作为媒介，其性质是什么，它能做什么，不能做什么，它最擅长做的是什么？
>
> 第二，戏剧题材的性质是什么，什么样的东西才是好的戏剧题材？
>
> 第三，戏剧技法的某些细节和问题。（*Prose I* 718）

在谈第一个问题时，奥登将戏剧分别与小说和电影进行对比。与小说相比，戏剧首先是一种公共媒体，这意味着戏剧需要许多人的通力合作，还需要许多设备和一个相当大的建筑。其次，戏剧是“连续的、不可逆转的”（*Prose I* 719）。第三，戏剧的题材和对题材的处理方式都必须具有足够的普遍兴趣，如此才能吸引足够多的观众花钱购票，以敷戏剧制作的开支。此外，戏剧演出的时长有很大的限制：“一场戏不能少于一个半小时，否则人们会认为他们的钱花得不值，但是不能超过三个小时，否则他们会错过最后一班火车”（*Prose I* 719）。

奥登对戏剧性质和特点的讨论始终着眼于自由与必然的关系，其中必然意味着限制或约束。对奥登而言，戏剧“是一种文化形式，它适度地坚持对人的自由意志的信仰；它也是谦逊的，它意识到所有限制它的力量”（*Prose I* 721）。对戏剧来说，自由意志和必然性这两者都不可或缺：

> 因为如果你认为人的生活是完全确定的，他根本没有自由意志，那么戏剧是不可能的。如果你没有自由意志，没有做出选择的可能性，戏剧性的悬念就会立刻消失。另一方面，如果你是完全自由的，相信人的意志是完全不受控制的，那么舞台就会支离破碎，毫无意义。（*Prose I* 721）

奥登相信，为了获得自由，就必须了解限制自由的因素和力量有哪些。他以飞行为例加以说明：“在了解万有引力定律之前，学习飞行是不可能的”（*Prose I* 719）。戏剧最大的限制在于，在有限的舞台空间里所能做的动作是非常有限的。剧作家要在所有这些空间环境限制和动作限制的范围内“把镜子举到自然面前，批评生活，展示美丽、恐怖、怜悯，不一而足”（*Prose I* 721），其挑战不可谓不大。

与小说相比，电影的出现要晚得多。在奥登看来，电影作为一种媒体，“是所有媒体中最现实和最逼真的”（*Prose I* 720）。不过，奥登认为电影在灵活性方面与小说类似：灵活地移动摄影机、灵活地改变移动方式，以及灵活地处理时间。在奥登看来，小说和电影最重要的相似之处在于，它们可以展现人与自然的直接关联，而戏剧则做不到这一点。奥登打的比方非常贴切：“小说和电影，可以说，就像一条河，而戏剧是一系列的雪崩。小说是一个公园，电影是一扇向外看世界的窗户，但舞台是一个盒子，它是一座监狱。”（*Prose I* 720）台上的演员被困在监狱里，这一点自不待言，而台下的观众也在分担演员的牢狱之灾，他们希望戏剧里的人物能够被释放出来。奥登声称观众的这种心理“实际上是出于极度幽闭恐惧症的感觉”(*Prose I* 720–721)。因此，对于剧作家来说，首先要考虑的问题之一就是“如何释放俘虏，也就是说，如何将这些人物与他们所属的更大的生活联系起来”(*Prose I* 721)。

奥登列举了三种喜剧里“释放俘虏”的方式：第一种是警句或俏皮话；第二种是宽恕；第三种是舞台下发生的婚姻。悲剧中的解脱方式包括死亡和诗歌，后者“将舞台上个人遭受的痛苦提升为所有人在这种情况下的痛苦”(*Prose I* 721)以及易卜生和契诃夫擅长运用的“象征性物体或象征性短语”(*Prose I* 722)。奥登还拿自由与必然的辩证关系来解释喜剧和悲剧的区别：喜剧中的人物意识到自己缺乏自由；但是到了剧终时却发现自己比想象中的更加自由；悲剧中的人物一直相信自己是自由的，直到最后才发现自己并没有想象中的那么自由(*Prose I* 721)。

奥登在他的讲座里探讨的第二个问题是戏剧的题材。奥登同样以自由意志与限制它的力量之间的关系作为他思考问题的出发点，他首先对我们所处时代的性质做了诊断：“我们现在生活在一个始于文艺复兴的时代的末期，一个自由而缺乏团结一致和正义的时代”(*Prose I* 722)。从积极方面来看，这个时代“看到每个人都是独一无二的，它相信意志的自由”；从消极方面来看，它“并不真的相信社会，不相信团结一致，不相信忠诚”(*Prose I* 722)。一方面，人们对个人重要性的信念在增长；另一方面，社会逐渐原子化，直至家庭成为唯一的社会和情感单位。对于剧作家来说，社会的这种发展趋势对于戏剧创作构成了困难。首先，对个人的重视虽然导致人们对戏剧人物的兴趣一度剧增，但是真正对人物感兴趣的人最终都转向了小说，因为与戏剧相比，小说这种媒介更擅长对人物做微妙复杂的刻画。其次，“其他诗人由于对他们所在社会的复杂和丑陋感到恐惧，对过去感到困惑，而转向沉思自己的感受，开始写时而美丽、时而晦涩的抒情诗”(*Prose I* 722)。

奥登向台下听众暗示，现代诗剧的题材应能够帮助观众更好地体认人在多大程度上是自由的。奥登充分吸收和融通政治经济学、心理学和人类学等社会科学的最新研究成果，强调限制现代人个体自由的几个主要力量。第一，社会结构和文化力量“在很大程度上决定了个人性格与所允许的那种自由”；第二，心理学家已经证明，人不仅是有意识和独特的，在无意识层面上，人彼此非常相似，“而且比他们想象的更不自由”；第三，经济学家告诉我们，“我们的性格和我们与妻子和孩子的行为方式可能与我们的谋生方式有非常密切的联系”（*Prose I* 723）。

奥登提出，当今剧作家的任务是展示人类与自然的关系。具体来说，剧作家要“展示他（指人类）不是完全理性的，也不是完全非理性的……他必须展示私人生活和公共生活中的反应，公共生活对性格、个人和社会的影响。这一点他必须表现出来，或者想要表现出来，而这场斗争就是在政治领域进行的”（*Prose I* 723–724）。

概述至此，已能看出奥登 20 世纪 30 年代末的戏剧观与他 20 世纪 30 年代初的观念大相径庭，这种戏剧观的深刻变化根植于他对个人与社会不断深入的思考。有关个人与社会的观念改变了，诗剧该怎么写，这个问题的答案也随之发生改变。

奥登在讲座的最后一部分谈到了他对诗剧相关的一些细节问题的最新思考，其中一些看法推翻了他多年前的结论。在 1929 年的《初步声明》里，奥登断言，“戏剧‘人物’总是抽象的”（*Plays* 459）。在 1938 年的索邦大学讲座里，奥登声称，把戏剧人物“叫作‘奋斗’‘民众’什么的是没有用的，你不能引起人们的兴趣，除非那些人是真正的人物”（*Prose I* 724）。尽管奥登在 1929 年说过，戏剧动作是一种仪式，尽管他在 1936 年还为在戏剧里运用面具做过辩护，此时他的看法完全改变了：

> 人们曾多次尝试制作一部仪式性的戏剧——人们戴着面具，动作优雅——但我个人觉得他们注定要失败。我认为人们不得不接受这样一个事实，即平凡的艺术是由漂亮而又相当虚荣的人来表演的。（*Prose I* 724）

在这里，奥登强调了对个人独特性的认可，不过从奥登 20 世纪 30 年代创作的戏剧作品来看，也许除了《攀登 F6 峰》中的兰塞姆之外，几乎没有一个可以称得上奥登所谓的“真正的人物”。即便就兰塞姆而言，似乎仍然是类型、原型的成分占了上风。当然，我们可以说奥登是在纸上谈兵，但是我们也可以设想，假如奥登继续创作诗剧，他一定会更加注意人物的刻画。值得一提的是，奥登在强调了个人独特性的重要性之后，立刻补充说，“但我们现在也必须把这一点与集体性（collectivity）的实现结合起来”（*Prose I* 724）。换言之，在人物刻画方面，要注意自由与必然的平衡。

那么，如何在戏剧里实现独特性（自由）与集体性（必然）的结合这个目标呢？奥登给出的一个方法是将诗歌与散文相结合，因为“诗歌是一种表达集体和普遍感受的媒介”（*Prose I* 724）。此外，奥登还指出，音乐也是获得普遍效果的极为有效的手段。奥登 20 世纪 30 年代的戏剧作品里运用了很多音乐元素，但是音乐真正发挥效用，还有待奥登戏剧创作生涯的后半段。至于具体如何在戏剧中运用诗歌，奥登谈到了一些尚未完全解决的技术问题，例如，如何使人物口中的诗句与人物的类型和性格相适应，如何通过诗歌与散文的交替运用，让戏剧的不同部分处在不同的层次上。

奥登提醒，不掺杂质的诗会引入一种神圣（即宗教）的特征。除非对某样东西有一定的信念，否则就不可能有诗；但是信念总是掺杂着怀疑，因此需要散文来充当反讽的解毒剂。这其中暗含着奥登对艾略特诗剧做法的批评，因为艾略特追求的是完全以韵文写成、不掺杂任何散文的诗剧。[1]

在创作了与现实政治关系最为密切的《在边境》，以及亲身经历了西班牙内战和中日战争之后，1938 年底的奥登对于戏剧中的政治题材有了新的想法，他在讲座中表示：“选择一个政治题材作为主题可能是一个错误，因为历史总是比你可能创造的任何东西都更可怕、更感人，比你能想象的任何东西都更夸张。”奥登继续说道：“现在，除非你自己亲身参与，否则不可能写当代主题，因为试图写作的麻烦在于，一个人根本就所知甚少，或者没有几个人知道得足够多。也许，如果你想这样做（我只是就主题来说），最好是从历史上找一个让人感兴趣的对等物。”（*Prose I* 725）

1　艾略特在《诗歌与戏剧》（1951）一文里指出，“风格和节奏在戏剧话语——无论是散文还是诗歌中的主要效果，都应该是无意识的。由此可见，通常应避免在同一剧本中混合使用散文和诗歌：每一次转换都会让听者猛然意识到那个媒介。我们可以说，如果作者想要刻意制造这种震动——也就是说，如果他想要将观众从一个现实层面猛烈地转移到另一个层面——那么这样做是合理的。”（Eliot, *On Poetry and Poets* 77）

这段话标志着奥登的戏剧创作走到了一个转折点。1939年1月，奥登与伊舍伍德离开英国前往美国，各自开启了他们创作生涯中的新的阶段。那一年的下半年，奥登与作曲家布里顿合作，开始创作他的第一部歌剧脚本，其中的主人公是美国民间传统故事中的伐木巨人保罗·班扬。在美国期间，奥登仍在继续广义上的戏剧创作，他所选定的那种特定的戏剧体裁是一般的诗人和剧作家都甚少关注的。奥登在戏剧创作的题材和体裁方面的转变看似突然，实际上却有着其内在的逻辑。

第3章

奥登在20世纪30年代末移居美国前后的戏剧创作

3.1 奥登创作生涯的分水岭

奥登于1939年1月移居美国，这一事件往往被视为奥登创作生涯的分水岭。在接下来的短短两年内，奥登的生活和作品的确发生了重大的变化：1939年春天，他遇到并爱上了切斯特·卡尔曼，卡尔曼引领奥登发现了歌剧的世界；1939年9月，第二次世界大战在欧洲爆发；1940年10月，奥登重拾基督教信仰，加入安立甘教会；1941年，由奥登创作脚本的轻歌剧《保罗·班扬》在哥伦比亚大学首演；1941年7月，奥登得知卡尔曼对他不忠，情感上大受打击；1941年8月，奥登的母亲去世。

批评家们往往认为，这些戏剧性的改变产生了一个与20世纪30年代英国诗坛领袖截然不同的奥登。奥登移居美国对他创作的影响究竟是积极的还是消极的，批评家的看法历来不一致。早期的批评家，无论是英国的还是美国的，大多持否定的观点。例如，英国批评家乔·萨·弗雷泽（G. S. Fraser）一方面肯定奥登定居美国后“对诗艺的实际驾驭在不断进步”，另一方面却认为美国的整体环境对奥登的诗歌发展不利（Fraser, 194–195）。美国现代诗人威廉姆·卡洛斯·威廉斯（William Carlos Williams）猜测奥登之所以来美国，是因为他的诗歌语言出现了危机，而美国“语言的不稳定性”恰好可以为他的诗歌语言创新提供新的养分，但是在威廉斯看来，由于奥登不肯放弃他在英国时期写惯的格律诗，这使得他的美国之行失去了意义（Williams, *Selected Essays of William Carlos Williams*, 288–289）。

门德尔松一反前人的看法，认为“早期奥登”与“晚期奥登”有着相同的主题，即“独特个体的生命与他的邻居的关系，以及他自己的生活和周围世界目前的特殊任务和问题”（Mendelson, Introduction xv）。尽管对奥登早期和晚期创作生涯的延续性和一贯性有所强调，但门德尔松的《早期奥登》与《晚期奥登》这两部奥登研究的权威之作正是以1939年奥登移居美国这一事件作为分界线。此外，门德尔松主编的奥登作品全集里的诗歌卷和戏剧卷也都以同一时间节点作为划分上下卷的依据；散文卷第一册与第二册的划分依据依然如此。

奥登自己也认为他的早期作品和后期作品在意图和关切的问题方面是有一致性的。在给斯皮尔斯的一封信里，奥登写道：“我特别高兴的是，你似乎看到了一种世界观的延续和发展（我希望我传达出了这一点），而不是一连串无关的意识形态”（转引自 Jacobs 287）。1939年至1941年，奥登的个人生活里和他周围的世界里所发生的那些剧变，使他能够更清晰地看到他在此之前的思想走向，并且更加坚定地继续沿着这个总体方向前进，他很少在意那些对他愈益感到失望或愤怒的批评者的负面评论。

总括而言，奥登一生的思想和创作有着清晰可辨的连续性，但尽管如此，20世纪30年代末至40年代初确乎可以视为奥登创作生涯的分水岭。如果说，此前奥登思考的问题在他的作品里以“性爱或政治的形式”呈现，在此“分水岭”之后，则以“伦理或宗教的形式”呈现（Mendelson, Introduction xv）。

3.2　从诗剧到歌剧

从奥登戏剧创作的体裁来看，前后的不同也非常明显。在移居美国之后，奥登对歌剧产生了持久的兴趣，在此后的三十多年里，他没有停止歌剧脚本的创作，事实上，歌剧脚本成了奥登后半段创作生涯的主要戏剧创作形式。尽管有一些批评家对于奥登居然放弃正统的、以说为主的舞台戏剧形式，转而醉心于一种在文学领域不入流的戏剧形式表示不解或鄙视，但正如一位奥登研究学者所说，“‘歌剧的世界’……将在他的生活和作品中占据一个稳定而重要的地位”（Jacobs 287）。可以说，如果不充分考虑奥登的歌剧脚本创作，就无法对他的戏剧创作有一个全面的认识。

1939年春，奥登定居纽约，在那里遇到了大学生切斯特·卡尔曼。卡尔曼称得上是资深的歌剧爱好者，在他的影响下，奥登逐渐被歌剧所吸引，并一发不可收拾。奥登从小就在母亲的影响下对音乐充满热情，但是受限于当时英国的整体音乐环境以及奥登的父母对歌剧的认识，导致奥登对歌剧几乎一无所知并怀有一定的偏见。根据奥登自述，他从小就相信歌剧是一种劣等的艺术形式，“伟大的莫扎特歌剧还说得过去，因为毕竟是莫扎特，但瓦格纳在某个方面、威尔第在另一个方面被认为是粗俗的；至于罗西尼、贝里尼和多尼采蒂，他们简直为社会所不容”（*Prose IV* 309）。在遇到卡尔曼之前，奥登几乎没有接触过歌剧，而后，卡尔曼为奥登播放著名的歌剧唱片，并经常带他去大都会歌剧院欣赏歌剧。奥登先后迷上了瓦格纳、威尔第、莫扎特、多尼采蒂、贝里尼和理查·斯特劳斯的歌剧作品。奥登逐渐不满足于仅仅做一个歌剧的欣赏者，他开始尝试歌剧脚本的创作。

从诗剧到歌剧，在这种体裁的跨越中仍然可以看到一种延续性。首先，奥登从事诗剧创作的动机仍然适用于歌剧脚本创作。奥登始终希望他的诗歌能够抵达更多的受众，从而发挥更大的社会功用。从某种意义上说，歌剧脚本可以视为诗剧的一种变体，至少是一种与诗剧近似的体裁，而且，歌剧有着数百年未间断的辉煌传统和比诗剧数量更为可观的观众群体。

其次，在奥登20世纪30年代创作的诗剧中，经常伴有音乐或歌舞。事实上，从《死神之舞》开始，已经埋下了奥登后期歌剧脚本创作的伏笔。有评论家指出，在《死神之舞》的出版文本里，演出版本中的一些分段被省略了，这或者是出于粗心大意，也可能是故意为之，意在表明“该文本本身不应被看作是一部作品，而应该被看作是一部歌剧脚本，只有在加上了歌唱、舞蹈、吟诵和表演之后才是一部完整的作品”（Sidnell, “Auden and the Group Theatre” 496）。又如，奥登与伊舍伍德合写的最后一部戏剧《在边境》大量运用音乐元素，在该剧的“人物说明”里，两位作者明确表示：“所有的合唱队都必须会唱歌。”（*Plays* 358）门德尔松干脆称《在边境》“在追求歌剧的境界”（*Plays* xxviii）。剧中最具歌剧性的也许是埃里克与安娜的两段抒情味很浓的对话，颇有歌剧爱情二重唱的兴味（*Plays* 387–390, 415–418）。

再次，歌剧脚本写作满足了奥登创作仪式化戏剧的愿望。伊舍伍德在1937年写下的一段话凸显了奥登对音乐的兴趣与他对仪式的兴趣之间的密切联系：

> 奥登是一位音乐家和仪式家。他从小就受到英国国教的熏陶，再加上良好的音乐教育。英国国教已经烟消云散，只剩下高度，但他仍然全神贯注于各种形式的仪式。当我们合作时，我必须敏锐地盯着他——否则剧中人物就会跪在地上（参见《攀登F6峰》）；另一个持续存在的危险是天使合唱的干扰。如果奥登能如愿以偿，他会把每一部戏剧都变成大歌剧和大弥撒的混合体。（Spender 74）

最后，歌剧脚本创作是奥登试图解决他在诗剧创作阶段所遇到的技术难题的新的尝试。在1938年索邦大学的讲座“英国诗剧的未来”里，奥登一方面展望音乐在今后的诗剧里将扮演的更重要的角色，另一方面也觉察到由此带来的技术难题：

> 音乐的效果更能概括情感，所以如果你想获得普遍的效果，我认为音乐是有用的，而且会起到很大的作用。有一些技术上的困难：如果你让很多人一起唱，他们的唱词就很难听到，这是一个还没有完全得到解决的技术问题。（*Plays* 521）。

另一个一直困扰戏剧诗人奥登的难题是，如何以恰当的声音创作公共的诗歌。奥登相信，戏剧诗，或者说诗剧，必然是一种公共诗歌：

> 戏剧诗，如果要想被识别为诗歌，就必须提高声音，变得宏伟。但是，今天的诗人一提高嗓门就会听起来虚假和荒谬。现代诗剧作家似乎面临着两种选择：要么写出对他来说很自然的那种诗，在这种情况下，他创作出的小小书斋剧只有在观众是小型亲密观众的情况下才能产生效果；或者，如果他想写一部公共戏剧，就必须把他的诗写得听起来像散文一样。在我看来，这两种选择都不令人满意。（*Prose IV* 310）

通过歌剧脚本创作的实践，奥登找到了解决这个难题的答案。

3.3 《保罗·班扬》：奥登戏剧创作的转折点

从 1935 年的《皮下狗》开始，奥登创作的所有舞台戏剧作品和歌剧脚本都是以合作的方式完成的，唯一的例外是《保罗·班扬》，这使得《保罗·班扬》在奥登的所有戏剧作品中占据一个特殊的承上启下的地位，正如某位评论家所说，它是“一部过渡时期的作品”（Porter 10）。一方面，《保罗·班扬》似乎是奥登诗剧创作的延续。一位奥登传记作者认为这部歌剧脚本“就像奥登早期尝试写的那些剧本一样，热情洋溢而毫无章法。像它们一样，它把打油诗和精致的抒情诗放在一起”（Carpenter 277）。另一方面，《保罗·班扬》可以被视为奥登接下来要创作的歌剧杰作《浪子的历程》的一次练兵；布里顿在《保罗·班扬》之后也创作出了他最伟大的歌剧《彼得·格兰姆斯》（*Peter Grimes*）。根据《剑桥 20 世纪歌剧指南》，《浪子的历程》与《彼得·格兰姆斯》都属于“20 世纪最常上演的歌剧”之列（Whittall 5）。

1939 年秋，刚到美国不久的英国作曲家布里顿受出版社委托，要创作一部适合美国中学生演出的音乐作品，奥登得知这一消息后建议以美国民间传说中的伐木巨人保罗·班扬为主题创作一部轻歌剧。两人一拍即合，随即开始着手创作。《保罗·班扬》于 1941 年 5 月 5 日在哥伦比亚大学首演，但剧评界反响非常不理想，大多数评论家都指出该作品缺乏情节发展和戏剧结构。作曲家和音乐评论家弗吉尔·汤姆森（Virgil Thomson）在他发表于《纽约先驱论坛报》（*New York Herald Tribune*）的评论文章里抱怨道：“作为戏剧文学，《保罗·班扬》没有形式，实质性内容也很少……我无法想象有哪位作曲家会认为他能用《保罗·班扬》这样的文本做些什么。它没有人物刻画，也没有情节”（Thomson 14）。根据舍里尔·蒂平斯（Sherill Tippins）所述，《保罗·班扬》首演的导演米尔顿·史密斯（Milton Smith）在该剧上演之前就心存疑虑，他试图说服奥登对作品做一些修改，但奥登没有采纳史密斯的意见。史密斯认为，“这部歌剧开始变得更像是一系列串联在一起的活人画（*tableaux vivants*），每一幅画面阐述了一个独立的主题，但没有形成一个令人信服和让人着迷的故事”（Tippins 182）。

奥登和布里顿都感到非常沮丧，此后30多年间，该剧从未再度上演，歌剧脚本也没有正式出版。直到布里顿的生命即将走到尽头时，他才重拾他的这部歌剧处女作，做了一些删减后将它重新搬上歌剧舞台。根据唐纳德·米切尔（Donald Mitchell）的描述，布里顿晚年被《保罗·班扬》中的一些部分“深深打动——有时甚至落泪”，他向米切尔透露，“我根本不记得这是一部如此有力的作品”（Mitchell “Origins” 148）。自从1976年在阿尔德堡音乐节（the Aldeburgh Festival）上演之后，这个删减版的《保罗·班扬》最终获得了歌剧评论界和歌剧观众的肯定。布里顿将这部轻歌剧定为他的作品第17号，删减版的歌剧脚本1976年由费伯出版社出版。

至于为什么批评界在30多年后对这部轻歌剧的态度发生如此大的改观，至少有一部分原因在于时过境迁，“时代精神”和美学趣味都发生了改变。从体裁角度来看，《保罗·班扬》具有突出的拼凑、杂糅的特点，正如一位批评家在20世纪80年代所指出的那样，“奥登写的与其说是歌剧脚本，不如说是音乐剧，它使用了来自英国民谣歌剧、歌舞杂耍表演、音乐喜剧、吉尔伯特（W. S. Gilbert）和沙利文（Arthur Sullivan），以及更复杂的布莱希特和威尔（Kurt Weill）的技法”（Mellers 98）。布里顿为此剧所谱写的音乐与体裁上的杂糅相适配，体现了多变和多元的音乐风格。进入20世纪后期和21世纪早期或者说“后现代”时期之后，人们不再像现代主义盛行期时那样强调“高雅艺术与大众文化的截然两分”，接受《保罗·班扬》的杂糅风格变得容易得多（Huyssen viii）。

不仅在体裁方面，在歌剧的主题方面，《保罗·班扬》似乎也更契合今日的世界，更能引起当今观众和读者的共鸣。

3.4 《保罗·班扬》中的生态意识

保罗·班扬这个美国民间传说中的英雄人物给奥登提供了一个在相对短小的篇幅内描述整个人类文明发展历程的机会，贯穿其中的是不断变化着的人与自然的关系。

轻歌剧《保罗·班扬》开始部分的合唱展现的是原始状态的大自然，用美国生态批评的常用术语，也可称为“荒野”（wilderness）或“边疆”（frontier）。在这部分中，唱词和音乐产生一种缓慢而起伏的节奏，似在模拟“潮汐运动”或者“在人类到来之前处于平衡状态的地球呼吸”（Mason 121）。时间在这个前人类世界里是无始无终且无关紧要的，自然遵循它自身的规律生生不已。这个世界充满绿色和生机，生命的节律恒定而缓慢：

我们在这儿，

花和树，

青葱、鲜活，

活着很高兴，

知道我们的

合适位置：

风和水

周游；我们留下、生长；

我们喜欢缓慢的生活。（*Libretti* 5）

即使当三棵年轻的树试图反抗它们的命运——“我们厌倦了站在原地不动”时，它们实际上并没有任何办法来造成实质性的改变，它们只得到了老树们的指责和挖苦（*Libretti* 6）。有意思的是，老树听到小树的抱怨后直呼后者为“赤色分子”（Reds）（*Libretti* 6）。这里的“赤色分子”当属年代误植，不过是奥登故意为之的，目的是取得逗乐的效果——我们应该还记得这部轻歌剧原是为中学生表演用的。剧中另一处年代误植出现在第一幕第1场，一个伐木工唱到，他来北美森林是为了躲避德国的警察，这是对20世纪30年代德国政治和社会的一个轻松的影射。总之，在人类到来之前，自然界的万物是无力改变它们的天性的，它们都属于自然界的循环时间的一部分。

宣告人类即将登场的是三只大雁。根据它们带来的最新消息，当下一次月亮变成蓝色时（这是对英语中的习语“once in a blue moon”的巧妙化用，表示“极少、从不”），人将来到这片原始森林，并带领森林中的小树“进入另一种生活”（*Libretti* 7）。当被问及“人为何物”时，大雁是这样回答的：

人是这样一种生命形式：

他做梦是为了行动，

行动是为了梦想，

他有自己的名字。（*Libretti* 7）

不出所料，那个人的名字是“保罗·班扬”，显然，班扬是一个原型或神话人物而不是一个个体。这个论断可以从奥登自己对轻歌剧《保罗·班扬》的阐释里得到印证。

奥登在这部轻歌剧里讲述的是一个美国如何产生出来的神话故事。根据奥登对神话的理解，“大多数神话都是诗性历史，也就是说，它们不是纯粹的幻想，而是有真实事件的基础……例如，在许多情况下，民间传说中拟人化的神可能代表着具有优越文化的侵略者的记忆；反过来，如果发生进一步的入侵，这些神可能会被降级为巨人和龙。幻想般的阐述是人对他们无法控制的真实事件的心理态度的一种表达。此外，神话是集体创造的；当一个社会变得足够分化，使其个体成员对自己的任务有单独的概念时，神话就不再出现。”（*Libretti* 570）

在奥登看来，美国的情况有其独特之处，“它是工业革命发生后唯一一个创造神话的国家。这里曾经是一个未开发的大陆，边疆开放，气候恶劣，有利于编造神话的条件仍然存在。与大多数以前的文明不同，这些主要不是政治上的，即反映了两个种族之间的文化斗争（尽管班扬确实与印第安人作战），而是地理上的。在新大陆，人与自然之间的斗争再次严重到足以在集体危险面前消除个人差异”（*Libretti* 570）。换言之，班扬是一个集体的代表。往小了说，这个“集体”可以指伐木工的共同体，正如奥登所说，“事实上，班扬作为一个个体所完成的，正是伐木工人在机器的帮助下作为一个团队所取得的成就”（*Libretti* 570）。稍往大一些说，这个集体也可以指“具有天真、得意的乐观主义”的 19 世纪的人（*Libretti* 570–571）。当然，从终极来看，班扬代表的是在与大自然做斗争过程中逐渐进入文明世界的人类整体。作为一个神话人物，班扬与大多数神话或传说中的英雄所不同的是，由于他在历史上出现的时间过晚，因此无法赋予他魔力，“他所做的是任何像他一样强大和有创造力的人都能做到的事情”（*Libretti* 570）。

人类的出现在自然进化的进程中属于一个无法预料和无法控制的偶然事件，但它却实实在在发生了，正如大雁所唱的那样：

但偶尔会有奇怪的事情发生，

偶尔梦想会成真，

整个生活模式会改变，

偶尔月亮会变蓝。（*Libretti* 7）

在歌剧里，这一历史事件被戏剧化地呈现为逐渐变蓝的月亮。班扬在第一幕上场后，宣告天真无邪的自然世界的终结，并呼唤一批能与他一起改造自然的同类。从班扬的用语来看，他所需要的人是自然秩序的破坏者：“公共秩序的搅乱者，没有远见或恐惧的人”“精力充沛的疯子”，以及“亡命之徒、不成功的流浪者、所有能听到大地的邀请的人”（*Libretti* 10）。然而，这些大自然的第一批垦荒者也将成为人类文明亦即人类社会秩序的奠基者。人的双重属性，旧秩序的破坏者与新秩序的建立者，与奥登理解的大自然的双重性是遥相呼应的。

在《保罗·班扬》的一份手稿里，奥登通过班扬的独白透露出他对大自然的双重看法。一方面，大自然是女性化的：“城堡的女族长”“昂贵的妓女”“优雅的家庭女教师”“微笑的天赋女神”等，这一切都是“永恒女性”（the Eternal Feminine）的各种伪装（*Libretti* 545）。另一方面，大自然的真实面目是狂野的，甚至令人感到恐怖，是人力无法控制的。班扬提醒美国的首批开垦者们，在他们即将被介绍认识的那个“处女”那里，“所有的礼节都将是无用的”，而且这个可怕的处女“已经下定决心要消灭所有的追求者。孤独的童年给了她时间来设计最巧妙的陷阱”（*Libretti* 545）。

在这里，我们不妨拿近30年来在西方尤其是在美国颇为流行的生态批评的一些基本假设和结论来考察奥登所理解的人类文明草创时期的人与自然的关系。巧合的是，生态批评尤其是其中的荒野思想，与美国渊源极深。美国生态批评的发起人切丽尔·格洛特费尔蒂（Cheryll Glotfelty）在她与哈罗德·弗罗姆（Harold Fromm）合编的、在生态批评领域影响很大的《生态批评读本》（*The Ecocriticism Reader*）里概括了所有生态批评共同的基本前提："人类文化与物质世界联系在一起，人类文化影响物质世界，也受到物质世界的影响。"（Glotfelty xix）《保罗·班扬》用歌剧的形式呈现的是从人类出现到机器时代之前的人与自然的互动关系，而在这部轻歌剧开场时出现的原始森林恰好对应于生态批评中受到颇多关注的"荒野"概念。

美国生态学家奥尔多·利奥波德（Aldo Leopold）在那部出版于20世纪40年代末的自然文学名著《沙乡年鉴》（*A Sand County Almanac*）（又译作《沙郡年记》）里如此定义"荒野"（wilderness）："荒野是人类用来锤炼被称为文明的人工制品的原材料。"（Leopold 188）人类用于垦荒和劳作的所有工具都是拜荒野所赐，没有荒野就不可能出现人类的文明和文化，这与人群的种族和所处的地理环境无关。美国生态批评学者罗德里克·弗雷泽·纳什（Roderick Frazier Nash）在专著《荒野与美国思想》（*Wilderness and the American Mind*）里肯定了利奥波德对荒野的理解，他相信，美国文化建立在荒野所提供的物质原材料之上。纳什更进一步指出，美国人"曾试图用荒野的观念赋予他们的文明一种身份和意义"（纳什 vi）。美国生态批评者往往强调荒野对于美国历史和文化的建构所起到的重要作用，纳什在这里意在指出，荒野不仅为美国文化提供了物质材料，更是成了它定义自身的必要参照。

在轻歌剧《保罗·班扬》里，班扬登场后首先用文学性的语言描述了荒野的样子：

这是一个尚未得益于年轻人的春天的早晨。

这是一片从未出现过流泪或反抗的天空。

这是一片充满无辜野兽的森林。没有人会因为回忆起古老的愚蠢而脸红，也没有人会在染过的布料下隐藏一颗恶意的心。（*Libretti* 10）

随即他总结道："这就是美国，但现在还不是。"（*Libretti* 10）美国的"身份和意义"的确立需要人的出现，当人与美国的荒野开始互动之后，美国才成其为美国。由于美国——用歌剧中班扬的话来说——是地球"最小的女儿"（*Libretti* 10），加之其独特的地理条件，使得观察美国的政治、经济、社会和文化的发展如何与荒野的开拓紧密相连变得相对容易许多，这也是生态批评家如此强调美国与荒野的特殊联系的一个主要原因。

在生态批评中，人类文明草创时期的人与自然的关系有着两种截然相反的叙事。以纳什为代表的较早的生态批评家认为，人对荒野的态度经历了从仇视到赞美、从征服到保护的变化历程。根据这种意见，人与自然的互动是从敌对关系开始的。然而，根据马克斯·厄尔施莱格（Max Oelschlaeger）的分析，人类与荒野之间的对立是从新石器时代农业和畜牧业发展起来之后才开始的，在此之前的以渔猎和采集为主要生产方式的旧石器时代，人与荒野是彼此相融、和谐共处的。

从奥登对大自然的双重认识来看生态批评中关于人与荒野最初的关系的这两种截然相反的见解，显然，奥登不会赞同厄尔施莱格的那种理想化的叙事，因为在奥登看来，只要出现了人类，为了自身的生存和发展，人与荒野之间必然存在着对立关系，人类改造自然的活动必然会破坏荒野原来的秩序。另一方面，人与荒野之间的对立关系并不意味着人对荒野的态度必然是仇视的；恐惧、敬畏、崇拜、赞美等这些互有关联的情感与行为未尝不能用来描述初民对待荒野的态度。从人类学、宗教学和心理学等现代学科领域对原始宗教和原始祭仪的研究来看，原始人类确乎对神秘而强大的自然怀有某种既畏惧又崇敬的心理，而且各地的初民都把自然视为具有母性特征的存在。正如奥登在多种诗歌和戏剧作品里所表现的那样，"母亲"既有可爱可亲的一面，也有可怕可怖的一面。

班扬召集了一班伐木工，这些人出于不同的动机从欧洲各地来到北美洲，聚集到班扬身边，他们的日常工作就是用"锯子和斧子""让森林逐渐消失"（*Libretti* 10）。班扬为这支伐木工队伍配备了工头、记账员和厨师，如此配备完全是出于实际需要。“民以食为天”这句中国古话放之四海而皆准，适用于人类历史的任何时空交点。对这支整日辛苦伐木的队伍而言，拥有充足、可口而有营养的食物的重要性再怎么强调也不为过。奥登设计了两个坏厨子：一个只会做汤；另一个只会做豆子。久而久之，伐木工对伙食越来越不满，已经快要临近暴动的边缘。记账员约翰尼·英克斯林格（Johnny Inkslinger）与两个坏厨子交涉后，后者愤而离开了伐木工队伍。

饮食作为人类生存的必需品之一，在《保罗·班扬》里的呈现还不止于此。当饥肠辘辘的英克斯林格听到两个坏厨子在讨论食物而来到班扬的伐木队时，他只想填饱肚子，而不想留在伐木队用自己的劳动换取食物，尽管他身无分文且目前处于失业状态。英克斯林格的一身才华让班扬觉得他是记账员的合适人选，但前者不愿意为了一点吃食而委身事人：

班扬：你打算怎么付晚饭的钱？

英克斯林格：不知道。没想过。

班扬：如果你为我工作，

就能吃香的喝辣的，

但是不工作就没有报酬。

英克斯林格：我不干。（*Libretti* 14）

班扬对此并不在意，他觉得英克斯林格会回心转意的，因为“他必须要吃饭”（*Libretti* 14）。果不其然，英克斯林格不久便又来到了伐木队，听从了班扬的安排。在一首表露心迹的咏叹调里，英克斯林格表示，他虽然满怀艺术梦想，在现实面前却不得不低头：

我梦想着写一部小说

连托尔斯泰都无法匹敌，

让所有评论家卑躬屈膝，

但我想一个人必须吃东西。（*Libretti* 23）

饮食男女，或者说，生命的存续和繁衍，是人类以及其他有机生命首先要面对和解决的头等大事，是人在与荒野的互动过程中始终要放在首位的问题。正如奥登所说，《保罗·班扬》这个美国神话故事着重再现的不是政治或文化上的冲突，而是人与自然之间的冲突，即人在面对严酷的自然环境时的一种必然选择，因此个体之间的差异无关紧要（*Libretti* 570）。

到了第二幕，文明已进入旧石器时代与新石器时代的更迭时期，伐木拓荒仍在继续，但同时出现了农耕。班扬告诉大家，他觉得现在有必要让一些人专门从事农耕，以养活整支伐木工队伍，他给了伐木工自由选择的权利："现在，那些想当农民的人：站出来"（*Libretti* 33）。班扬向选择务农的伐木工充分说明了农事的艰辛，但仍然把选择权交给他们自己。奥登通过农民的合唱表明了他是如何看待农耕时代的人与自然的关系的：

> 农民听从了荒野自然
>
> 对高等教育的呼唤，
>
> 是所有最好的植物的
>
> 值得信赖的朋友。（*Libretti* 33）

在奥登看来，荒野并非大自然的最佳状态。这与某些生态批评家渴望回归"洪荒旷野的原始状态"的愿望是相左的（张隆溪 5）。人从荒野中走出来，得益于荒野，作为回报，人应该担负起对荒野的责任。奥登主张，人的生态环境责任不是要保持荒野的原始状态，而是要让荒野自然通过接受"高等教育"即育种、杂交、人工授粉等人为手段，让野生动植物得到驯化，从而发挥出自身的潜在特质，呈现出自身最好的状态。在奥登看来，这是一种互利互惠的做法，不仅荒野自然受益，人类也得到好处。这里需要注意的是，奥登强调人与自然应该是一种朋友的关系，人应该做大自然"值得信赖的朋友"，这是一种平等互益的关系。

班扬的伐木队砍伐原始森林看似是一种破坏生态环境的行为，但这种行为之中却隐含着对生态环境的责任意识。破坏与建设之间既有对立的一面，也有相互转化的可能。所谓“不破不立”，奥登借班扬之口表达了破与立、乱与治之间的辩证关系：

非理性破坏使文明秩序的建立成为可能。

醉酒和淫荡为节制和婚姻的常规铺平了道路。（*Libretti* 32）

《保罗·班扬》以急速快进的时间讲述了“每一个文明的第一阶段，即土地的殖民阶段和征服自然的阶段发生的文化问题”（*Libretti* 571）。这部轻歌剧开始时，美国仍是一片原始森林，班扬还没有出生；终场时，班扬向所有人告别，因为文明进程已经发展到不再需要他这样一个“集体神话人物”的地步（*Libretti* 572）。

终场时的圣诞派对是该剧中与饮食有关的又一处，但与其他几处不同的是，终场的圣诞晚宴带有显著的宗教氛围，正如富勒所指出的那样，“在这种语境下，圣诞前夕的庆祝活动几乎成了圣餐”（Fuller 313）。当然，布里顿为终场谱写的音乐大大强化了终场的宗教氛围和仪式力量。诺斯罗普·弗莱（Northrop Frye）对喜剧的评价同样适用于《保罗·班扬》的终场：

在最后一个场景中，当剧作家通常试图让他所有的角色同时出现在舞台上时，观众见证了一种新的社会融合感的诞生。在喜剧中，就像在生活中一样，这通常是一个节日，无论是婚礼、舞会还是宴会。（Frye 81）

奥登把《保罗·班扬》的终场处理成宴会与婚礼的叠加——班扬的女儿泰尼（Tiny）与好厨子斯利姆（Slim）喜结连理——充分体现了该剧神话原型的性质。班扬在宴会上对众人说了一番话，他首先总结了目前他与伙伴们所面临的新的局面，随后他揭示了新的局面所带来的新的挑战和新的要求：

现在，让我们成为共同劳动

中的朋友的任务结束了；

因为空虚被命名，

荒野被驯服，

直到它的野蛮本性

能够容忍人类的生活。

我该做的都完成了，

你们留下，但我要继续上路，

其他类型的沙漠在召唤，

其他森林在低语“保罗”，

我必须赶快回应

那本能的低沉呼喊，

为人类的意识生活

再开辟一条路。

这里是你们的生活，

在这里，随着边疆的终结，

机器强加在你们身上的

模式已经非常清楚，

自然的纪律消失了，

选择的生活开始了。

你们和我必须走各自的路，

我只有一句话要说：

朋友们，请记住，你们

有更艰巨的任务要做，

因为在自由那困惑的脚边

豁开着自我挫败的鸿沟。（*Libretti* 44–45）

班扬的开拓工作为这个世界带来了新秩序，但是他的力量是有限度的。到了文明的这个阶段，外在的物理自然已经被人类掌握，“大自然已不再是一个可以迅速施加惩罚和给予奖励的保姆”（*Libretti* 572）。班扬的工作把荒野变成了花园，后来人需要肩负起维护花园的工作。班扬之后的人类不再需要以集体的形式与自然做斗争，更要紧的工作是如何处理彼此之间的人际关系。换言之，必然性已经不再构成威胁人类生存和发展的首要问题，人类接下来需要小心处理的是如何对待自由以及如何选择。正如富勒指出的那样，在这段话里，对“模式”一词的强调暗示“一个可以被每个人发现或追踪的预先存在的未来。选择的生活开始了，但它必须是正确的选择”（Fuller 310）。当被问及“美国现在将会变成什么样子”时，班扬意味深长地答道：

> 每一天，美国都在被摧毁和重生，
>
> 美国就是你所做的，
>
> 美国就是我和你，
>
> 美国就是我们选择去塑造它的样子。（*Libretti* 46）

有不少评论家对于由两个外国人描绘的美国很不以为意，但从这里以及该剧其他多处都可以看出，班扬传说的含义，尤其是其中的生态意识，并不仅限于美国，它更具有普遍性。事实上奥登从一开始就非常明确这一点。他在动笔写《保罗·班扬》之前在纽约公共图书馆里查找相关资料，随着研究的逐渐深入，奥登对班扬传说的兴趣也越来越浓，因为他终于找到了一个用来传达他早就拥有的具有普遍性的思想的“美国关联物”（Brunelle 120）。

在奥登创作《保罗·班扬》歌剧脚本的年代，美国的生态批评尚未兴起；而从生态批评兴起至今，《保罗·班扬》也没能进入生态批评家的视野。当然，这不足为怪，毕竟无论在文学界、戏剧界还是歌剧界，这部作品历来不受重视。但不可否认的是，轻歌剧《保罗·班扬》具有鲜明而有个性的生态意识，折射出奥登对人与自然之间关系的深度思考。

话说回来，作为一部要在歌剧舞台上表演的戏剧作品，《保罗·班扬》的问题也很明显，尽管这些问题大多与班扬传说本身有关，例如，如何在舞台上呈现班扬这个巨人。在奥登看来，班扬的“体型和一般的神话特征阻碍了他在舞台上出现”，因此“他被呈现为一个声音，又为了将他与人类角色区分开来，他被呈现为一个说话的声音”（*Libretti* 571）。[1] 这就导致无法把班扬设为该歌剧的主要戏剧角色，只能从其他次要人物中择其一，奥登认为英克斯林格是最合适的人选，“因为这满足了亨利·詹姆斯关于以一个有着清醒智力的人作为作品中心的诉求”（*Libretti* 571）。又如，班扬的伐木队里只有男人，导致歌剧里缺乏女声。奥登的解决方案是在歌剧脚本里引入了一些女声的动物角色：三只大雁中一只是花腔女高音，另两只是女中音；一条狗是花腔女高音，两只猫是女中音。

《保罗·班扬》中一个最大的问题是戏剧性不足，导致这一问题的主要原因之一是奥登为了解决一个技术问题而采取的变通手段。班扬传说中并不缺乏戏剧性内容，但是奥登清楚，要想在歌剧舞台上“戏剧性地呈现班扬的大部分事迹需要拜罗伊特的资源”，而这部轻歌剧是为了适应在学校里演出而创作的，显然无法做到上演瓦格纳歌剧所需的那些技术要求。但是，为了歌剧中故事的完整性和班扬性格的清晰呈现，又不得不提及班扬的那些事迹。奥登为了绕过这一困难，“在场景之间插入了简单的叙事性民谣，就像希腊悲剧中的单人合唱队一样”（*Libretti* 571）。这就导致《保罗·班扬》的抒情性大于戏剧性，不过剧中风趣幽默的喜剧元素在一定程度上弥补了戏剧性的不足。

《保罗·班扬》终场的圣诞晚宴在剧中所起到的作用恰好可以用奥登评论莎士比亚《仲夏夜之梦》（*A Midsummer Night's Dream*）时说的一段话来说明：“我们用庆祝活动来纪念一种生活形式与另一种生活形式之间的停顿……过去已经结束，新的生活——伴随着新的失败和胜利——开始了。”（*Lectures* 57）同样，轻歌剧《保罗·班扬》标志着奥登戏剧创作生涯中一种戏剧形式与另一种戏剧形式之间的转变。

1　奥登在《保罗·班扬》里采用的这种只闻其声、不见其人的手法在传统歌剧里就已经存在，德国作曲家韦伯（Carl Maria von Weber）的歌剧《自由射手》（*Der Freischütz*）里的魔鬼萨米尔（Samiel）一角即是一例。在瓦格纳的歌剧《尼伯龙根的指环》（*Der Ring des Nibelungen*）里，巨人法夫纳（Fafner）仍是以传统的歌剧表现手法来塑造的，主要以男低音嗓音的低沉，以及旋律的沉重滞缓来体现其是巨人。以上闻诸王纪宴老师（2022 年 8 月 27 日）。

第 4 章

奥登后期戏剧创作

早在 1993 年,《奥登作品全集》中的一卷《歌剧脚本与其他戏剧作品：1939—1973 年》便已出版，但有关奥登歌剧脚本创作方面的研究在西方尚不多见。国内学界则尚未开始关注奥登的歌剧脚本创作。

奥登虽然自幼便喜爱音乐，但他对歌剧真正产生兴趣是在他 1939 年移居美国之后不久。那一年，奥登在纽约定居并结识了时年 18 岁的大学生切斯特·卡尔曼，后者是歌剧的资深爱好者。在卡尔曼的引领下，奥登很快便与歌剧结下了不解之缘。在遇到卡尔曼几个月之后，奥登便创作了他的首部歌剧脚本《保罗·班扬》，由英国著名作曲家本杰明·布里顿谱曲。此后，他又与卡尔曼共同创作或改编了七部歌剧脚本，其中与斯特拉文斯基合作的《浪子的历程》也许是最出名的一部。奥登与卡尔曼合写的最后一部歌剧脚本《感官的娱乐》完成于奥登逝世前几天。

4.1 《浪子的历程》：从版画到歌剧

《浪子的历程》原是英国 18 世纪画家和版画家威廉·贺加斯（William Hogarth）作于 1735 年的系列讽刺版画。1947 年 5 月，作曲家斯特拉文斯基在芝加哥艺术学院（the Art Institute of Chicago）的一个画展上初次看到贺加斯的这一系列版画，随即萌发了以此为基础创作一部歌剧的念头。斯特拉文斯基回到他位于好莱坞的住所后，请他的邻居、英国小说家奥尔德斯·赫胥黎（Aldous Huxley）推荐一位歌剧脚本作者。赫胥黎推荐的人选是奥登。9 月，斯特拉文斯基通过出版社与奥登取得联系，并得到了奥登非常积极的答复。奥登刚出版了长诗《焦虑年代》(*The Age of Anxiety*)，正在考虑下一部大作品的计划。有望为一位现代大作曲家创作歌剧脚本，这对奥登来说是一次难得的机会，何况他非常欣赏斯特拉文斯基的音乐。11 月，奥登飞抵好莱坞与作曲家见面，一周后，他们完成了一份颇为详细的情节梗概。

彼时，斯特拉文斯基只创作过一部严格意义上的歌剧，即 1914 年完成的《夜莺》（*Nightingale*）。斯特拉文斯基 1939 年来到美国后，打算创作一部用英语演唱的歌剧，在参观了贺加斯的版画后，他的这个想法有了实现的可能。与瓦格纳带有强烈整合意味的乐剧（Musikdrama）理念截然不同的是，斯特拉文斯基意在复兴 18 世纪以来传统意大利歌剧所拥有的那种结构，即整部歌剧是由相对独立的咏叹调、重唱、合唱与宣叙调等组成。他向奥登表示自己所要创作的这部歌剧的音乐风格是新古典主义式的，包含大量莫扎特歌剧的元素。为了让奥登尽快理解他想要的那种音乐风格，斯特拉文斯基不仅提前给奥登寄了四部莫扎特歌剧的总谱，还带他去好莱坞当地的音乐厅欣赏双钢琴版本的《女人心》（*Così Fan Tutte*）。最终，二人合作完成的情节梗概结合了斯特拉文斯基对歌剧中音乐的想法和奥登对歌剧脚本在审美和道德这两方面的思考。

贺加斯的系列版画《浪子的历程》一共八幅，展现的是与浪子雷克韦尔（Rakewell）有关的八个场景，但并没有提示很具体的故事情节。第一幅版画展现刚继承了守财奴父亲大笔遗产的雷克韦尔正在请裁缝为他量身订制新衣，一个曾被他引诱过的女仆萨拉·扬（Sarah Young）和她的母亲来访，雷克韦尔打算用钱收买这对母女。第二幅画展现雷克韦尔在他的新宅里接待上流圈子的各色人物，挥霍金钱。在第三幅画里，雷克韦尔在伦敦的一家酒馆里饮酒纵欲，酒醉后他的怀表被一个妓女偷走。第四幅画展现萨拉在路上巧遇因为逃债正要被逮捕的雷克韦尔，萨拉用自己并不可观的收入替雷克韦尔还了债，使后者免受牢狱之苦。第五幅画描绘的是雷克韦尔与一个老富婆正在举行婚礼，萨拉抱着她和雷克韦尔生的孩子试图阻挠婚礼的进行。在第六幅版画里，雷克韦尔在赌场里把重新获得的财富又挥霍一空。第七幅画里的雷克韦尔身陷囹圄，被各方催债。在最后一幅版画中，雷克韦尔在疯人院里饱受煎熬，对他仍旧忠诚的萨拉前来探望。

然而，要想把贺加斯的系列版画转化为歌剧，至少面临三个困难。首先，在贺加斯的版画里，雷克韦尔是一个非常被动的人物，而在奥登看来，被动的人物是无法在歌剧中存在的。奥登曾比较意大利作曲家普契尼（Giacomo Puccini）的两部歌剧《波西米亚人》（*La Bohème*）和《托斯卡》（*Tosca*）之优劣，认为前者不如后者——“不是因为它的音乐不好，而是因为人物太被动了，特别是咪咪；他们唱歌的决心和他们行动的优柔寡断之间存在着尴尬的差距。”（*Prose III* 252）他在另一处说道：“由于音乐的动态性和歌唱的技巧性，歌剧无法成功地处理被动的角色或命运的无助受害者。”（*Prose V* 294）奥登之所以说贺加斯版画中的浪子是一个纯粹被动的人物，是因为“他的任务就是屈服于任何一个他被引导进入的诱惑——欲望、无聊、金钱等”（*Prose V* 297）。其次，在这八幅版画里，只有第三幅纵酒狂欢和第八幅疯人院这两个场景可以直接为歌剧所用。贺加斯对浪子雷克韦尔这个人物本身并没有多大的兴趣，他主要的意图是对 18 世纪英国伦敦的社会生活图景加以讽刺，正如奥登所看到的，浪子的唯一功能是“通过出现在每一幅画里来赋予这个系列版画以一定的统一性。当他从一个版画转移到另一个版画时，此前出现过的其他人物都消失了，我们看到他和一群完全不同的人在一起。因此，作为一个人，他没有历史，因为他与他人的关系是暂时的和偶然的”（*Prose V* 296–297）。第三，奥登认为贺加斯版画的寓言过于狭隘。他把贺加斯的浪子系列版画视为“一个资产阶级的警示故事”，“美酒、女人和牌戏”应该加以避免的理由并不在于放荡的生活本身有错，而是因为这种生活方式耗费“银行余额”（*Prose III* 351）。在奥登看来，有必要给这个故事提供一种更好的寓意，以满足现代观众的需求。

从一开始，奥登和斯特拉文斯基就达成共识，将浪子分化为两个人物，在情节梗概里他们分别被称为“英雄”和“坏人”。歌剧不擅长表现人物的内心道德冲突，通过将一个人物一分为二，便可以将这种道德冲突用外在的行动表现出来。这种戏剧化的创作手法，在奥登早年与伊舍伍德合作的《主教的敌人》一剧里便有所运用。

此外，奥登和斯特拉文斯基在讨论过程中对贺加斯版画中的情节逐渐加以改编和扩充。后来卡尔曼也加入进来，对歌剧脚本的定型起到了关键作用。在歌剧开场时，安妮·特鲁洛夫（Anne Trulove），即贺加斯版画中的萨拉·扬与汤姆·雷克韦尔是情投意合的年轻恋人，而且已经到了谈婚论嫁的地步，二人在田园诗般的花园里唱着爱情二重唱。然而，雷克韦尔不仅不愿意工作，还为他的懒惰找借口："难道严肃的神学家们不曾向我们保证：善行是没有用的，因为上天注定了一切？我可以用我的方式表明自己是他们中的一员，并在此把自己托付给命运。"（*Libretti* 50）奥登在接下来的情节里设计了童话故事里常见的"三个愿望"的结构。雷克韦尔的第一个愿望是不劳而获地得到财富。随着他把这个愿望说出口，尼克·沙多突然出现，他自称是雷克韦尔叔叔的仆人，雷克韦尔的叔叔已去世，并给他的侄子留下了一大笔遗产。沙多催促雷克韦尔立即前往伦敦办理法律手续，以便尽快继承遗产。当雷克韦尔询问沙多需要为他的服务支付多少钱时，沙多答道：

> 主人，在你更清楚地知道我的服务有什么价值之前，我们不要再谈这件事了。一年零一天后，我们将结清我们的账，然后，我向你保证，你付出的代价不会超过也不会低于你自认为公平的那个数。（*Libretti* 54）

第一幕第2场的地点设在伦敦的一个妓院里，奥登用古希腊神话中维纳斯与玛尔斯之间的偷欢影射雷克韦尔的寻欢作乐。雷克韦尔已不复歌剧开始时的天真，周围的人怂恿他要顺从自己的本性，但他还没有意识到，如此的随心所欲只会让他不断沉沦，直至万劫不复的境地。在歌剧《浪子的历程》里，安妮发挥了比贺加斯版画里的萨拉更大的主动性，在第一幕第3场里，安妮决定去伦敦寻找并挽救雷克韦尔。

到了第二幕，雷克韦尔已经厌倦了纸醉金迷的生活，纵欲的结果导致他对一切事物都提不起兴趣，于是他说出了他的第二个愿望：得到快乐。沙多建议雷克韦尔娶一个名叫巴巴（Baba）、长着络腮胡子的土耳其丑女人为妻。这样做的目的是为了证明雷克韦尔是自由的，只有行动上的自由才能带来快乐。雷克韦尔一开始不理解沙多的提议，认为他疯了，沙多如此向雷克韦尔解释：

> 我从来没有这么清醒过。来吧，主人，观察芸芸众生。他们怎么样？可怜的人。为什么？因为他们不自由。为什么？因为轻浮的大多数人被他们的乐事那不可预测的“必须”所驱使，而清醒的少数人则被他们的职责那不可动摇的“应该”所束缚，在这两种奴隶状态之间，别无选择。你想快乐吗？那就学着自由行事。你想自由行事吗？那就学会忽视欲望和良知这对孪生的暴君。所以我劝你，主人，娶土耳其人巴巴为妻。(*Libretti* 62)

这种存在主义意义上的“无缘无故的行为”(*acte gratuit*)在20世纪40年代的哲学讨论中甚为流行。这种行为是否真的毫无动机？如果仅从雷克韦尔的例子来看，答案是否定的。驱动雷克韦尔娶巴巴为妻的动机是一种强烈的不愿受任何力量左右的欲望，是刻意为之的，并非真正的无缘无故或自然而然。正如一位评论者所说，“通过试图证明他是自由的，汤姆反而证明了他是受禁锢的”(Johnson 125)。

第二幕第2场，安妮出现在雷克韦尔伦敦住所的门前，而雷克韦尔对自己的愚蠢决定感到十分后悔。在打断喋喋不休的巴巴并感到身心俱疲之后，雷克韦尔进入了梦乡。他梦见一种可以把石头变成面包的机器，等他醒来后，他希望这个梦想能成真，以便让“所有人都可以免费吃饭。我看到我的技术消除了所有的匮乏，地球变成了善意的伊甸园”(*Libretti* 72)。沙多又一次满足了雷克韦尔的愿望，他把雷克韦尔梦中出现的那种机器拿到了雷克韦尔的面前。雷克韦尔倾其所有，投资量产这种号称能将石头变成面包的机器，最后却发现从机器生产出来的仍然是石头。

第三幕里，破了产的雷克韦尔不得不变卖所有家产，甚至连他的妻子巴巴都准备拍卖。巴巴告诉安妮，雷克韦尔仍然爱着安妮，并提醒她，雷克韦尔只是“中了毒的受害者”，与他形影不离的沙多才是那条蛇(*Libretti* 80)。此时距离雷克韦尔与沙多第一次见面已经过了一年零一天，沙多如约前来向雷克韦尔讨要报酬，雷克韦尔这才意识到沙多原来是地狱里恶魔的化身，他索要的报酬不是金钱，而是雷克韦尔的灵魂。正当雷克韦尔要自杀之际，沙多让时间停止，并提出再给雷克韦尔一次机会。雷克韦尔如果能连续三次猜中沙多手中牌的花色和点数，就能免于一死。雷克韦尔连续两次猜对之后，沙多要花招，从刚才已经猜过的两张牌里抽出一张（喻指安妮的“红心皇后”），让雷克韦尔继续猜。雷克韦尔凭借对忠贞爱情的信念，明知不可能却再次喊出“红心皇后”。沙多弄巧成拙，恼羞成怒，施魔法让雷克韦尔发了疯。在疯人院里，雷克韦尔自称阿多尼斯，一直等待着维纳斯的到来。他不顾众人的讥讽和嘲笑，终于等来了他的“维纳斯”安妮。雷克韦尔最终像易卜生戏剧《培尔·金特》（*Peer Gynt*）中的主人公一样，在忠贞的恋人那抚慰人心的歌声中进入了长眠。

在歌剧的尾声部分（Epilogue），剧中的五个主要人物重新登场，他们先是站在各自的立场，告诉观众他们对这部歌剧的感想。安妮得出的结论是：

> 并不是每个浪子最终
>
> 都能被爱和美貌拯救；
>
> 也不是每个人
>
> 都有一个安妮
>
> 来替代责任。（*Libretti* 92）

最后，他们一起以五重唱的形式给出了整部歌剧的寓意：“对于无所事事的双手和心灵，魔鬼会找到工作去做。”（*Libretti* 92–93）

在创作《浪子的历程》歌剧脚本期间，奥登开始集中思考歌剧作为一种体裁的相关理论问题。《浪子的历程》的歌剧脚本完成于1948年，同年，奥登在《时尚》（*Vogue*）杂志上发表了一篇题为《歌剧迷》（“Opera Addict”）的短文，这是奥登首次专门从歌剧体裁角度出发讨论歌剧的一般特点。《浪子的历程》的首演是在1951年，那一年，奥登在英国音乐杂志《速度》（*Tempo*）上发表文章，题为《关于歌剧作为一种媒介的一些思考》（“Some Reflections on Opera as a Medium”）。第二年，他把这篇文章加以扩充后发表在《党派评论》（*Partisan Review*）杂志上，题目改为《关于音乐与歌剧的一些思考》（“Some Reflections on Music and Opera”）。这篇文章后来被奥登收入他的文集《染匠之手》（*The Dyer's Hand*，1962），作为其中第八部分“向伊戈尔·斯特拉文斯基致敬”（“Homage to Igor

Stravinsky”）的第一篇。由此可见，奥登歌剧理论的建构与他创作《浪子的历程》歌剧脚本的实践有着密切的联系，尽管他在上述文章里并没有直接提及这部歌剧。

在《歌剧迷》一文的开篇段落中，奥登提出了一个在他看来十分关键的问题：“歌剧是关于什么的？”他在文中的简洁问答是：“它是关于任性的感觉（wilful feeling）。”（*Prose II* 400）1947年12月，奥登告诉他的秘书艾伦·安森（Alan Ansen）：“我拿定主意了，歌剧代表了一种任性的情感表达。”（Ansen 92）在《歌剧迷》一文里，奥登列举了西方歌剧史上几部伟大作品中的主要人物，其中最早的是莫扎特歌剧《唐·乔瓦尼》（*Don Giovanni*）中的唐·乔瓦尼（奥登称他为“任性的化身”），最晚的是19世纪法国作曲家比才（Georges Bizet）歌剧《卡门》（*Carmen*）中的卡门，他们都符合“任性”这种歌剧人物类型。《浪子的历程》里的浪子雷克韦尔也属于任性地表达情感这类人物。奥登和卡尔曼赋予了雷克韦尔一种狂躁与抑郁交替出现的人格，他“对未来的前景感到高兴，然后又对最近的过去感到厌恶”（*Prose III* 352），“前一分钟飞入云天，后一分钟跌入低谷”（*Prose V* 297）。奥登相信，如果想要让歌剧中的人物歌唱，他们“就必须有一点儿疯狂”（转引自 Carpenter 353）。在《歌剧迷》一文中，在描述了他认为的理想歌剧人物之后，奥登写道：“你是否会喜欢歌剧，将取决于你认为任性是人性的多大特征，以及正确理解它有多么重要。”（*Prose V* 401）对奥登本人而言，任性显得非常重要。他在前一年的一篇重要文章里写道：“人唯一真正拥有的不是他们的天赋，而是他们都平等地拥有的东西，与命运无关，即他们的意志。”（*Prose II* 342）任性即人的意志起现行作用，表现为一种不顾情形、不计后果的自由选择。德国唯意志论哲学家叔本华把音乐视为“意志自身的写照”，这与奥登对音乐的理解暗合（Schopenhauer 257）。

在完成《浪子的历程》歌剧脚本的写作之后，奥登在思考歌剧的特质的同时，也在思考音乐的本质，因为脱离音乐来谈论歌剧是不可能完整的。奥登在《关于歌剧作为一种媒介的一些思考》临近开头处提出了一个有关纯音乐的问题，问题的提法与《歌剧迷》一文里那个关键性问题的提法如出一辙：“音乐是关于什么的？用柏拉图的字眼来说，它‘模仿’

了什么？”奥登的回答十分干脆：“选择。”接着，他对此回答做了一番解释：

> 连续的两个音符是一种选择的行为；第一个音符导致第二个音符发生，但不是在科学意义上使它必然发生，而是在历史意义上激起它，为它提供发生的动机。一个成功的旋律是一部自我决定的历史：它自由地成为了它打算成为的样子，但它是一个有意义的整体，而不是任意的音符的相续。（*Prose III* 250）

在此意义上，音乐“总的来说是对历史的模仿”（*Prose III* 252）。不过奥登强调，音乐的历史性的存在是有前提条件的：

> 西方音乐在采用时间标记、分小节和节拍器节拍时，表明了它的自我意识。如果没有一个彻底脱离历史独特性的严格的自然时间或者循环时间来作为音乐发生的框架，那么音符本身的不可逆转的历史性将是不可能的。（*Prose III* 250）

在《染匠之手》里，奥登对音乐本质进行了最终的表述，它将上述音乐的两个维度整合在了一起：

> 我们对时间有两个方面的体验：自然或生物的重复性，以及由选择创造的历史新奇性（historical novelty）。音乐作为一门艺术的充分发展有赖于认识到这两个方面是不同的，认识到选择，作为只有人才有的经验，比重复更加重要。相连的两个音符是一个选择的行为；第一个引起第二个，但不是科学意义上的使它必然发生，而是历史意义上的激起它，为它提供一个发生的动机。一支成功的旋律是一个自我决定的历史：它自由地成为它打算成为的样子，然而又是一个有意义的整体，而不是一串随意的音符。（*The Dyer's Hand* 465–466）

奥登的这种音乐观决定了他在歌剧类型上的偏好。奥登喜爱的是莫扎特歌剧与意大利传统的美声唱法歌剧，它们最突出的特点之一是其优美的旋律。斯特拉文斯基的音乐创作生涯经历了多个阶段，《浪子的历程》的创作阶段恰好是他的新古典主义时期，因此他在歌剧整体风格的把握上与奥登不谋而合。尽管 20 世纪中叶的西方音乐界发生了巨大的变革，调性等传统西方音乐所看重和依赖的元素纷纷被解构，但奥登对西方音乐和歌剧的前景仍保持相当乐观的态度。

斯特拉文斯基请奥登为他的歌剧撰写脚本时曾明确表示，他“不是要创作一部音乐剧，而是一部有着明确歌曲段落的歌剧”（Stravinsky 299）。奥登的歌剧偏好恰好就是格鲁克和莫扎特等 18 世纪古典主义时期的“分段歌剧”（number operas），在他看来，“自然主义音乐剧似乎比《阿尔切斯特》（*Alceste*）或《女人心》这样的传统歌剧荒谬、虚假得多”（*Prose II* 402）。换言之，斯特拉文斯基希望奥登写的歌剧脚本类型正是后者乐意为之的。分段歌剧包含各种类型的唱段——咏叹调、二重唱、多人重唱与合唱——它们之间穿插着宣叙调，因此是一种混合型的体裁，这种体裁恰好是奥登所喜欢和擅长的。在奥登的戏剧作品里，各种类型的诗歌层出不穷，而在他的诗歌作品里，也经常出现戏剧性的段落。

与传统歌剧相比，瓦格纳的乐剧显得过于自由，缺乏约束。正如某些评论者所言，瓦格纳的音乐“不需要通过重复和再现等形式手段来创造自己的抽象统一”，它可以“在‘无穷无尽的旋律’中流动……无拘无束”（Goldman and Sprinchorn 23–24）。对奥登而言，不受约束的绝对自由并不存在，无论是在艺术中还是在生活中，自由是在限制、约束中体现出来的。可以说，没有限制，就没有自由。仅就对音乐的认识而言，奥登与瓦格纳有很大的差别。“重复和再现等形式手段”对奥登来说是音乐中必不可少的，用奥登的话来说，它们是“音乐发生的框架”，离开了它们，“音符本身的不可逆转的历史性将是不可能的”（*Prose III* 250）。《浪子的历程》因为有了分段歌剧的种种约束而在形式上具有更显著的一致性。

通过刻画《浪子的历程》中的雷克韦尔这个人物，奥登总结出了歌剧中人物刻画的基本原则。奥登认为，与反思性的文学不同，音乐和歌剧是即时性的艺术，这一点决定了歌剧人物与文学中人物的不同刻画方式。奥登在《关于歌剧作为一种媒介的一些思考》里写道：“歌剧不能呈现小说家意义上的人物，也就是那些可能是好的和坏的、主动的和被动的人，因为音乐是直接的现实，无论潜在的还是被动的都不能生活在它的存在中。”

（*Prose III* 252）因此，伟大的歌剧以及奥登本人的歌剧脚本里的人物都不是立体的、具有心理复杂性的个体，而是“一种激情和任性的存在状态”，或者说是一种神话原型般的人物。《浪子的历程》可以称得上神话原型的一次集会。奥登借用了诸多西方神话、文学和歌剧中的原型人物和主题元素，例如浮士德（Faust）与梅菲斯特（Mephistopheles）、阿多尼斯与维纳斯、培尔·金特、唐·乔瓦尼、亚当与夏娃，以及三个愿望等。

在贺加斯的版画中，浪子的故事都发生在伦敦，而在歌剧脚本里，故事是从“特鲁洛夫乡间小屋的花园”这个田园诗般的场景开始的（*Libretti* 48）。奥登与斯特拉文斯基将这个开场描述为“忒奥克里托斯式的田园诗，有关爱情、青春、乡村等”（581）。忒奥克里托斯（Theocritus）是古希腊诗人，他最具特点和影响力的作品是田园诗，维吉尔的田园诗和许多文艺复兴时期的诗歌和戏剧都受到忒奥克里托斯作品的影响。此外，歌剧《浪子的历程》的情节发展与四季变化相对应。开场的田园诗发生在春天，此后的各场戏分别发生在夏天、秋天和冬天，最后一幕又回到春天，形成了一个时间上的循环。有批评家指出，《浪子的历程》“从本质上讲，是一部关于歌剧的歌剧”（Cross 137）。更准确地说，这是一部体现奥登独特音乐观的歌剧，在其中，意志的自由选择受到循环往复的时间的制约。

以奥登的音乐观来审视《浪子的历程》中主人公雷克韦尔的自由选择，可以发现其中存在着一种反讽的意味：一方面，雷克韦尔展现了奥登所谓的人的任性，他的遭遇在很大程度上是他自由选择的结果；另一方面，他在歌剧一开始所做的决定与自由和选择可以说是背道而驰的。安妮的父亲特鲁洛夫不太看好他女儿的未婚夫，因为他不愿意工作，而雷克韦尔对此不以为意，他在随后的宣叙调和咏叹调透露了他信奉的人生原则：

> 我站在这里，我的体质强健，我的体格不差，我思维敏捷，我无忧无虑。让我在副本册上扮演勤奋的学徒？让我屈从于苦力的枷锁？让我辛辛苦苦一辈子去致富别人，然后就像啃过的骨头一样被扔掉？我才不干！难道严肃的神学家们不曾向我们保证：善行是没有用的，

因为上天注定了一切？我可以用我的方式表明自己是他们中的一员，并在此把自己托付给命运。

既然我们的兴衰
不是靠功绩决定，
而是命运的恩惠
支配着我们所有人，
我为什么要为她
最终会无偿给我的
东西而努力呢，
如果她是我的朋友？
然而，如果她不是，
那么，我通过辛勤劳动
可能获得的财富
终将是一场空。
那么，在我因发烧
或被闪电击中而死之前，
让我靠我的智慧
和凭运气来过活吧。
我的生命在我面前，
世界如此广阔：
来吧，愿望，做马吧；
这个乞丐将骑马。（*Libretti* 50–51）

雷克韦尔用加尔文主义的先定论为他的好逸恶劳辩护，他放弃了为自己做决定的权力，让命运掌管他的生命，把一切都托付给偶然性和虚无缥缈的“愿望”。《浪子的历程》的主人公在他的第一首咏叹调里就摒弃了奥登所看重的“由选择创造的历史新奇性”。简言之，雷克韦尔的选择是放弃选择。对自由意志加以否定导致雷克韦尔很快便从伊甸园般的生存状态里被驱逐了出来，这一点在他的第一首咏叹调的末尾得到暗示：“我的生命在我面前，/ 世界如此广阔”。让雷克韦尔提出三个愿望这个主意是卡尔曼想出来的，卡尔曼的初衷是试图表明雷克韦尔“有一点自己的意志”，但是卡尔曼承认，与沙多和安妮相比，雷克韦尔“几乎与贺加斯原作里的他一样被动”（Kallman 627）。至少在《浪子的历程》的第三幕第2场之前，雷克韦尔是缺乏意志的。奥登在一篇讨论民间故事的文章里很明确地区分了愿望和意志的不同：“一个所有愿望都被神奇地实现的世界，将是一个没有欲望和意志的世界。”（*Prose IV* 602）雷克韦尔表达的三个愿望并没有让他具有真正的意志或意愿，在奥登看来，无论愿望的表面内容有多么不同，它们“都有着相同而不变的含义：‘我拒绝做我自己’”（*Prose IV* 621）。在1953年发表于《哈泼时尚》（*Harper's Bazaar*）杂志上论《浪子的历程》的短文里，奥登明确地把雷克韦尔的三个愿望视为“逃离现实”，他要么“对未来的前景感到高兴”，要么“对最近的过去感到厌恶”（*Prose III* 352）。

到了第三幕第2场，当雷克韦尔走向毁灭的边缘时，最后拯救他的是他的忏悔——“回来！爱情！ / 被放逐的字眼令人痛苦。回来，哦，爱情！”——以及他对忠贞爱情重新树立起的信念：“爱，自始至终，占据永恒的统治吧；/ 哦，红心皇后，再一次更新我的生命吧。”这是雷克韦尔在歌剧中的最后一个愿望，他自称“除此之外我一无所求”（*Libretti* 86）。这表明雷克韦尔彻底与他依赖机遇、偶然性或命运安排的往昔告别。此刻，他凭借自己的自由意志，重新选择了安妮，也就是选择面对现实，而不是像他此前那样“逃离现实”。但是他的重新选择毕竟不能让时间倒转，安妮的爱可以把雷克韦尔从死亡中拯救出来，但他此前的所作所为却让魔鬼得以用疯狂来折磨他。

《浪子的历程》并没有像大多数歌剧那样终止于故事的结尾，而是添加了一个尾声。一些评论家对这个带有道德说教意味的尾声有所诟病，例如认为“其实质具有误导性，因为这根本就不是这部歌剧的主旨”

（Griffiths 318–320）。事实上，这个尾声与歌剧的主旨息息相关。奥登和斯特拉文斯基希望把歌剧院里的观众从歌剧的故事里重新拉回到现实中来，同时这也是为了与歌剧的副标题“一个寓言”相呼应。

通过与20世纪最伟大的作曲家合作创作歌剧，奥登形成了对于歌剧脚本作者与作曲家之间关系的成熟看法。奥登接受斯特拉文斯基的邀请，答应一起创作歌剧之时，给作曲家写了一封信，信中写道：“歌剧脚本作者的工作是让作曲家满意，而不是反过来……不用说，能和您一起工作是我一生中最大的荣幸。”（Stravinsky 299–300）此前奥登与布里顿有过多次合作，包括歌剧《保罗·班扬》，但是奥登从未对作曲家表现过如此的敬意。造成这种反差的一个显而易见的原因是，奥登比布里顿年长且成名更早，他们的合作总是奥登占主导地位，而斯特拉文斯基则是享誉西方音乐界的泰斗级人物。在作于1951年的《关于歌剧作为一种媒介的一些思考》一文里，奥登首次从理论高度论述歌剧脚本作者与作曲家之间应该保持的一种关系：

> 歌剧脚本作者写的诗句不是写给公众的，而是写给作曲家的私人信件。它们有自己的荣耀时刻，在那一刻，它们向他暗示了一段特定的旋律：一旦结束，它们就像中国将军的步兵一样可以牺牲：它们必须忘掉自己，不再关心发生在它们身上的事情。（*Prose III* 255）

这段话里虽然没有提及斯特拉文斯基或者他们共同创作的歌剧《浪子的历程》，但是其中所透露出的歌剧脚本作者的从属地位和恭顺的态度是显然可见的。在后来与其他作曲家汉斯·维尔纳·亨策与尼古拉斯·纳博科夫（Nocolas Nabokov）的合作中，奥登仍然持有相同的态度和看法，只不过表现得不及他与斯特拉文斯基合作时那么显著。斯特拉文斯基对于他与奥登的这段合作十分满意，多年后他还兴奋地与他的门徒罗伯特·克拉夫特（Robert Craft）言及他与奥登的那次成功而愉快的合作：

> 在合作的业务层面上，他写下了“配合音乐的文字”……在另一个层面上，当我们开始合作时，我发现我们不仅在歌剧上有着相同的观点，而且在美与善的本质上也有相同的观点。因此，我们的歌剧确

实是，而且在最高意义上，是一种合作。(Stravinsky and Craft 97)

《浪子的历程》于 1951 年 9 月首演之后，斯特拉文斯基立刻请奥登和卡尔曼为他再创作一部歌剧脚本，形式可能是 17 世纪的假面剧，主题是颂扬智慧女神。奥登和卡尔曼第二年就完成了歌剧脚本《迪莉娅，或曰，夜之假面剧》(*Delia, or, A Masque of Night*)，从中已经看不到多少最初的设想，它赞颂的也不是智慧女神，而是自然女神。1951 年之后，斯特拉文斯基的兴趣逐渐从新古典主义转向序列主义，即由阿诺尔德·勋伯格(Arnold Schoenberg) 创造的十二音阶体系。当他读到奥登和卡尔曼新创作的以莫扎特歌剧《魔笛》为原型的新歌剧脚本后，表示不愿意为它谱曲。在谱写了一部突出奥登一向看重的自由意志和选择的歌剧之后，斯特拉文斯基将要开始创作“没有‘自由段落’或‘自由音符’”的音乐，而奥登则将与其他作曲家合作，继续他的歌剧脚本创作 (Straus 174)。

4.2 《年轻恋人的哀歌》中的“伟大诗人”

1949 年，当《浪子的历程》的谱曲还在进行中时，奥登和卡尔曼又构思了一部名为《在路上》(*On the Way*) 的喜歌剧的情节梗概，这部歌剧脚本的主题是“后拿破仑时代欧洲艺术家——尤其是音乐家——所表现出的浪漫主义情感”(*Libretti* 481–482)。两位作者此后并没有继续创作这部喜歌剧的脚本，不过情节梗概里的某些细节被化用到奥登和卡尔曼的歌剧脚本《年轻恋人的哀歌》之中。例如，这两部歌剧的故事都发生在阿尔卑斯山区的一个旅店里；《在路上》中的一位音乐家叫作格雷戈尔·顺盖斯特 (Gregor Schöngeist),《年轻恋人的哀歌》里的诗人名叫格雷戈尔·米滕霍费尔 (Gregor Mitenhofer)。两位作者曾撰文介绍《年轻恋人的哀歌》的生成过程，他们在文中透露，他们最初构想的主角是一个“伟大的演员……他一生最大的抱负就是在拜伦的《曼弗雷德》(*Manfred*) 中扮演主角”(*Libretti* 245)。最终，伟大演员被改成了伟大诗人，根据奥登和卡尔曼在文中的描述，他们是把他当作一个“大才艺术家”(artist-genius) 式的原型人物来加以塑造的。他们赋予了这位诗人一个具体的国别归属——他是维也纳人，同时两位作者在文章里说得很清楚，“这并不意味着我们认为他的骇人行为是奥地利人的特征。事实上，我们唯一借鉴过的真人真事是从一位用英语写作的诗人——无论他是谁——的生活中提取出来的”（*Libretti* 247）。这就引发一个问题，即我们该如何看待《年轻恋人的哀歌》中这位“伟大诗人”的身份，换言之，他是一位奥地利诗人、英国诗人，抑或原型诗人？事实上，这三种身份完全可以合而为一，并行不悖。

被两位作者抛弃的《在路上》有三个主角，他们的原型分别是柏辽兹（Hector Berlioz）、门德尔松（Felix Mendelssohn）和罗西尼（Gioacchino Rossini）这三位欧洲19世纪浪漫主义作曲家。在情节梗概里，他们被描述为“都热爱阿尔卑斯山风光”（*Libretti* 484）。歌剧脚本《年轻恋人的哀歌》延续了《在路上》的阿尔卑斯背景，但奥登和卡尔曼的另一个着眼点是把“天才艺术家”视为一个“19世纪和20世纪早期的神话”和一个“欧洲神话”，他们之所以选定维也纳这个城市，是因为“这一时期欧洲文化的两个中心是巴黎和维也纳。因此，我们觉得我们的主人公必须与这两个城市中的一个有关系，我们的个人偏好导致我们选择了维也纳”（*Libretti* 247）。此外，阿尔卑斯山在英国浪漫主义想象中占据着特殊的地位，它激发英国浪漫主义诗人创作出了多首名篇佳作，如华兹华斯的长诗《序曲》（*The Prelude*）第6章、雪莱的《勃朗峰》（“Mont Blanc”），以及拜伦的戏剧诗《曼弗雷德》等。

米腾霍费尔集多位伟大诗人的特点于一身，其中最显著的一位是叶芝，对此评论家们的意见颇为一致，但很少有人论及米腾霍费尔与叶芝之间具体的相似之处。《年轻恋人的哀歌》讲述的是一位上了年纪的诗人与他的随行人员之间的关系。第一个出场的人物是一个名叫希尔达·马克（Hilda Mack）的寡妇，她有灵视的能力，米腾霍费尔能够利用它创作出了不起的诗。奥登在《歌剧的世界》一文里透露，“我们想到叶芝有一个妻子，他从她的灵媒天赋中获利，让米腾霍费尔发现马克夫人，并养成不时带着他的随行人员去拜访她的习惯，这似乎是合乎情理的”（*Prose V* 300）。又如卡罗琳娜·格拉芬·冯·基什泰顿（Carolina Grafin von Kirchstetten），她担任米腾霍费尔的秘书和管家，由于她的经济资助，米腾霍费尔才能够把所有时间都用来进行诗歌创作。歌剧脚本里提到卡罗琳娜有替诗人藏钱的习惯（*Libretti* 194）。不难猜测，卡罗琳娜的原型就是叶芝的赞助者奥古斯塔·格雷戈里夫人。米腾霍费尔的另一名随行人员威廉·赖希曼医生（Dr. Wilhelm Reichmann）负责通过药物和激素注射让诗人保持健康和年轻活力。叶芝做过输精管结扎手术，希望通过此举重振雄风。伊丽莎白·齐默（Elizabeth Zimmer）是米腾霍费尔的年轻仰慕者和缪斯女神，她的原型当是那些与叶芝发展出浪漫恋情的年轻女子的集体呈现。所有这些随从人员都十分仰慕米腾霍费尔，他们自愿牺牲自己，来换取诗人的佳作。尽管如此，他们的贡献却从未得到过诗人的肯定和表扬，正如卡罗琳娜和赖希曼医生在第一幕的二重唱里所说的那样："没有人在文章或书评里感谢 / 缪斯的仆人的仆人们。"（*Libretti* 196）歌剧脚本作者和作曲家通过将伟大诗人随行人员的心声展露在歌剧舞台上，表示了他们对这些人物的同情和支持，也在一定程度上否定了天才艺术家的神话。

这个相对稳定的运作体系随着赖希曼医生的儿子的到来而产生了干扰。托尼和伊丽莎白一见钟情后，歌剧的主要情节开始发展。奇怪的是，米腾霍费尔似乎对于这对年轻恋人的感情发展视而不见。马克夫人得知失踪多年的丈夫的遗体被发现后，失去了灵视的能力。这就意味着米腾霍费尔一下子失去了他的缪斯女神和为他的诗歌提供意象的来源。作为应对措施，米腾霍费尔让托尼和伊丽莎白去山里采集雪绒花，因为他告诉这对年轻恋人，当其他方法都不奏效时，雪绒花可以起到"辅助灵视"的效果（*Libretti* 228）。这对恋人离开之后，一位阿尔卑斯山的向导告诉米腾霍费尔，即将有一场暴风雪，他问诗人山里是否有人，米腾霍费尔故意没有提及托尼和伊丽莎白的去向。不出所料，那对恋人死在了暴风雪中的阿尔卑斯山区，米腾霍费尔却由此获得了创作他的诗歌大作的合适主题，他在歌剧的终场吟诵了这首《年轻恋人的哀歌》。

奥登和卡尔曼声称，"《年轻恋人的哀歌》的主题可以用叶芝的两行诗来概括：'人的智力被迫选择 / 生活的完美或者工作的完美。'"（*Libretti* 246）这两行诗出自叶芝的《选择》（"The Choice"）一诗。从歌剧脚本对米腾霍费尔的人物刻画来看，奥登和卡尔曼显然认为叶芝选择的是工作的完美，这里也可理解为作品的完美。米腾霍费尔在歌剧里也曾坦言他只考虑诗歌的美学效果，不考虑诗歌的道德意义："最终 / 你不再知道 / 什么是对与错 / 或者是与非。/ 只知道什么适合 / 什么不适合入诗。"（*Libretti*

218）米腾霍费尔不惜以他人的生命为代价换来诗歌之美，他以为因为自己是天才艺术家，就可以免受道德的制约，就可以要求他身边的不如他的随行人员为他服务。托尼和伊丽莎白这对年轻恋人丧命暴风雪肆虐的阿尔卑斯山，成了歌剧中的一个高潮，同时也是米腾霍费尔的那种毫不顾忌是非善恶的生活的逻辑结果和强有力的象征。

尽管诸多评论家都认为《年轻恋人的哀歌》中的诗人米腾霍费尔是以叶芝为原型的，但是叶芝并不是歌剧中虚构的诗人的唯一原型。奥登在给朋友的信里提到歌剧中的“主人公是威·巴·叶芝和斯特凡·格奥尔格的混合体”（*Libretti* 663）。斯特凡·格奥尔格（Stefan Georg）是20世纪初叶德国最重要的诗人之一，他借鉴了法国象征主义的诗歌创作技法，所写的诗歌追求形式美，具有唯美主义和反理性主义的倾向。事实上，米腾霍费尔的原型不止叶芝和格奥尔格这两位诗人，他身上所带有的是与叶芝和格奥尔格属于同一类型的诗人的共同印记。当歌剧《年轻恋人的哀歌》的德语版在德国上演的时候，观众从主人公身上看到了多位德国作家和音乐家的影子——除了格奥尔格之外，还有里尔克（Rainer Maria Rilk）和瓦格纳（Richard Wagner）等。

此外，米腾霍费尔身上还有奥登自己的影子。奥登的传记作者达文波特-海因斯（Richard Davenport-Hines）指出，米腾霍费尔与卡罗琳娜之间的关系“酷似奥登和卡罗琳·牛顿（Caroline Newton）在20世纪40年代的接触”（*Libretti* 254）。牛顿是奥登过去的赞助人，她的名字与歌剧中卡罗琳娜的名字几乎一样。卡罗琳娜的全名是卡罗琳娜·冯·基希施特滕（Carolina von Kirchstetten），她的姓氏基希施特滕也是一个奥地利小镇的名字，奥登在此地购买了他一生中唯一的一座房子。从1958年开始，奥登每年的春季和夏季在此度过，一直到他去世为止。在歌剧里，卡罗琳娜向米腾霍费尔抱怨他的字迹难辨，米腾霍费尔发现她误把他手稿里的“Port”一词认作了“Poet”（*Libretti* 202）。这个细节是“真人真事”，完全是在照搬伊舍伍德对奥登的《冰岛行》（“Journey to Iceland”）一诗里的同一个词的误读。所不同的是，在歌剧里，卡罗琳娜的误读引起了米腾霍费尔的暴怒，而在现实中，奥登却发现伊舍伍德的误读优于他的原词。通过用米腾霍费尔影射自己，奥登是在做自我批评。在给斯彭德的一封信里，奥登透露道，叶芝“已经成为我自己不真实的魔鬼的象征，象征着我必须努力从我自己的诗歌中消除的一切，虚假的情感、夸张的修辞、空洞的宏亮声音……他的诗让我追求谎言”（转引自 Carpenter 416）。奥登也许也像叶芝一样，认识到自己无论如何也不可能达到“生活的完美”，但是他没有像叶芝那样以付出真和善的代价转而追求“工作的完美”。奥登主动寻求能够扼制这种唯美倾向的诗歌表达模式，歌剧脚本这种文学体裁是奥登寻找到的一个有效方法。

《年轻恋人的哀歌》是“由三位制作者”题献给奥地利、欧洲和大师级的歌剧脚本作者胡戈·冯·霍夫曼斯塔尔（Hugo von Hofmannsthal）的（*Libretti* 189）。这部歌剧在多处体现了对霍夫曼斯塔尔的纪念。除了故事是发生在奥地利之外，歌剧所设的年代（1910 年左右）是霍夫曼斯塔尔与作曲家理查·斯特劳斯（Richard Strauss）合作完成他们最伟大的杰作《玫瑰骑士》（*Der Rosenkavalier*）的年代。此外，在《年轻恋人的哀歌》的歌剧脚本里，有两处提到了霍夫曼斯塔尔的名字，而且从字里行间可以得知，米腾霍费尔不喜欢霍夫曼斯塔尔这位他最大的竞争对手。对于奥登而言，如果叶芝和米腾霍费尔代表的是他“必须努力从我自己的诗歌中消除的一切”，那么霍夫曼斯塔尔代表的则是奥登感到很有吸引力的另一种诗人的角色。事实上，奥登和霍夫曼斯塔尔在某些方面确有相似之处。二人都很早就在诗坛出名，都以写形式多样的抒情诗见长；霍夫曼斯塔尔是 19 世纪 90 年代维也纳文学团体“青年维也纳”（Jung Wien）的成员，而奥登是 20 世纪 30 年代左翼诗人的领袖人物。更为重要的是，奥登和霍夫曼斯塔尔在创作生涯的后期都改变了方向，不再继续写给他们带来知名度的那种诗歌。霍夫曼斯塔尔的早期诗歌风格类似叶芝和法国象征主义诗歌，后来他彻底放弃写作抒情诗，一心投入戏剧作品的创作，与作曲家理查·斯特劳斯合作创作了多部歌剧，这些大都成为 20 世纪歌剧史上的经典之作。奥登虽然没有完全放弃创作抒情诗，但是他把多首脍炙人口的早期诗歌从他的诗集中剔除了出去，此外，他也像霍夫曼斯塔尔那样，开始歌剧脚本的创作。1961 年，也就是《年轻恋人的哀歌》首演的那一年，奥登为斯特劳斯和霍夫曼斯塔尔的书信选写了一篇书评文章，他在文中表达了他对霍夫曼斯塔尔的敬仰之情，同时也隐约透露出一种惺惺相惜的心态：

> 霍夫曼斯塔尔是在文学上享有盛誉的诗人中第一位创作歌剧脚本的，在他的那个时代，这是一件大胆的事情。在他所属的那个文学圈子里，歌剧作为一种艺术形式并不受到待见……当然，他的大多数朋友都认为创作歌剧脚本是在浪费时间和才华。（*Prose IV* 352）

奥登之创作歌剧脚本在大多数批评家眼里看来，也是在“浪费时间和才华”，甚至直到今日，这种局面仍没有太大的改观，尽管奥登与卡尔曼合写的多部歌剧脚本已进入了 20 世纪西方歌剧的保留曲目。

在一定程度上，奥登是想步霍夫曼斯塔尔的后尘，也成为一位成功的甚至是大师级的歌剧脚本作者。另外，歌剧脚本的性质本身使得“大师级的歌剧脚本作者”成了一种自相矛盾的说法。按照奥登的理解，歌剧脚本作者的地位一定是从属于作曲家的，而且他无法完全掌控他所创作的歌剧脚本。在此意义上，歌剧脚本是一种不完整的艺术媒介，因为作曲家可以根据乐曲的需要对歌剧脚本随意加以删改。即使作曲家选择保留歌剧脚本中的每一个词，在谱曲和演出的过程中，歌剧脚本的文本或多或少都会有所改变。奥登对于文字的可变性和非永恒性有很深的体会。奥登喜欢引用法国诗人瓦莱里（Paul Valery）的一句话：“一首诗永远没有完成的时候，只有被抛弃的时候。”（*Prose V* 79）他喜欢修改自己的诗作的习惯是出了名的，有时他甚至因为某首诗“不诚实”，而将整首诗驱逐出他的诗歌总集，尽管这样做会让读者和批评家感到不快。写作歌剧脚本很好地迎合了奥登对于修改作品的习惯，无论他自己是否会对业已完成的歌剧脚本做出改动，到了作曲家手里，歌剧脚本总会进一步发生变形。换言之，对于奥登来说，创作歌剧脚本不用担心受到“工作的完美”的诱惑，无论如何，歌剧脚本永远不可能自给自足，它总是需要音乐对它的补足。

歌剧脚本作者与作曲家合作创作歌剧这种创作模式与天才艺术家苦心孤诣搞创作这种浪漫主义模式形成了鲜明对照。门德尔松将合作何以成为与浪漫主义创作模式相对的一种创作模式解释得很清楚：

> 除了华兹华斯在《古舟子咏》中的某处写的绝无仅有的两行对

> 句之外，浪漫主义者之间没有任何合作。尽管失落、孤立和追寻等浪漫主义经验在所有遭遇过它们的人身上都有相似的形式，但是这种经验永远无法分享。浪漫主义的灵视是私密性的……在合作再次能够成为英国诗歌的一个因素之前，诗人有必要摆脱贯穿浪漫主义传统的一整套假定和方法。奥登是第一个做到这一点的诗人。（Mendelson “Auden-Isherwood” 276）

虽然门德尔松是在讨论奥登与伊舍伍德的早期戏剧创作合作时说的这段话，但是用来观照奥登与卡尔曼的歌剧脚本合作更是恰当，作为歌剧脚本作家的奥登所体现出的反浪漫主义倾向更加明显。

在歌剧《年轻恋人的哀歌》里，米腾霍费尔是整个浪漫主义传统的人格化。在托尼和伊丽莎白死后，米腾霍费尔站在一家维也纳剧院的舞台上，即将朗诵他创作的哀歌，剧院的背景墙上描绘的是太阳神阿波罗和缪斯女神所在的帕纳索斯山，缪斯女神们正在为一位大写的诗人（a Poet）加冕，“阿波罗手执里拉琴和小天使在一起”。很显然，米腾霍费尔自认就是画中的那位大写的诗人。根据舞台指示，“他打开手稿本，严肃地开始朗诵，几乎没有任何手势。我们实际上听不到那些话，但是从他身后传来一个接一个的声音，直到它们汇聚到一起，这些是为这首诗的创作做出过贡献的人的声音。”（*Libretti* 243）奥登和卡尔曼在他们撰写的交代歌剧脚本《年轻恋人的哀歌》的创作过程的短文里说明了他们为什么要用音乐而不是文字来呈现米腾霍费尔的大作。两位歌剧脚本作者认为，一位伟大诗人的作品不可能由另一位诗人令人信服地表现出来，必须通过一种不同的艺术媒介来传达，在歌剧里呈现出来的是亨策谱写的“管弦乐声音和单纯的人声”（*Libretti* 247）。这种不同寻常的解决方案同时也突显出这部歌剧中的道德困境，即如何用纯粹积极、正面、肯定的音乐来再现歌剧主人公的罪恶。作曲家亨策一开始也不太确定是否应该要用音乐来谴责米腾霍费尔（Henze, *Music and Politics* 108–111）。奥登在作于1947年的《音乐是国际的》（“Music Is International”）一诗里写到音乐“那谜一般的语法，最终 / 把一切事物说得很好”（*Collected Poems* 263）。在作于1959年的《诗与真》（“Dichtung und Wahrheit”）里，奥登进一步发展了这一思想：“可以说，音乐的语言是不及物的，而正是这种不及物性使得听众的以下提问失去了意义：‘作曲家说话的时候是真心的吗，还是只是在假装？’”（*Collected Poems* 491）基于以上奥登对音乐本质的理解，把米腾霍费尔的诗处理成音乐就意味着只考虑作品的审美性，而悬置真和善的问题，在此前提下，米腾霍费尔的诗应该让观众感受到它是一部杰作才对。

歌剧的终场似乎在肯定米腾霍费尔的诗才的同时，也在揭露他的道德败坏。奥登在《诗与真》的另一处写道：“‘象征主义者’试图让诗歌像音乐一样不及物，这只能止步于自恋的反身代词——‘我爱我自己。’”（*Collected Poems* 491）米腾霍费尔的自恋在歌剧里是非常明显的，在终场的一开始，他照着镜子唱道：

一，二，三，四。

我们崇拜谁？

格雷戈尔！格雷戈尔！格雷戈尔！

五，六，七，八。

我们欣赏谁？

格雷戈尔！格雷戈尔！格雷戈尔！（*Libretti* 242）

观众或许会为一位大诗人居然吟出如此平庸的诗句而感到震惊，事实上，这些打油诗般的东西却恰好反映了米腾霍费尔内心的空洞无物，只剩下对自己的孤芳自赏。当代表米腾霍费尔大作的音乐传到观众耳中时，人们也许会误以为这是一位遗世独立的天才艺术家的作品，但是歌剧脚本明白无误地指出，这音乐只有通过那些为了这首诗歌杰作做出了个人牺牲的人的嗓音才能产生，因此，原本可能存在的幻觉此刻便也打消了。凭一己之力写出旷世奇作的浪漫主义艺术家的神话在此得以消解。

叶芝在考虑如何在他的剧作中运用音乐时强调，“词必须始终是词”，“任何元音都不能不自然地被拖长，我写的任何一个词都不能变成纯粹的音符，任何歌手演唱我作的歌词时都不能变成一件乐器而不再是人”

（"The Music" 757–758）。对于像叶芝这样的浪漫主义者来说，文字拥有一种不可冒犯的完整性，不应该被音符打乱。奥登则不这样认为，他不希望他的歌剧脚本的诗歌性过强，也不指望他的歌剧脚本能够离开音乐单独存在，他意识到，叶芝对于歌曲的看法"意味着作曲家要完全服从于诗人"（*Prose III* 518），他自己则反其道而行之，让诗人从属于作曲家。

4.3 《酒神的伴侣》中的"神话方法"

一

奥登与卡尔曼合写的《酒神的伴侣》被奥登本人认为"是到目前为止我们所写的最好的歌剧脚本"（*Libretti* 680），《奥登传》的作者称它为"奥登—卡尔曼歌剧脚本中最有力量的一部"（Davenport-Hines 314），门德尔松甚至将此剧视为"奥登歌剧脚本创作艺术的巅峰"（*Libretti* xxviii）。尽管如此，针对《酒神的伴侣》这部歌剧脚本的专门研究极为罕见。克里斯托弗·英尼斯在他为《剑桥奥登指南》（*The Cambridge Companion to W. H. Auden*）撰写的概述奥登戏剧创作的文章里，强调了《酒神的伴侣》的激进形式（"刻意为之的时代错置和不同时期的混杂"）对后现代戏剧演出所产生的深远影响（"Auden's Plays" 92）。艾琳·莫拉（Irene Morra）的专著《20世纪英国作家与歌剧在英国的兴起》（*Twentieth-Century British Authors and the Rise of Opera in Britain*）的主旨是，文学家作为歌剧脚本作者，为英国歌剧注入活力，使歌剧脚本的重要性得到提升，从而与歌剧中的音乐形成张力。在歌剧《酒神的伴侣》中，这一张力因作曲家与歌剧脚本作者对该歌剧原本的欧里庇得斯（Euripides）悲剧《酒神的伴侣》（*The Bacchae*）[1] 的理解不同而变得尤为突出。罗伯特·考恩（Robert Cowan）的研究则着眼于现代歌剧对古希腊戏剧的改写，探讨古希腊神话与现代政治和文化的关联。

西方学界从以上不同侧面对歌剧《酒神的伴侣》进行的探索有助于我们加深对这部杰作的理解，同时也指示了几个可供进一步探究的方向，例

1 The Bacchae 专指酒神的女性伴侣，the Bassarids 通指酒神的伴侣，无论性别。两者的这点差别在中译文中未能体现。

如：《酒神的伴侣》的先锋形式与它的主题和歌剧脚本作者的意图之间的关系，歌剧脚本作者与作曲家对欧里庇得斯原剧产生不同解读的深层原因是什么，以及奥登对神话与现实关系的理解与他的整体诗学观念的关系究竟是怎样的等。

本节聚焦歌剧脚本《酒神的伴侣》的创作方法，从而理解奥登的创作意图以及他对神话与现实之间关系的认识。《酒神的伴侣》重访了由艾略特提出的“神话方法”（the mythical method）这个现代主义文学的重要创作原则，然而奥登的“神话方法”与叶芝、乔伊斯、艾略特等现代主义鼎盛期作家的“神话方法”有着本质不同，它与奥登诗学成熟期提出的著名的“祛魅”观念看似矛盾，而实际上有着内在联系。

二

歌剧脚本《酒神的伴侣》的主要情节和主要人物都源自欧里庇得斯的悲剧《酒神的伴侣》。《酒神的伴侣》是欧里庇得斯于古稀之年创作的一部杰作，它探讨的主题是非理性力量对于个人和共同体所造成的影响。《酒神的伴侣》的主要人物是酒神狄俄尼索斯（Dionysus）和忒拜（Thebes）的年轻国王彭透斯（Pentheus），后者抵制新兴的酒神崇拜，拒绝承认前者是神，结果遭致前者毁灭性的报复。欧里庇得斯的这部杰作在 20 世纪出现了多种改编和重写版本，由奥登参与脚本创作并由著名作曲家亨策作曲的歌剧也许是其中最引人注目的一种。[1] 虽然歌剧《酒神的伴侣》的情节是古希腊的，但是歌剧中的角色却穿着来自不同历史时期的服饰，借由这一做法，歌剧脚本作者意在表明，该歌剧的主题在任何时代都站得住脚，剧中发生的事情会再次发生，并不限于一时一地。这与兴起于 20 世纪 30 年代、于 20 世纪 50 年代末达到鼎盛的神话和原型批评的基本论点暗合，而该剧中的主人公酒神狄俄尼索斯，则与始于尼采的近代神话的复兴有着

1 除了奥登、卡尔曼与亨策合作的歌剧之外，欧里庇得斯这部悲剧的其他重要改写版本还包括奥地利作曲家埃贡·韦勒斯（Egon Wellesz）的歌剧《酒神的伴侣》（*Die Bakchantinnen*，1929）、意大利作曲家乔治·盖迪尼（Giorgio Ghedini）的歌剧《酒神的伴侣》（*Le Baccanti*，1948）、尼日利亚作家沃莱·索因卡（Wole Soyinka）的剧本《欧里庇得斯的酒神的伴侣》（*The Bacchae of Euripides*，1973），以及英国作曲家约翰·布勒（John Buller）的歌剧《酒神的伴侣》（*Bakxai*，1992）等。

千丝万缕的渊源关系。

欧里庇得斯的《酒神的伴侣》由狄俄尼索斯的独白开篇。狄俄尼索斯首先向观众亮明了自己的身份："我乃是宙斯的儿子狄俄倪索斯、卡德摩斯（Cadmus）的女儿塞墨勒（Semele）所生……我现在由神的形象化作凡人。"（罗念生 357）随后，他告诉观众他已经做了什么，以及接下来将要做什么。由于他母亲的姐妹们拒绝承认他是神，狄俄尼索斯"使她们姐妹发了狂，把她们从家里赶了出来，她们现在神经错乱，住在山上"。乃至忒拜城的所有妇女都受到牵连，"个个疯狂，离了她们的家"，与卡德摩斯的女儿们一起，身穿酒神信徒的服装，住在喀泰戎山（Kithairon）上（罗念生 357）。此时，卡德摩斯早已将王位让给了外孙彭透斯。狄俄尼索斯继续向观众透露，由于彭透斯"反对我的神道，不给我奠酒，祷告时也不提我的名字"，他将要对彭透斯施加严厉的惩罚，向"他和全体忒拜人证明，我乃是一位天神"（罗念生 358）。随后的剧情即围绕酒神的复仇展开。

奥登—卡尔曼的歌剧基本沿袭了欧里庇得斯悲剧中的情节发展，但是在某几处做了耐人寻味的改动，并在歌剧靠近中间的位置插入了一段幻想性质的剧中剧。从这些改动和增添里便能见出奥登—卡尔曼的重写与欧里庇得斯原作的根本分歧所在。

歌剧《酒神的伴侣》开始时，卡德摩斯刚刚退位，酒神崇拜尚处于早期阶段，塞墨勒的姐妹们尚未疯狂，彭透斯继位后的第一件事便是禁止刚兴起的酒神崇拜。在古希腊悲剧里，英雄的悲剧源于傲慢（hubris）。以欧里庇得斯笔下的彭透斯为例，他为人骄狂，甚至连神都不放在眼里，狄俄尼索斯对他说："你叫这名字，就该受苦受难。"（罗念生 369）[1] 古希腊悲剧中的英雄受命运摆布，注定是傲慢的，因此注定会遭到神的惩罚。1948年，奥登为维京出版社选编了一部后来成为畅销书的古希腊文化读本（*The Portable Greek Reader*），在此书的导言部分，奥登集中阐述了古希腊人的这种令现代人难以理解的独特思维方式。在奥登看来，悲剧英雄"之所以

1 彭透斯的名字与古希腊文 *pentos*（"忧愁"）发音相近。古希腊人相信人的名字与他的命运密切相关。参见 E. R. Dodds, ed. *Euripides: Bacchae*. 2nd ed. Oxford: Clarendon, 1960, 116.

受苦并不是因为他（她）与某些个人有矛盾冲突，而是因为他（她）违背了正义的普遍规律。然而问题是，他（她）并不是故意要违反普遍规律，而是因为无法避免”，因此，无论英雄做什么都是错的：“阿伽门农要么杀死他的女儿，要么背弃他对军队的义务；俄瑞斯忒斯（Orestes）要么违抗阿波罗的命令，要么犯下弑母的罪行；俄狄浦斯要么坚持提问，要么让底比斯遭受瘟疫的肆虐；安提戈涅（Antigone）要么抛弃对她死去的兄弟的义务，要么背叛她的城邦，如此等等”（《序跋集》21）。

这个“单凭一个处境就能使人获罪的世界”是令现代人感到陌生的，因为我们习以为常的观点是，“一个人的行为通常是他对之负有责任的自由选择和他无法对之负责的环境因素的混合产物”（《序跋集》22）。随后，奥登提供了他基于现代伦理观念重写俄狄浦斯故事的思路：

> 有个人听说自己将会弑父娶母的预言，试图阻止它应验，但徒劳无功。一个现代剧作家会如何处理这个题材呢？他会推断出，唯一能让俄狄浦斯逃脱预言的方法便是永不杀人和娶妻。于是他会以俄狄浦斯离开底比斯并做出这两个决定的场景开场。接着他会让俄狄浦斯卷入这两种处境：首先让他在某人手里遭受致命的伤害，然后让他狂热地爱上一个也爱他的女人，总之，创造充满诱惑的处境，让他在随心所欲和背弃决心这两种选择之间左右为难。
>
> 他屈从了这两种诱惑，杀了那个男人并娶了那个女人，这么做的同时还以自欺欺人的谎言为自己开脱，他没有对自己说：“无论可能性多小，都不能排除他们是我父母的可能，所以我不能冒这个险，”相反，他说：“他们几乎不可能是我的父母，所以我可以违背我的决定。”当然，不幸的是，那个微乎其微的可能成了事实。（《序跋集》22–23）

奥登和卡尔曼对欧里庇得斯悲剧的重写也是基于同样的现代伦理观。歌剧《酒神的伴侣》中的人物被赋予了自由选择的能力。

奥登和卡尔曼笔下的彭透斯之所以要抵制酒神崇拜，是因为它与他个人的宗教信仰有冲突。彭透斯暗中信仰的是古希腊哲学中的神，“他或它是纯善的，应该得到人们的爱，而不是为人们所畏惧”（*Prose VI* 691）。而忒拜百姓所崇拜的是与凡人有着同样欲望与恶习的古希腊神话中的诸神，他们与人类的唯一区别在于他们不会死，也不会受到任何伤害。彭透斯深知，一旦向臣民透露他的真正信仰，便会被视为亵渎神明和不信神的人，因此他允许百姓保留他们的传统信仰，希望采用渐进的方式移风易俗。但是对于酒神崇拜这种新兴的狂热宗教，彭透斯毫不妥协，坚决镇压。在歌剧里，彭透斯向将他一手带大、他唯一能信赖的保姆贝洛（Beroe）透露了他的宗教观：

忒拜的精英
却也只崇拜“真善”（the True Good）的影子。

他们以神和女神的
诸多名义
膜拜它的美德：
但“善”是“唯一”，
非男非女，
他们用美丽的
雕塑和神庙
承认它的荣耀：
但“善”是无形的，
它不居于任何地方。

好吧，就先如此吧，
对于孩童
只能如此，

直到他们终于

能够理解。

真理和正义

透过古老的仪式

闪烁微光：

但他们不得崇拜

“非善”！（*Libretti* 269）

然而，彭透斯在随后的一段咏叹调里明白无误地透露出，狄俄尼索斯所代表的非理性世界于他有着一种不可为外人道的巨大吸引力，甚至连他本人都不一定清楚地意识到这一点：

狄俄尼索斯！

狄俄尼索斯！

狄俄尼索斯

只不过是一个名字，

代表那不可名状的“虚无”，

它憎恶光明。

谁没有听到过

它那虚假的低语？

“来吧！来吧！

到我这儿来吧！

我的黑暗之中

没有区别；

这里没有方，

也没有圆，

不分奇偶；

人是野兽，

野兽是人。

下来吧！下来吧！

到我这儿来吧！

忘却吧！忘却吧！

荣誉和羞辱。

这里一切皆有可能，

心想事成。

在这里你可以做，

做，做，

做被禁止的

无耻之事。”（*Libretti* 270）

这段极具暗示性的独白揭示了彭透斯对于非理性的暧昧态度。一方面，他基于自己那种祛了魅的理性宗教观，对酒神及其所代表的一切深恶痛绝；另一方面，他又显然受到非理性世界的强烈诱惑。在这段独白的开头部分，彭透斯反复呼唤酒神的名字，这其中当然有愤恨，但未尝没有羡慕和嫉妒的成分。在结尾部分，奥登和卡尔曼仅仅通过不断重复一个最简单的动词，便刻画出彭透斯压抑在内心深处的欲望。

从彭透斯身上我们似乎能够捕捉到奥登本人的影子。一方面，出于对诗歌的社会功用的考虑，奥登始终强调诗歌的祛魅功能，即诗歌的作用应该是解除个人和社会的种种迷魅，使人对于自我和世界的真实情况有一个清醒的认识。另一方面，奥登并不讳言，诗歌的终极来源是施魅，或者用奥登的话来说，是“与神圣存在或事件的邂逅”（*Dyer's Hand* 67）。

奥登所谓的神圣事物的本质特征是，它在与它相遇的那个人心里不自觉地激发起一种敬畏感，这种敬畏感的范围很广，“从惊喜到极度恐惧”

都包含在内，至于神圣事物的种类，奥登作了如下说明：

> 一种神圣的存在可能魅力十足，也可能令人厌恶——一只天鹅或一只章鱼——可能美丽，也可能丑陋——一个牙齿掉光的丑老太婆或一个漂亮的小孩——可能善良，也可能邪恶——一个贝亚特丽斯（Beatrice）或一个“冷酷的美女”（Belle Dame Sans Merci）——可能是历史事实，也可能是虚构——路边邂逅的人或在故事或梦境中遭遇的影像——它可能是高贵的，也可能是客厅里说不出口的某个东西。（*Dyer's Hand* 55）

诗人的想象力受到神圣事物的激发，觉得有必要以某种方式来加以颂扬，于是产生了诗。“一首诗的主题是由一群经回忆的情感场合组成的，其中最重要的是关于邂逅神圣存在或神圣事件的回忆。”（*Dyer's Hand* 67）在奥登看来，有一些事物似乎在所有的文化和所有的时代中都是神圣的，例如日、月、火、蛇，以及“四种只能用不存在来定义的重要事物：黑暗、寂静、虚无、死亡”（*Dyer's Hand* 56）。（彭透斯的那段咏叹调里便提到了其中的两种：虚无与黑暗。）而有一些事物只在个别人的想象中才是神圣的。奥登在约翰·阿什伯里（John Ashbery）的诗集《一些树》（*Some Trees*）的前言里写道：

> 从兰波往下直至阿什伯里先生，现代诗人中有一个重要派别，他们致力于以下发现，即——主要在儿童时期，完全在梦境和白日梦里——个人的想象生活固执地按照古老的魔法观念来过日子。它的世界充满着神圣意象和仪式行为、诸神与诸女神的婚姻、神圣的国王们那周而复始的牺牲与再生、居住着恶魔和奇怪动物的神秘地带。（*Prose III* 581）

奥登指出，这一类神圣事物是个人想象的“私有财产”，而由此产生的那类诗歌——无论冠之以象征主义、超现实主义，还是先锋派的名目——面临的一大难题是如何与读者进行有效的交流（*Prose III* 582）。在奥登本人早期的诗歌里随处可见这一类私人化的神圣事物。根据奥登晚年的回忆，他在6岁至12岁沉迷于“一个私人的神圣世界，它的基本要素是一片北方的石灰岩风光和一个工业——开采铅矿”，这个私人的世界“无法与任何人共享”（*Prose VI* 502，508）。奥登早期诗歌的主题和它的题材是彼此呼应的，不外乎孤立、受挫、徒劳，一潭死水般的生活，以及停滞的情感和欲望等。这是奥登深受艾略特诗风和诗学观念影响的一段时期。在 1926—1927 年不到一年的时间里，奥登创作了大量《荒原》风格的仿作，其中充满深奥难懂的典故、艰深拗口的词汇、突兀的意象，以及句法上互不关联的短语。例如，创作于 1926 年五六月间的《托马斯的收场白》（“Thomas Epilogizes”）一诗，在 62 行的篇幅之内影射了十余个人物，包括历史上的作家、诗人、音乐家、艺术家，以及圣经、神话和史诗中的人物。

奥登所模仿的这种诗歌创作手法，意即艾略特在名为《〈尤利西斯〉、秩序与神话》（“Ulysses, Order, and Myth”）的书评里首次提出的“神话方法”。艾略特在这篇书评里高度评价了《尤利西斯》之于现代文学的重要意义，认为这部小说不仅“让我们大家都受惠”，而且“没有人能够逃脱”它（Eliot, *Selected Prose* 175）。艾略特指出，《尤利西斯》全书影射荷马史诗《奥德赛》的结构和情节，这种创作方法的重要性不啻“一个科学发现”。艾略特将这种在古代与当代之间建立“持续对应”关系的方法称为“神话方法”（Eliot, *Selected Prose* 177）。在艾略特看来，乔伊斯所运用的这种方法必然会被后人所沿用。根据艾略特对“神话方法”的定义，它是“一种控制、建立秩序、将形式和意义赋予徒劳无益和混乱无序无处不在的现代历史的方法”，借由这种方法，现代世界能为艺术所用的可能性大了一些（Eliot, *Selected Prose* 177–178）。在 1923 年给《刻度盘》（*Dial*）杂志主编吉尔伯特·塞尔迪斯（Gilbert Seldes）的一封信里，艾略特表示希望探讨“用古代神话塑造当代叙事这种方法的价值和意义何在这个问题，我想，这个问题是叶芝、庞德和我本人所感兴趣的”（Eliot, *Letters 2* 39）。由此可见，“神话方法”是这几位现代主义高峰期的诗人和小说家所共享的创作原则，它既出现在叶芝那些以循环历史观为结构的诗歌中，也是艾略特本人的《荒原》（*The Waste Land*）借以支撑起全诗结构的原则。《荒原》杂糅了来自不同文化和时代的典故，构筑起一张神话的大网，与《尤利西斯》相比，可以说有过之而无不及。

然而奥登很快便摆脱了艾略特和“神话方法”的束缚，在 20 世纪 20 年代末初步形成了自己独特的诗风，更是在接下来的 20 世纪 30 年代里成为英国诗坛的执牛耳者。步入成熟期的奥登主张一种“祛魅”的诗学理念：“诗歌不是魔法。假如说诗歌或者任何一门艺术有一个不可告人的目的的话，那就是通过讲真话来祛魅和解毒。”（*Dyer's Hand* 27）在 1935 年的一篇文章里，奥登将艺术分成两类，并且认为这两类艺术都有其存在的价值。一类是“逃避艺术”（escape-art），因为“人需要逃避，正如他需要食物和深度睡眠”；另一类是“教人放下仇恨，学会爱”的“寓言艺术”（parable-art）（*Prose I* 104）。20 多年后，奥登借用莎士比亚戏剧《暴风雨》（*The Tempest*）中一对人物的名字来重新命名这两种艺术或艺术家：“爱丽儿占主导型”（Ariel-dominated）和“普洛斯彼罗占主导型”（Prospero-dominated）(*Dyer's Hand* 338）。前一种艺术观最简洁的表述出自济慈（John Keats）诗中的那只希腊古瓮之口：“美即是真，真即是美”；而最能够代表后一种艺术观的是约翰逊博士（Samuel Johnson）的话：“写作的唯一目的是让读者更好地享受生活，或者更好地忍受生活”（*Dyer's Hand* 338）。尽管两类艺术都必不可少，但成熟期的奥登显然以“普洛斯彼罗占主导型”诗人自居，他坚信现实世界和人生比艺术更重要，艺术最主要的作用是让读者认识到生活中真正重要的东西，而不是提供一个逃避现实的出口。

奥登的这种旨在“祛魅”的诗学主张与现代主义的“神话方法”可谓针锋相对。在奥登看来，以“神话方法”为组织原则所创作的诗歌或许具有很高的审美价值，但是这样的诗歌未能真实反映历史和社会现实。奥登希望他的诗歌能基于“伦理世界的矛盾与秩序”（Mendelson, *Early Auden* 205），提供有关现实世界的真相，包括“麻烦、痛苦、杂乱、丑陋的东西”（*Dyer's Hand* 338）。假如美的原则和真的原则只能取其一，奥登会选择后者。正因为如此，奥登对于他在 20 世纪 30 年代后期创作的多首以神话为组织原则而又大受欢迎的诗作极为不满，有的在后来的诗集中以修订后的面目再现，有的干脆被奥登永远剔除出他的诗集。

然而到了奥登创作生涯的后期，神话在奥登的诗歌和戏剧作品中重又出现。名诗《阿喀琉斯之盾》（“The Shield of Achilles”，1952）在古典神话与充满痛苦和混乱的现代历史之间建立了某种对应关系。在《酒神的伴侣》中更能见到古代与现代的持续对应。奥登在创作生涯后期重访“神话方法”似乎印证了艾略特的预言：“神话方法”必然会被后来的作家、诗人所沿用，“没有人能够逃脱”（Eliot, *Selected Prose* 175）。

三

到了创作生涯后期，奥登不再满足于仅在散文中论述艺术的非理性起源，他希望将这一主题用适当的艺术形式加以展现。奥登幸运地找到了歌剧这种体裁。奥登把歌剧视为处理神话和原型的最佳载体。他在《一种公众艺术》（“A Public Art”）一文中提出，歌剧中的主要人物必须超越他们的历史和社会环境而具有神话意义，“例如，《茶花女》（*La Traviata*）中的维奥莱特（Violetta）不仅是一个 19 世纪早期居住在巴黎的上流妓女；她还是一个几百年来令我们的文化着迷的原型——抹大拉的马利亚（the Magdalen），有着一颗爱心的妓女”[1]（*Prose IV* 311）。《保罗·班扬》的主人公是美国民间故事中的传说人物，此剧以神话的形式讲述人类从起源到当代的历史发展过程。1956 年，奥登与卡尔曼在他们共同完成的歌剧脚本《魔笛》（*The Magic Flute*）的前言里揭示了该剧的核心主题，即“酒神原则与日神原则、夜与日、本能与理性、无意识与意识之间关系的变化”（*Libretti* 129–130）。事实上，两种相反力量或原则之间的竞逐是他们后来合作的几部歌剧脚本的共同主题。正如门德尔松所指出的，在这些歌剧中，但凡其中一种原则胜过另一种原则，结果必然是“悲剧和死亡”（《年轻恋人的哀歌》和《酒神的伴侣》）；如果两种原则最终能够和谐一致，结果则往往是“喜剧和婚姻”（《魔笛》和《爱的徒劳》）（*Libretti* xxiv）。

与歌剧脚本《酒神的伴侣》中的彭透斯有本质不同的是，奥登并没有对自己或他人有意或无意地隐瞒诗歌的非理性起源。成熟期的奥登能够理性对待这个问题，不仅在散文作品中加以客观分析，更在创作中艺术化地探讨“酒神原则与日神原则、夜与日、本能与理性、无意识与意识”之间的辩证关系（*Libretti* 129–130）。

1　参见《新约·路加福音》7:36–50 和 8:2。

彭透斯对待非理性力量的矛盾态度在欧里庇得斯的悲剧里就已经有所暗示，并不能完全说是奥登和卡尔曼的再创造。悲剧中的彭透斯首次登场时便说：“我还没有回到国境，就听见城里发生了奇怪的事，据说我们的妇女都出了家门，去参加巴克科斯的虚伪仪式，在山林中到处游荡，狂歌乱舞，膜拜新神狄俄倪索斯，不管他是谁；每个狂欢队里都摆着盛满酒浆的调缸，她们一个个溜到僻静地方，去满足男人的欲望，假装献祭的狂女，其实是把阿佛洛狄忒放在巴克科斯之上。”（罗念生 361–362）彭透斯随后描述酒神的语言也同样暧昧：“他的金黄卷发香喷喷，眼睛乌溜溜，像阿佛洛狄忒那样妩媚。他日夜和姑娘们鬼混，搬弄寻欢作乐的教仪。只要我能把他捉住，关进监牢，我一定把他的脑袋从肩上砍下来，不许他再用棍子敲地，仰着头，甩他的卷发。”（罗念生 362）

奥登和卡尔曼在他们的歌剧脚本里设计了一个剧中剧，以便向观众直观地呈现彭透斯那自我压抑的幻想世界。歌剧中的四个次要角色穿上戏装，上演了一出名为《卡利俄珀的审判》（*The Judgement of Calliope*）的 18 世纪法国宫廷风格的田园剧。这则古希腊神话故事讲述了爱神阿佛洛狄忒和冥后珀尔塞福涅（Persephone）[1] 都爱上了美男子阿多尼斯（Adonis），主管雄辩和英雄史诗的缪斯女神受宙斯之命做出裁断。卡利俄珀的判决非常公平：一年中的三分之一时间，阿多尼斯将与爱神一起度过，另三分之一时间将陪伴冥后，剩下的三分之一时间他自己独居。阿佛洛狄忒不服判决，用魔法腰带迷惑阿多尼斯，使其整年都和她待在一起。冥后为了报复，向爱神的丈夫、战神阿瑞斯（Ares）通报了奸情，后者遂变化为野猪，将阿多尼斯触死于黎巴嫩山（Mount Lebanon）上。

根据奥登和卡尔曼的舞台提示，当阿多尼斯讲述完他的最终结局时，乐队响起巴赫（Johann Sebastian Bach）《马太受难曲》（*Matthäuspassion*）中的曲调，同样的曲调在彭透斯的尸体被抬上场时再次响起（*Libretti* 292）。歌剧脚本作者显然是借此强调神话人物阿多尼斯与英雄彭透斯的命运之间的联系，彭透斯的遭遇因而具有了神话或原型层面上的意义。至于引用基督教色彩的音乐，有学者认为，意在表明“类似的牺牲或者毁灭

1 歌剧中这两位女神用的是她们在罗马神话中的名字，分别作维纳斯（Venus）和普罗塞尔皮娜（Proserpina）。

性的群体仪式在基督教世界里仍有可能延续”（Morra 30）。如果说，原始宗教和古希腊罗马神话属于迷魅的世界，那么基督教相对而言就是一个祛了魅的世界。然而祛魅并不是一劳永逸的事，非理性的迷魅因素始终存在，不知会在哪个时刻、哪个场合不期而至，造成无法挽回的悲剧性后果。

剧中剧之后，彭透斯在狄俄尼索斯的诱惑下，决定换上女装，跟随酒神爬上咯泰戎山，偷窥酒神疯狂的女追随者（maenads）的秘仪。狂女们发现了彭透斯，并把他撕成了碎片。在他即将遭到灭顶之灾之际，彭透斯终于绝望地意识到了属于他自身一部分的非理性成分：

我注视着属于我自己的双眼。

一张血盆大口笼罩在我的音乐之上。

它像公牛的嘴那样淌着口水。

我是一个无脸的神，

我崇拜彭透斯。

我的悲伤站在那儿。它朝着我微笑。

我的嘴唇无声地说着“你将被遗忘”。

我前膝跪地。他在我耳边低语：

“我不纯洁吗？说不。”

他咬我的颈背，把我的肉体赶走。

不！不！这肉体是我！（*Libretti* 301）

肉体（flesh）在奥登的后期思想和诗学观念中占据着极为重要的地位。在后期著作里奥登指出“两个真实的世界”（*Dyer's Hand* 61）即自然世界和历史世界，人同时存在于这两个世界之中，人的存在方式是身与心的“矛盾统一”（unity-in-tension）（*Dyer's Hand* 65）。从身的角度来看，人是一个自然生物，每个人“都一律是自然必然性的奴隶；我们无法自由表决，决定需要多少食物、睡眠、阳光和空气才能保持健康”（*Dyer's Hand* 88）。从心的角度来看，人是一个历史人，具有“精神的自由”（*Dyer's Hand* 130）。奥登形成于20世纪40年代末的成熟的基督教信仰，也不忘人同时身处两个不同的世界这一事实：

> 作为精神，即具有自由意志的有意识的人，每个人通过信仰与恩典与上帝有一种独一无二的“存在主义”的关系，自圣奥古斯丁以来很少有人能像克尔凯郭尔那样把这层关系描述得那么深刻。但是每个人还有与上帝的第二种关系，这种关系既不独特，也不基于存在：作为由物质组成的生物，作为一个生物有机体，每个人与宇宙中的万物一样，通过必然性与创造了宇宙并看着是好的上帝相联系，因为他（无论愿意与否）必须遵守的自然法则具有神圣的起源。（*Prose III* 579）

根据奥登的理解，弗洛伊德心理学所探索的人类精神中原始、非理性和无意识的部分实际上属于自然必然性的领域，不涉及自由选择。彭透斯试图将肉体所代表的本能、冲动等非理性成分从他的信仰中排除出去，明明感受到非理性的强大力量而刻意压制，最终导致悲剧性后果。奥登—卡尔曼歌剧脚本中的彭透斯的悲剧是由他个人的选择造成的，而不是像欧里庇得斯悲剧中那样，是由神先验决定的。

歌剧《酒神的伴侣》中的另一个主要人物酒神狄俄尼索斯，是理解奥登创作意图的一把钥匙，也是还原奥登“神话方法”真面目的关键所在。奥登在1966年写给牛津大学古典文学教授E. R. 多兹（E. R. Dodds）的一封信里，提及他之所以选择以欧里庇得斯的《酒神的伴侣》为底本创作歌剧脚本的部分原因。多兹是奥登家的世交，奥登后来与多兹夫妇建立了深厚的友情。多兹编辑出版了欧里庇得斯悲剧《酒神的伴侣》的权威版本。[1] 在创作歌剧脚本《酒神的伴侣》过程中，奥登采用了多兹的引言和评注部分的多处细节内容。在给多兹的那封信里，奥登写道：

1 E. R. Dodds, ed. *Euripides: Bacchae*. 2nd ed. Oxford: Clarendon, 1960.

在我看来，欧里庇得斯一方面像埃斯库罗斯和索福克勒斯一样，坚称神是伟大的力量，必须加以崇拜，但是又和他们二人不同——至少在《酒神的伴侣》、《希波吕托斯》（*Hippolytus*）和《伊昂》（*Ion*）里如此——他提了一个伦理问题：“他们是正义的吗？”从正统多神论的角度来看，他的作品里确乎存在着某种颠覆性的东西。（*Libretti* 681）

在悲剧的退场部分，忒拜老王卡德摩斯目睹他的女儿、彭透斯的母亲阿高厄（Agave）手捧着被她和一群发了疯的忒拜妇女亲手杀害的彭透斯的头颅而不自知，不禁悲叹道：“哎呀，我先悲叹你的灾难，再悲叹我的。这位天神，布洛弥俄斯王，怎样地害了我们！虽然正当，却未免太残忍，因为他是我们的族人。”（罗念生 388）稍后，狄俄尼索斯以神的模样出现，宣告卡德摩斯和阿高厄将遭放逐的厄运，卡德摩斯与酒神之间的一番对话同样揭示了卡德摩斯对于神的惩罚的质疑：

卡德摩斯：狄俄倪索斯，我们有罪，向你告饶。

狄俄倪索斯：你们认识我太晚了；当你们应该认识的时候，你们却不认识。

卡德摩斯：我们认罪，但是你也未免太严厉了。

狄俄倪索斯：因为我是神，受了你们的侮辱。

卡德摩斯：可是神不应该像人，动不动就生气。

狄俄倪索斯：这件事是我父亲宙斯预先注定的。（罗念生 391）

与欧里庇得斯一样，奥登也认为酒神做得太过分，太严酷，太不近人情。在整部歌剧中也许只有狄俄尼索斯一人无法令人产生同情。奥登—卡尔曼赋予狄俄尼索斯的形象与近代神话复兴以来狄俄尼索斯所呈现的一般形象有着显著不同。酒神是神话复兴运动中的英雄，他所代表的非理性因具有对抗机械理性、权力、规训社会等压抑人性的力量的强大作用，而被尼采直至福柯（Michel Foucault）一脉的思想家所推崇。作曲家亨策便是本着这种理解而对酒神抱有更多的同情。他对欧里庇得斯原剧以及对两位歌剧脚本作者的意图的理解使得歌剧《酒神的伴侣》出现了两个层面的对话：除了歌剧脚本作者与悲剧原作者之间的对话之外，还有歌剧脚本作者与作曲家之间的对话。亨策与两位歌剧脚本作者对于狄俄尼索斯理解的分歧导致由三人合作完成的歌剧作品的意义显得格外复杂，文字和音乐之间构成一种无法消解的张力。

根据亨策的理解，欧里庇得斯悲剧的基本冲突发生于“社会压制和性解放”之间，整部悲剧关乎个人“令人陶醉的解放”（intoxicating liberation）：人们“突然发现了自我，释放他们内心的狄俄尼索斯”（*Music and Politics* 156）。亨策认为狄俄尼索斯要求人类肯定生活，“让人意识到地球之美，他引领人们睁开双眼——满含爱意的眼——活在自然之中，缩小地球的产物与消费者之间的差距”（Henze and Griffiths 832）。他在这部歌剧中用两个不同的音乐主题分别刻画狄俄尼索斯和彭透斯，并用奏鸣曲式（sonata）呈现二者之间的冲突。在歌剧的结尾，狄俄尼索斯将他母亲塞墨勒的亡灵从地府唤起，并借助宙斯的神力，与他母亲一同升天，“与诸神一起 / 永居天庭”（*Libretti* 312）。亨策在谱写这段终场音乐时，让酒神的主题吸收彭透斯主题的部分元素，将二者重新融合，构成新的平衡。有学者指出，对歌剧脚本作者而言，狄俄尼索斯一无是处，但是亨策赋予了他“自从席曼诺夫斯基（Karol Szymanowski）的《罗杰王》（*King Roger*）中的陌生人以来所有歌剧版本中的狄俄尼索斯所能拥有的最华丽的唱腔”（Hughes 265）。

亨策注意到奥登和卡尔曼希望他在歌剧里引用巴赫的《马太受难曲》，并且自以为完全领会了两位歌剧脚本作者的意图所在：“这是奥登想要的东西。他从来都不喜欢解释他想要什么，不过我认为在暗示什么是非常清楚的：听众应该把基督之死与阿多尼斯之死联系起来。”（Henze and Griffiths 832）更进一步，亨策“似乎发现，奥登喜欢以下想法，即基督与狄俄尼索斯在某些方面是一样的”（Henze and Griffiths 832）。狄俄尼索斯与他母亲一起飞升被亨策解读为“与基督具有明白无误的相似之处”（*Music and Politics* 156）。因此，在将狄俄尼索斯主题和彭透斯主题重新融合为一之后，亨策让乐队再度引用巴赫羽管键琴组曲中的一首西西里舞曲。这首曲子在歌剧中首次出现，是在狄俄尼索斯向彭透斯讲述他曾遭绑架的一首咏叹调里。歌剧在这首西西里舞曲中结束，伴随着乐曲，“整个合唱队变成了攀爬的葡萄藤和常春藤”，象征酒神的最终胜利（Henze and Griffiths 832）。

亨策的解读完全忽视了奥登和卡尔曼在歌剧终场所描绘的另一幅无声的场景：

> 在塞墨勒的墓碑上安放着两个硕大的非洲或者南太平洋风格的原始生殖偶像……小女孩手中握着她的玩偶，凝视着那两个偶像出了神……小女孩突然冲到墓碑底部，她的玩偶反复说着：“妈妈、妈妈、妈妈”……小女孩把玩偶猛砸向墓碑底部，高兴得跳来跳去。（*Libretti* 313）

虽然奥登和卡尔曼并没有提供对这幅返魅场景的解读，但这其中显然包含着反讽。恢复理智后的阿高厄在终场的合唱之前警告狄俄尼索斯，他也将会接受审判：

> 在你得胜的时刻，我作如是言，
>
> 不仅对你一个，
>
> 也是对宙斯和所有奥林匹斯山上的神说：
>
> 想想没有祭坛的命运之神吧。
>
> 遭阉割的乌拉诺斯今何在？克洛诺斯又如何，
>
> 那曾经不可战胜的神？
>
> 强奸、折磨、杀戮吧，趁你还有能力：有一个
>
> 塔尔塔罗斯在等着你们所有人呢。（*Libretti* 311）

酒神崇拜就如同那个小女孩手中的玩偶那样终将被打破，但击败旧世界诸神的并不一定是基督教的上帝或基督，原始的非理性力量会以各种不同的名目重新出现，成为威胁个人和共同体的不稳定因素。奥登所理解的“神话”涵盖一切把个体生命视为受制于某种非个人的外在力量的传统信仰及其种种现代变体。在出版的歌剧脚本的标题页上印着德国现代散文

家、诗人戈特弗里德·本（Gottfried Benn）的一句话："神话曾撒谎（Die Mythe log…）。"（*Libretti* 249）可见，歌剧脚本从一开始就暗示了此剧的反讽意味，但亨策的音乐则完全忽略了这一点。[1]

四

由歌剧脚本《酒神的伴侣》可知，奥登不赞成用理性压制非理性。非理性力量是不得不面对和接受的既成事实，刻意压抑必会导致非理性的反扑，造成摧毁性的后果。在奥登看来，祛魅的诗学观也不得无视诗歌的迷魅起源。另外，奥登显然也不赞成把非理性力量提升到高于理性的地位，一如他并不认为肉体的重要性应该高于精神。在其创作生涯的后半期，奥登通过歌剧脚本写作实现了某种程度的返魅，但这并不意味着他又重新回到了他创作生涯早期的那种无法与人沟通的私人化的迷魅世界。歌剧这种体裁本身便意味着奥登的艺术创作面向的是更多的受众，奥登希望通过大众化的媒介向读者（听众）传达他所理解的有关世界和生活的真理。

艾略特在乔伊斯的《尤利西斯》里发现的"神话方法"，究其实质，是一种将现实美学化的方法。乔伊斯在早期小说作品《一个青年艺术家的画像》（*The Portrait of the Artist as a Young Man*）里，通过主人公斯蒂芬·迪达勒斯（Stephen Dedalus）之口，阐述了这种美学理论。根据迪达勒斯，真正的艺术应该要使观众的头脑"定住"（arrest），而错误的艺术要么吸引观众，要么让观众反感。吸引观众的或者说激发观众欲望的艺术是色情性的，让观众反感的或者说激发观众厌恶之情的艺术是说教性的；二者都称不上真正的艺术。真正的艺术让观众产生静态的审美情绪，"它使人的头脑停留在某一状态之中，超出于欲望和厌恶的情绪之上"（乔伊斯，《一个青年艺术家的画像》250）。按照迪达勒斯对艺术的描述，小说便显

---

1 亨策后来趋向于认同奥登对狄俄尼索斯的看法。他在自传里讲述了一段他和奥登共同参加一场记者招待会的经历。当被问及对歌剧《酒神的伴侣》中的人物有何看法时，奥登"站了起来，用响亮而坚定的声音宣称……'狄俄尼索斯是只猪猡'（Dionysos ist ein Schwein.）"。亨策注意到在场的记者和歌剧爱好者"和我一样震惊得说不出话来——我最近这几年一直在与这位享乐和麻醉药之神搏斗，并且在不断深入挖掘他的音乐世界。这次诗人又说对了"（*Bohemian Fifths* 215）。

得尤其难写，因为关于人的、有一定篇幅的叙事必然会包含吸引人或者令人反感的事件。乔伊斯在《尤利西斯》里解决这个问题的方法，是让这两种对立的情绪达到无懈可击的平衡状态。从审美上看，列奥波德·布鲁姆（Leopold Bloom）很可笑，他常常受骗上当，笨手笨脚，戴绿帽子，还有自虐倾向。从道德上看，布鲁姆却是个完人，他对待流浪者和陌生人慷慨大方，容忍妻子的不忠，看起来不会伤害任何人。《尤利西斯》的后半部分逐渐驶离生与死的世界，进入一个超越时间的、永恒的、梦幻般的神话世界。布鲁姆最终进入了睡眠状态，在梦中他与"水手辛巴德、裁缝钦巴德、监守人简巴德"等十来个押头韵的原型人物一起旅行（乔伊斯，《尤利西斯》842）。莫莉·布鲁姆成为神话中的大地女神，在她最后的独白中，她忆起了一切，接受了一切。在《尤利西斯》稍早的一章里提到了葬礼，在稍后的一章里便以出生与之对应。没有一个人物在小说描写的一天之内做出过严重伤害其他任何人的事，也没有发生过任何严重的、无法挽回的事。一切都处于完美的静态平衡状态。

艾略特关于"神话方法"的论述恰到好处地对《尤利西斯》的创作原则做了理论归纳。"神话方法"旨在让充满混乱、无奈和痛苦的现实世界在艺术作品中获得形式和意义，显出审美层面的井然有序和完美平衡。正如艾略特所言，关键在于让现实世界"为艺术所用"（Eliot, *Selected Prose* 178）。换言之，"美"优先于"真"（奥登所论包含"麻烦、痛苦、杂乱、丑陋的东西"的"真"，而非哲学讨论中抽象的、形而上的"真"），审美高于伦理。

对照之下，奥登的"神话方法"显然不是以现实世界的"真"服务于艺术世界的"美"，而是恰恰相反，让艺术为现实世界所用。奥登的"神话方法"揭示出神话和原型历久弥新的价值和普适性，让人对自身和自身所处的世界产生更清醒的认识。与许多现代诗人不同，在奥登的诗学中，艺术的重要性始终低于生活；诗歌、歌剧或者其他任何一门艺术都只是一个"次要的世界"。他在多处强调，艺术与生活的关系是一种类比，而不是模仿。奥登借用基督教《新约》中的寓言故事（parable）来为他所看重的那种艺术命名，因为在他看来，艺术"通过它的类比，使得造物之善、落入不自由与无序的历史的堕落，以及通过悔罪与宽恕重返天堂的可能性为人所认识”（*Prose III* 233）。“寓言艺术”旨在“提供与我们的生活有关的某种启示，向我们展现生活到底是什么样子的，使我们摆脱自我陶醉和自我欺骗”，但是这并不是通过把某种道德观或价值观强加给读者（观者、听者）来实现的（*Dyer's Hand* 338）。寓言故事的本质在于，读者（听者）可以选择接受它或者拒绝它，而且他们可以不断做出新的选择。在此意义上，歌剧脚本《酒神的伴侣》显然应该归属于“寓言艺术”。

4.4　奥登论歌剧脚本创作

奥登在歌剧脚本创作的实践中，逐步形成了对于歌剧脚本创作、歌剧整体，乃至一般意义上的音乐的成熟而有洞见的看法。一方面，这些看法是奥登对他的歌剧脚本创作实践的理论总结；另一方面，这些看法有助于我们更好地理解他创作的歌剧脚本。不仅如此，这些有关歌剧和音乐的具体见解与奥登有关审美和道德的一贯见解是相一致的。第 3 章里已经论述了奥登为什么从一般的舞台戏剧创作转向了歌剧脚本创作，此处专就奥登有关歌剧和音乐的理论性表述加以述评。

奥登的歌剧观是在 20 世纪 40 年代末创作歌剧脚本《浪子的历程》的过程中逐渐成形的，不过早在 1935 年，奥登就已经在论戏剧的文章里表示，“实际上，戏剧处理的是一般的和普遍的，而不是特殊的和局部的”（*Prose I* 128）。事实上，“一般的和普遍的”指向的是神话和原型，也就是奥登认为歌剧最适合处理的对象，但是奥登直到写作歌剧脚本《保罗·班扬》时，才开始真正处理神话题材。奥登认为神话“是集体创造的；当一个社会变得足够分化，使其个体成员对自己的任务有单独的概念时，神话就不再出现”（*Prose II* 129）。歌剧开场时，美国仍是一片原始森林，保罗·班扬尚未诞生。到剧终时，班扬向所有人告别：

> 因为现在不再需要他了。外在的物理自然已经被掌握，正因为这个原因，它不能再对人发号施令。现在他们的任务是他们彼此之间的一种人际关系，就这个任务来说，一个集体神话人物是无用武之地的，因为每种关系的要求都是独特的。（*Libretti* 130）

在《浪子的历程》里，奥登将诸多神话和原型人物融入一个寓言故事；《年轻恋人的哀歌》《酒神的伴侣》与《爱的徒劳》里也都有神话和原型人物。

奥登在20世纪30年代阐述诗剧的性质和特点时，将诗剧与小说和电影等其他媒体加以比较。与此相类似，奥登在探讨歌剧的体裁特征时，也与其他不同媒介进行比较。在奥登看来，不同的艺术媒介反映的是人类经验的不同领域，“这些领域经常重叠，但从来不会重合，因为如果两个媒介可以做好同样的事情，那么就不需要其中的一个媒介了”（*Prose III* 250）。奥登的创作涉及多种媒介，他很清楚，在从一种媒介跨入另一种媒介时，“有可能会把已经成为他的第二天性的假设和思维习惯”带入新的媒介，“而事实上，这些假设和习惯在那个领域并不适用，也不可能适用”，因此，奥登在涉猎新的媒介之时，会尽力“发现它的固有原则”（*Prose III* 250）。歌剧的“固有原则”在与其他艺术门类相比较的过程中得以明确。

在奥登看来，不同的艺术媒介有即时性与反思性之别，也有主动与被动之别。与诗歌等语言艺术相比，音乐是即时性的，也就是说，音乐不断生成变化，直到曲终，而语言艺术则是反思性的，需要停下来思考。二者的共同点是它们都属于主动的媒介，要么坚持停下来，要么坚持继续下去。绘画和电影作为两种视觉媒介是被动型的，因为奥登认为“视觉世界是一个直接给定的世界，在那里命运是主宰，不可能区分自主选择的运动和无意识的反射之间的差异”（*Prose III* 297）。绘画和电影的差别在于前者是反思性的，后者是即时性的。奥登在思考各种艺术媒介的异同时，与他思考其他问题时一样，“选择”“自由”等相关概念是出现频率最高的关键词。如果说绘画和电影所呈现的世界不存在选择的自由，奥登继续论述道，至少凝视那个世界的观察者是有选择自由的，我们可以选择“把眼睛转向这个方向或那个方向，或者干脆闭上眼睛”（*Prose III* 297）。

在将音乐与绘画进行比较的过程中，奥登还有一些其他发现。例如，奥登认为，人是否能创作音乐，取决于人的发声器官（即声带），而不是听觉器官（即耳朵），因为根据奥登的推理，如果起到决定性作用的因素是听觉，那么音乐的起源应当是类似田园交响曲这样的标题音乐。在贝多芬第六交响曲“田园”的第二乐章里，第二小提琴、中提琴和大提琴奏出的旋律如同潺潺流水，在这一乐章的最后，木管乐器更是栩栩如生地模拟出鹌鹑、布谷鸟等的鸣叫声。奥登的意思是，如果凭借习惯了自然界各种声音的耳朵来创作音乐，那么创作出的音乐必然是对自然声音的模仿。这当然不符合实际的音乐生发和发展的历史。至少从早期西方音乐的历史来看，音乐创作与人声的音域和音色的关系要大得多。但是在视觉艺术里，视觉器官（即眼睛）是最主要的，因为如果“没有它，刺激手成为一种富有表现力的工具的经历就不可能存在”（*Prose III* 297）。眼的观察在先，手的绘画在后，这是合乎情理，也是容易理解的，而奥登对于音乐之于听觉器官和发声器官的关系的观察和思考，则是道人所未道。奥登后来对于音乐想象力来源的表述进一步凝练为：“人的音乐想象力似乎几乎完全来自于他的主要经验——他对自己身体及其张力和节奏的直接经验，以及他对欲望和选择的直接经验——与通过他的感官带给他的外部世界的经验几乎没有什么关系。”（*Prose III* 297）

奥登还进一步探讨了人对音乐空间和对视觉空间中的运动的不同感知：

> 在音乐空间中，声带张力的增加被认为是一种“上升”，声带张力的放松被认为是一种“下降”。但在视觉空间中，图片的底部（也是前景）被认为是压力最大的区域，当眼睛向上抬起时，它产生越来越轻和越来越自由的感觉。
>
> 听觉的紧张与向上的关联，以及视觉的紧张与向下的关联似乎对应于我们自己身体中的重力体验与其他物体中的重力体验之间的差异。我们自己身体的重量被认为是我们与生俱来的，是个人想要倒下的愿望，所以向上爬是一种努力，以克服我们对休息的渴望。但其他物体的重量（和接近）感觉像是压在我们身上；它们在我们之上，而上升意味着摆脱它们的限制压力。（*Prose III* 297）

奥登对于绘画艺术的认知持传统的模仿论观点，这当然与他个人的艺术欣赏趣味有关，不过这却有助于他思考歌剧作为一种艺术媒介所具有的特殊属性。由于缺乏时间维度，绘画中的人物无法进行选择，或者说，无法让他们的意志发挥作用，这是奥登对绘画艺术的最大诟病，因此奥登把绘画归入被动型艺术一类。当斯特拉文斯基提出要以贺加斯的系列版画为题材创作歌剧时，奥登显然是有顾虑的，对他来说，最大的难题之一是如何将版画中作为环境产物的被动人物转变为歌剧中彰显个人意志的主动人物：

> 歌剧中的角色永远不会成为环境的受害者；无论多么不幸，他或她肯定会看起来像是命运的建筑师。当我们看着一对情侣拥抱的照片时，我们肯定知道他们对彼此感兴趣，但很少被告知彼此的感受；当我们在歌剧舞台上听爱情二重唱时，情况正好相反；我们确定每个人都在相爱；但这种爱的原因似乎在于每个人都是主体，而不是客体。（*Prose III* 351）

如前面所述，电影虽然与绘画同属于视觉艺术，但是电影具有绘画所不具备的即时的特点。然而与歌剧人物相比，电影里的人物貌似拥有选择和行动的自由，但实际上电影遵循的是自然主义，仍然受到“自然的必然性与社会秩序的必然性”的制约（*Dyer's Hand* 478）。在奥登看来，自然主义与歌剧是互斥的，因此奥登否认有真实主义歌剧的存在，所谓的真实主义歌剧事实上只是用“其中异国情调的背景和人物取代宫廷巴洛克风格歌剧中的神、交际花、吉普赛人、波西米亚人和王子等”；换言之，真实主义歌剧中的世界与我们日常经验的世界相去甚远（*Prose V* 291）。

奥登在《关于歌剧作为一种媒介的一些思考》一文里举过一个有趣的例子，用来说明擅长讲述神话故事的歌剧与遵循自然主义的电影之间的区别：

> 另一方面，其纯粹的技巧（artifice）使歌剧成为悲剧神话的理想戏剧媒介。我有一次在同一周去看了《特里斯坦与伊索尔德》（*Tristan und Isolde*）的一场演出，以及让·科克托根据同一故事改编的电影《永恒的回归》（*L' Eternel Retour*）的放映。在歌剧里，两个灵魂——每个人的体重都超过 200 磅——被一种超凡的力量改变了，在电影里，一个

> 英俊的男孩遇到了一个美丽的女孩，他们有了婚外情。这种价值的损失并不是由于科克托缺乏技巧，而是因为电影作为一种媒介的性质而造成的。如果他使用的是一对肥胖的中年夫妇，效果将是荒谬的，因为电影中所有的语言片段都没有足够的力量来超越他们的外表。然而，如果这对恋人年轻而美丽，他们相爱的原因看起来就很自然——这是他们美貌的结果——这个神话的全部意义也就消失了。（*Prose III* 252）

在歌剧里，人凭着精神的力量可以超越自然的局限性；在电影里，没有任何力量能够超越人物的外表。

文学是奥登借以思考歌剧特性的重要参照。正如前文所提到的，文学和歌剧同属于主动型艺术媒介，但是文学是反思性的媒介，而歌剧是即时性媒介。奥登分别将歌剧与文学的不同体裁，如小说、戏剧和诗歌进行比较。

奥登论及歌剧与小说的差异之处不多，主要涉及这两种媒介对人物的不同塑造方式。小说中的人物远比歌剧中的人物复杂，因为小说中的人物具有变好或变坏以及变主动或变被动的潜在可能性，而歌剧中的人物只能以歌唱的方式呈现他们的某种任性和激情，因为"无论潜在的还是被动的"都不能在音乐中存在。奥登将莫扎特歌剧《费加罗的婚礼》中的费加罗与罗西尼歌剧《塞维利亚的理发师》中的费加罗加以对比，发现莫扎特歌剧里的费加罗"太有趣了，无法完全翻译成音乐"，仿佛歌剧里存在着两个费加罗，一个是"正在唱歌的费加罗"，另一个是"没在唱歌而是在自言自语的费加罗"（*Prose III* 299）。奥登认为这个问题的症结在于歌剧脚本作者达蓬特（Lorenzo Da Ponte）塑造的费加罗形象过于复杂，不太适合在歌剧中呈现。与此相较，罗西尼歌剧中的费加罗的人物形象较为单一——"他不是一个人，而是一个疯狂的好事之徒"——则完全能够用歌声来呈现（*Prose III* 299）。可以说歌剧和小说各有其擅长之处，也各有所短。小说胜在人物的心理复杂性；作为对这一缺陷的补偿，歌剧可以做到用语言做不到的事情，那就是将人物的任性和激情状态之间的"直接和即时的关系呈现给彼此"，在形式上呈现为歌剧中的重唱（ensemble）（*Prose III* 299）。

歌剧与戏剧亦有所不同。歌剧脚本作者不需要像剧作家那样费心思考或然性问题，歌剧脚本作者需要考虑的问题是如何为歌剧中的人物制造歌唱的机会。基于此，奥登认为，一个好的歌剧脚本的情节应该向情节剧（melodrama）看齐。情节剧源于 19 世纪创造的法语词 *mélodrame*，是古希腊语 *melos*（旋律）与法语 *drame*（戏剧）的叠加。情节剧以铺张华丽的戏剧演出为特色，不着重刻画人物性格的发展，而追求耸人听闻的情节。通过将人物放置到非同寻常的情景中，人物也就无法用平常的说话的方式来表达，正如奥登所说，"任何好的歌剧情节都不可能是理智的，因为人们在感觉理智的时候不唱歌"（*Prose III* 253）。

在戏剧情节的设计方面，歌剧也有别于一般的戏剧。奥登首先确立一切戏剧作品的戏剧性的根源所在："戏剧性是建立在错误之上的"：

> 我认为某人是我的朋友，而他实际上是我的敌人；我认为我可以自由地娶一个女人，而她实际上是我的母亲；我认为这个人是一个女仆，而她实际上是一个伪装的年轻贵族；我认为这个穿着得体的年轻人很富有，而他实际上是一个身无分文的冒险家；或者我认为如果我这样做，结果会是这样的，而实际上结果是非常不同的。所有好的戏剧都有两个动作，首先是犯错误，然后是发现这是一个错误。（*Prose III* 300）

我们发现，这一原则对悲剧和喜剧而言都是适用的。悲剧与喜剧的区别仅在于剧中人发现错误之后的不同反应和由不同反应而起的不同举动。可以说，决定一部戏是悲剧还是喜剧的是剧中人物面对问题的选择，而不是问题本身。既然歌剧脚本属于戏剧的一种分支体裁，自然也必须遵守上述规律，所不同的是，歌剧脚本作者"可以使用的错误种类更有限"。这种差异仍然源自歌剧与舞台戏剧的不同媒介属性：歌剧中占主导地位的音乐是即时性的，而语言占主导地位的舞台戏剧是反思性的。奥登认为，剧作家可以通过展示剧中人物是如何欺骗自己的来获得一些极佳的戏剧效果，但自我欺骗不可能在歌剧里存在，歌剧的即时性决定了"唱的是什么就是什么"。不过奥登随即补充了一种例外情况："自我欺骗最多可以通过管弦乐伴奏与歌手的不一致而得以暗示。例如，在《茶花女》里，热尔蒙

（Germont）在维奥莱塔（Violetta）弥留之际走向后者床边时乐队奏出的是欢乐跳动的音符。”最后，奥登仍不忘提醒，这种借助管弦乐伴奏与歌手之间的音乐反差形成的反讽手法，运用起来必须非常谨慎，“否则这种手法会引起混乱，而不是洞察”（*Prose III* 300）。

此外，由于歌剧与舞台戏剧的性质不同，对发现错误过程的处理也应不同。在舞台戏剧里，发现错误的过程往往是缓慢的，而且发现错误的过程越缓慢，戏剧的兴味往往越浓。而在歌剧脚本里，错误的发现是一瞬间的事，不能在时间中延展，用奥登的话来说，“歌曲不能行走，只能跳跃”（*Prose III* 300）。

奥登区分了抒情诗与歌曲。由于诗歌本质上是反思性的，“为了理解所感受到的事物的本质”，因而诗歌“拒绝满足于即时情感的感叹”（*Prose III* 254）。抒情诗与歌曲的区别在于：“抒情诗是一首用来吟唱的诗。在吟唱中，音乐从属于限制音符范围和节奏的语词。在歌曲中，音符必须毫无约束地成为它们选择成为的任何东西，歌词必须能够做它们被告知要做的事情。”（*Prose III* 254）换言之，在歌剧里，诗句应该服从音乐的需要，一首歌的歌词不可能成为诗歌。身为一位大诗人，却发表如此高抬音乐、贬低诗歌的言论，是很值得玩味的。奥登选择歌剧脚本这一体裁作为他创作生涯后期重大作品的主要体裁，在一定程度上牺牲了诗歌，但在奥登看来，这种牺牲显然是值得的。奥登从来就没有把诗歌视为最重要的事，诗歌、歌剧，乃至一切艺术门类，都只是次级世界（secondary worlds）而已，最重要的始终是我们每个人身在其中的初级世界（primary world）。

霍夫曼斯塔尔是奥登极为欣赏的一位歌剧脚本作者，他为德国作曲家理查·施特劳斯创作了多部歌剧脚本，其中包括20世纪最负盛名的歌剧之一《玫瑰骑士》。奥登一方面对霍夫曼斯塔尔及其创作的歌剧脚本表示非常欣赏，另一方面却也指出了歌剧脚本《玫瑰骑士》的一个问题：“它太接近真正的诗歌了。”奥登以第一幕中公爵夫人的独白为例说明，从诗的角度来看，这段独白“充满了有趣的细节”，然而正因为它过于接近诗，导致“声音线在试图跟随一切的过程中受到了阻碍”（*Prose III* 301）。在奥登看来，理想的做法应该是像贝里尼歌剧《梦游女》（*La Sonnambula*）中的著名咏叹调“啊，满园鲜花凋零”（*Ah non credea mirarti*）那样，它本身并不是怎么像样的诗，但是它向作曲家暗示了“有史以来最美丽的旋律之一，然后让他完全自由地写下它”。由此，奥登得出了关于歌剧脚本中的诗句的精辟结论：

> 歌剧脚本作者写的诗句不是写给公众的，而是写给作曲家的私人信件。它们有自己的荣耀时刻，在那一刻，它们向他暗示了一段特定的旋律：一旦结束，它们就像中国将军的步兵一样可以牺牲：它们必须忘掉自己，不再关心发生在它们身上的事情。（*Prose III* 301）

诗剧可以说是诗歌与戏剧的结合体，是诗人创作的戏剧性作品。奥登在 20 世纪 40 年代之前所创作的戏剧作品主要是诗剧，他为什么要创作诗剧，以及他希望通过诗剧创作达到什么目的，这些已在本书第 2 章里作了论述。奥登在发表于 1961 年的《一种公共艺术》一文中写道：“诗人可以参与的舞台作品有两种：诗剧和歌剧。”（*Prose IV* 310）奥登本人是极为罕见的先后涉猎过诗剧和歌剧的诗人之一。他相信，在现代，诗只能存在于私密领域，是一个个体对另一个个体的亲密言说，如果让诗出现在公共领域，就会不可避免地变得虚伪，因为在我们这个时代，“公共领域已不再是这样一个地方，在那里言语可以是真实可靠的”（*Prose IV* 310）。换言之，奥登认为在现代社会，诗人已无法通过创作诗剧来为公共领域做出贡献。根据奥登的判断，他的那个时代只有两种公共戏剧艺术，即歌剧和芭蕾：

> 人们会注意到，歌剧和芭蕾舞都是展现卓越技巧的艺术。如果没有只有极少数人才拥有的特别的身体天赋——声带或躯干，再多的智力、品味和训练都不可能造就伟大的歌唱家或舞蹈家。我相信，正是这一点，使得歌剧和芭蕾在一个所有其他艺术都局限于私密的时代，仍然可以保持公开。当我们听一位伟大的歌唱家或者观看一场伟大的舞蹈时，我们会觉得他或她是一个英勇的超人，即使音乐或编舞都是弱智的垃圾。（*Prose IV* 310）

由于芭蕾是无言的，而歌剧需要歌词，因此歌剧成为诗人为公共艺术做贡献的唯一途径。当然，奥登也意识到创作现代歌剧脚本的特殊困难。首先，人们对英雄的态度不似以前。为了引起公众的兴趣，戏剧中的主人公必须是英雄人物，“他或她的行为、痛苦和情感必须是非凡和宏大的”，但是“我们的现代情感对英雄持怀疑态度，伪英雄只要露出一丁点蛛丝马迹，立刻就被揭穿，这就使得寻找合适的情节与合适的人物比过去困难得多”（*Prose IV* 310, 311）。奥登的解决办法是赋予歌剧的主人公以“某种超越其历史和社会环境的神话意义”（*Prose IV* 311）。也就是说，为了保持戏剧艺术的公共性和受众的持续兴趣，剧中的主人公不能只是某个具体时空的个体，而应具有相当的一般性和普遍性，亦即要把剧中的主人公处理成神话或原型人物。奥登多年后在《歌剧的世界》（“The World of Opera”）一文里对此有进一步说明：

> 歌剧中最成功的男女主人公都是神话人物，也就是说，无论他们的历史和地理背景如何，他们都体现了人性的某些元素，体现了人类状况的某些方面，无论他们身处何时何地，都是人类永久关注的方面。或许我应该修改一下这一点，我应该说，虽然真正的神话没有一个是完全无关的，但它们的重要性随着时空的不同而改变。对于一个时代或一个文化来说，这个神话似乎更相关，对另一个时代和那个时代的文化来说，那个神话似乎更相关。此外，历史和文化的变化可能会产生新的神话。（*Prose V* 294–295）

奥登以威尔第歌剧《茶花女》中的女主人公为例对此观点加以说明：“《茶花女》中的维奥莱特不仅是一个19世纪早期居住在巴黎的上流妓女；她还是一个几百年来令我们的文化着迷的原型——抹大拉的马利亚，一个有爱心的妓女。”（*Prose IV* 311）当然，这又引发了一个新的问题：“现代的歌剧脚本作者到哪里去发掘还没有被耗尽的神话人物呢？”（*Prose IV* 311）对于这个问题，奥登没有在文中给出他的答案，但从他的歌剧脚本创作实践来看，奥登不仅从传统的古希腊神话中挖掘新意，还积极寻找尚未进入歌剧领域的新的神话，如美国民间故事里的伐木巨人保罗·班扬。

奥登最看重歌剧体裁的一点，是这一艺术媒介对于人的自由意志的格外强调。奥登在多处谈到过这一点，其中在《歌剧的世界》一文里的表述最为全面和深刻：

> 由于音乐的动态性和歌唱的技巧性，歌剧无法成功地处理被动的角色或命运的无助受害者。歌唱是最无缘无故的行为，因此歌剧世界是一个个人行为（deed）的世界：在这个世界里，没有任何事情可以被心理学家称为受社会制约的行为（behavior）。最适合生活在其中的人物不仅充满激情，而且是故意如此，他们坚持自己的命运，无论是悲剧性的可怕还是滑稽的荒谬。在歌剧中，悲伤的角色永远不能真正哭泣；他必须唱出他的悲伤，也就是说，他仍然是悲伤的主人。另一方面，只要他的角色是任性的，歌剧脚本作者就可以从他喜欢的任何阶级取材；他甚至可以像雅纳切克（Janáček）令人钦佩的歌剧《狡猾的小狐狸》（*Das schlaue Füchslein*）所展示的那样，在他的演员阵容中包括动物。（*Prose V* 294）

在这里，我们可以明显感受到奥登的艺术观与他的人生观之间的紧密联系。奥登把人在现实生活中的存在形态视为“身体、社会个体（social individuals）和独特个人（unique persons）”这三者的同时在场。独特个人的行为被奥登称为“deed”，它指的是人通过运用自己的自由意志所做出的有意识的选择。而“behavior”则指“我们出于需要（necessity）所做的事情，要么是出于我们身体本性的需要，要么是出于我们在社会上习得的‘第二天性’的需要”（*Dyer's Hand* 434）。换言之，“behavior”对应的是作为身体和社会个体的人。在实际生活中，或者说，在“主要世界”中，“behavior”与“deed”这两种在中文里都被译作“行为”的人的活动是同时存在的，而在歌剧这个“次要世界”中，受身体和社会制约的“behavior”被遮蔽，代表个人自由选择的“deed”得以彰显。这一方面显示了歌剧世界与实际世界的差别——歌剧世界是人造的、虚构的，但另一方面突显了奥登所看重的是什么。这是奥登对他所处的世界下的诊断，我们的时代过于强调“behavior”，或者说，过于强调社会、种族、性别或命运等非个人力量对于个体施加的主导性影响。奥登用他的歌剧脚本提醒我们，对我们的人生起决定性作用的是我们自己的选择，而不是我们无法改变的外在因素。

最后，我们以奥登发表于1952年的《关于音乐与歌剧的一些思考》一文的结尾段为这一章画上一个句号：

> 歌剧的黄金时代——从莫扎特到威尔第——恰逢自由人文主义的黄金时代，对自由和进步充满坚定信念的黄金时代。如果好的歌剧在今天变得更稀有，这可能是因为，我们不仅认识到我们没有19世纪人文主义想象的那么自由，而且也变得不那么确定自由是一种明确的祝福，不那么确定自由必然是善。说歌剧更难写并不意味着它们是不可能的。只有当我们完全停止相信自由意志和人格时，歌剧的终结才会随之而来。每一次精确命中的高音C都彻底摧毁了我们是命运或机遇的不负责任的傀儡的理论。（*Prose III* 302）

第5章

奥登的戏剧创作与新兴媒体

在奥登的戏剧创作生涯中，他除了写有舞台戏剧和歌剧脚本之外，还尝试过多种体裁各异的戏剧类作品，如卡巴莱、礼拜式戏剧、假面剧等。随着新兴媒体的出现，奥登又开始创作纪录片电影的解说词、广播剧和电影剧本等作品。本章简要介绍与评论奥登为电影、广播等在20世纪勃兴的媒体所创作的戏剧性作品。

5.1 奥登与纪录片电影

20世纪30年代既是经济大萧条和法西斯主义兴起的年代，也是纪录片电影发展的一个高峰期。在欧洲的多个国家，艺术家和技术人员精诚合作，试图创造一种旨在引起社会变革的新的综合性艺术形式。由于纪录片属于有声电影，纪录片电影的受众面越来越广。在英国，出现了以电影制作人约翰·格里尔森（John Grierson）为代表、以拍摄大众教育类影片为主的纪录片运动（Documentary Film Movement）。格里尔森曾在美国学习电影和其他大众媒体，1927年回国后开始积极寻找机会，施展用电影教育大众和影响舆论的抱负。同一年，帝国市场委员会（the Empire Marketing Board）雇佣格里尔森，委派他成立电影组，这是英国第一个由政府资助的电影拍摄组织。在短短三年多时间内，格里尔森制作了超过一百部纪录片电影。1933年，帝国市场委员会解散，格里尔森设法让邮政总局（the General Post Office）接管了电影组，但是所拍影片的主题并不限于邮政。

格里尔森为邮政总局电影组招募了一批各领域的青年才俊，皆是一时之选，如导演、制片人兼编剧阿尔贝托·卡瓦尔康蒂（Alberto Cavalcanti）、画家威廉·科德斯特里姆（William Coldstream）、作曲家本杰明·布里顿和诗人奥登。1935年春，奥登通过他的朋友巴兹尔·赖特（Basil Wright）联系上了格里尔森。当时的奥登对格里尔森所从事的纪录片拍摄工作很感兴趣，也赞同格里尔森的理念。格里尔森制作的纪录片准确而令人激动地展示了普通工人阶级的生活和工作，他的关注点在于如何通过艺术上的实验和创新来发挥电影的社会评论功能。格里尔森写道，“我对于电影本身并不是很感兴趣。我把电影看作一个讲坛（pulpit），我是作为一个宣传者（propagandist）来运用它的”（Grierson 12）。这与奥登当时对艺术的见解不谋而合，他给那时在邮政总局电影组里担任导演的赖特写信，询问是否有可能在电影组谋得一份工作。赖特将奥登的信交给了格里尔森，格里尔森很快拍板，奥登辞去了中学教职，从1935年9月开始正式全职加入邮政总局电影组，担任纪录片文字撰稿人、助理导演，以及承担其他相关方面的工作。

奥登一入职就被委派为两部纪录片撰写解说词。《采煤工作面》（*Coal Face*）是一部关于英国北部煤矿工人生活的带有实验性质的纪录片。该片由格里尔森制作，卡瓦尔康蒂任导演，科德斯特里姆剪辑，布里顿作曲，1935年10月27日在伦敦的电影协会首映。奥登为《采煤工作面》撰写的诗体解说词出现在影片的临近结尾处，由一个女声合唱队演唱：

哦，喜爱猎狗、黑如暗夜的煤矿工人，

跟随你的爱人，越过无烟的山丘吧。

你的矿灯灭了，所有的起降机都已静止。

紧追她的心，不要跟丢。

凯特，别跑那么快，

星期天很快就要过去，

等星期一到了，没人可以接吻。

他是煤烟，你是大理石，用你的白弥补他的黑。（*Plays* 421）

第一行的“猎狗”，原文为“lurcher”，意指偷猎者常使用的一种经训练后能悄悄地捕捉野兔等猎物的杂种猎狗，这里是比喻的用法。第四行里"紧追她的心"，原文为"Course for her heart"，这个比喻来自狩猎时用猎狗追赶野兔，与第一行的"猎狗"呼应。奥登巧妙地将"及时行乐"（*carpe diem*）的主题现代化，使其与煤矿工人的现实生活联系起来。《采煤工作面》里展示的煤矿工人的世界是一个男性的世界、劳动的世界，奥登的这首由女声合唱的爱情歌曲给这部纪录片增添了温情和人性的关怀。这首诗的用词贴近煤矿工人的工作（如"矿灯""起降机"和"煤烟"），句法简单，语言通俗易懂，比喻生动贴切且富有机趣。不仅如此，这八行诗的技法十分高超，门德尔松以第七行为例指出，"For Monday comes when none may kiss"竟然包含两组行间韵（internal rhymes），下面分别以斜体和加粗表示：

For M*onday* **comes** when n*one* m*ay* **kiss**

奥登原诗中的音韵之妙几乎无法在中译文里充分体现。这种情况在奥登为邮政总局电影组工作后参与的第二部纪录片里体现得淋漓尽致。

《夜邮》（*Night Mail*）是一部关于从伦敦开往格拉斯哥的邮政特快列车的纪录片，被称为"英国纪录片电影运动最著名的作品"（Bryant 48）。《夜邮》由格里尔森于 1935 年下半年制作，哈利·瓦特（Harry Watt）与巴兹尔·赖特任导演，作曲工作仍由布里顿完成。奥登对《夜邮》的主要贡献是影片结尾处的诗体解说词；除此之外，他还导演了影片中关于一个铁路护卫的简短镜头。

奥登为《夜邮》创作的五节诗的节奏与纪录片中邮政列车行驶的节奏配合无间。一开始，列车在爬坡，节奏稳定而缓和：

这是夜邮在穿越边境，

带着支票和邮政汇票，

给富人的信，给穷人的信，

街角的商店和隔壁的女孩，

爬上比特克山，稳步攀登——

坡度对她不利，但她很准时。（*Plays* 422）

到了第四节诗，列车开始下坡，诗行以骤然变快的节奏描述各式各样的信件，并在这一节的最后几行达到速度的最大值：

感谢的信，银行的信，

欢乐的信，来自女孩和男孩，

已收讫的账单和邀请函，

请人检查新进货或访亲友，

* * *

写在各色信纸上，

粉色、紫色、白色与蓝色，

唠叨的、刻薄的、乏味的、崇拜的，

冷淡的、打官腔的和流露真情的，

聪明的、愚蠢的、短的和长的，

打字的、印刷的、拼写全错的。（*Plays* 422–423）

奥登的诗体解说词节奏明快，尾韵与行间韵交替运用，诗行或长或短，使得节奏的齐整与变化得以兼顾。

纪录片《夜邮》展现了邮政列车如何连接起现代英国的各个地区。无论人与人在空间上相隔多远，也不论他们的经济实力、社会地位和文化程度有多大的差别，人与人之间的交流沟通因邮政列车变得更为便捷和高效。奥登的解说词一方面暗示了现代英国的社会不平等（“给富人的信，给穷人的信”、“聪明的、愚蠢的……拼写全错的”），另一方面却也强调了抛开一切身份标签之后的个体对于交流和情感的普遍需求。“冷淡的、打官腔的和流露真情的”这一行显然包含着诗人的褒贬。在解说词的最后一节里，当夜邮列车驶过时：

数以千计的人还在睡觉，

梦见可怕的怪物，

或者梦见在克兰斯顿或克劳福德酒吧乐队旁与朋友喝茶，

沉睡在忙碌的格拉斯哥，沉睡在地位稳固的爱丁堡，

沉睡在花岗岩的阿伯丁。

他们继续做他们的梦，

但很快就会醒来，渴望收到信件。

没有人会听到邮递员的敲门声

而不心跳加速，

因为谁能忍受自己被遗忘呢？（*Plays* 423）

沉睡中的人揭去了所有与外在身份有关的标签，还原为生物属性的个体，做着各不相同的梦。而一旦从无意识的世界回到意识的世界之后，个体的自我中心主义便重新抬头。不希望自己被遗忘，即肯定自己的重要性，这是自我中心主义的表征之一，而自我中心主义及其在族群层面的对应物种族中心主义是人类的一个普遍现象，与身份标签无关。自我中心主义是导致偏见、对立与冲突的深层原因，然而从另外一个角度来看，如果人类的个体与族群都能意识到自我中心主义在人类中的普遍存在，便能变得更加宽容与平和，便更容易认识到个体之间以及族群之间相互依存、相互需要这一现实。换言之，自我中心主义之中已包含超越自我中心主义的可能。如果无法彻底打破的话，是否能扼制自我中心主义，关键在于个体与族群的选择，以及随选择而来的行动。奥登为《夜邮》所作的解说词最后的反问句饱含情感与睿智，实现了情与理的有机融合。

除了《采煤工作面》和《夜邮》之外，奥登还为纪录片《黑人》(*Negroes*)和《在海边》(*Beside the Seaside*)撰写了解说词。

《黑人》是奥登、布里顿和赖特在1935年构思的一部纪录片，虽然奥登当年就为这部影片撰写了解说词，布里顿也完成了这段解说词的谱曲工作，但是制作这部纪录片的计划被搁置了。直到三年后，这部纪录

片才以《上帝的孩子》(*God's Chillun*)这个新标题重新制作，1939 年正式发行。“上帝的孩子”这个短语来自传统黑人灵歌《所有上帝的孩子都有翅膀》。

奥登为《黑人》撰写的解说词包含多个声部：男高音独唱、女高音独唱、男低音宣叙调、合唱队、黑人评论员，以及一个女声。从形式上看，这段配乐解说词颇有清唱剧的意味（奥登再次起用清唱剧这一形式是他 1941 年开始创作的长诗《暂时》(“For the Time Being”)，其副标题为“一出圣诞清唱剧”)。

解说词的一开始，男高音以历史书般的客观叙述风格简述了非洲殖民历史的开端，大航海时代的欧洲冒险家出于贪婪（cupidity），拉开了贩卖黑奴的序幕。随后，代表欧洲人立场的合唱队盛赞发现非洲海岸线的那些欧洲探险家和航海家们，号召大家为他们的灵魂祈祷。黑人评论员用一句事实打断了合唱队的声音：“他们把我们当作奴隶带走了。”(*Plays* 424)当合唱队试图以人种的自然差异来为欧洲殖民者的行为辩解时，黑人评论员又以简短的一句话予以反驳：

合唱队：让自由人和奴隶的身体不同
是大自然的意图，
它让前者身体直立，以适应文明生活，
让后者壮实，以达到他们必要的目的。
评论员：我们能干，而且适应能力强。(*Plays* 424)

解说词接着继续叙述欧洲人贩卖黑奴的历史。女高音独唱用罗列数据的方式叙述不同性别和年龄的奴隶在从非洲驶往牙买加的船上所被允许的空间。数据说明了一切，已无必要添加任何评论：

为每个男人留出的空间：长 6 英尺宽 1 英尺 6 英寸，
为每个女人留出的空间：长 5 英尺宽 1 英尺 4 英寸，
为每个男孩留出的空间：长 5 英尺宽 1 英尺 2 英寸，

为每个女孩留出的空间：长4英尺6英寸宽1英尺。（*Plays* 425）

奥登为《黑人》所作的解说词从整体的语气来看是客观而克制的，只有在男高音独唱宣告"欧洲较开明的思想家开始谴责黑奴贸易"，以及"1807年英国船只被禁止运载奴隶"时，合唱队才激动起来，高唱基督教文明的赞歌：

文明的祝福

人类的兄弟情谊

人类的伟大目标！

自由！平等！

无法容忍！

我们的基督教职责！

解放！

自由！（*Plays* 426）

黑人评论员对此也予以肯定："我们自由了。"（*Plays* 426）然而，尽管脱离了奴隶身份，加勒比海地区黑人的生活似乎无法完全用自由来概括，正如女声所说，"今天，西印度群岛几乎所有的体力劳动都是由黑人完成的。"（*Plays* 426）黑人的辛苦劳作换来了英国人和美国人以及世界其他国家和地区的人餐桌上的食物和物质饮料：香蕉、咖啡、可可和蔗糖，而他们自己的生活所需却少得可怜："很少的衣服，做饭时才用得到的燃料，以及伸手可摘的食物。"（*Plays* 426）从身体素质来说，黑人不如白种人，更容易得疟疾和钩虫病。殖民者试图按照西方标准给黑人提供更好的教育，然而，这种免费但不强制执行的基础教育对黑人来说，其吸引力似乎并没有"农场学校和提供专门培训的技术学校"那么大，而后者只会让黑人成为更有效率的劳动者，而并不会从实质上改变他们的处境（*Plays* 427）。

在解说词的临近结尾处，奥登试图揭示人的某种不因肤色和人种的差异而改变的基本共同点。出产于西印度群岛的食物和饮料是黑人和白人的共同关切，让这两个种族都卷入这个事业的是“生的愿望”（“the wish for life”）（*Plays* 428）。这里的“life”既可指“生命”，也可指“生活”；换言之，“生的愿望”既是对生存的需求，同时也是对更高生活质量的渴望。生存和发展是人类的共同愿望，白人与黑人的文明程度或有差别，白人或许早已解决了生存问题，但黑人所面临的对饮食的基本需求同样适用于白人，乃至地球上的任何人种。正是在这个意义上，奥登借黑人评论员之口说道：

> 但是在卧铺车厢里、宾馆里、码头上、工厂里、田野上或者舞台上，在医院里或者法庭上，在我们每个人身上——比我们的意志或者我们生活中的意外更加强大——某种非洲的东西继续存在。（*Plays* 428）

解说词以合唱队的诗行结束，在这里，奥登给出了当下应该如何对待历史遗留的黑人问题。“不公正的行为”已然发生，无法取消，成了历史上遗留的白骨，但是它们却并不容易被遗忘，记忆“在他的恐惧旁不停踱步”（*Plays* 428）。尽管如此，未来也很难被设想为一个“鬼魂在行走、狗在叫”的阴森可怖的世界。如何对待过去、如何创造未来，关键在于当下的选择，在这方面，黑人与白人享有同等的自由：

> 但是在白天与黑夜之间，
> 所有人都可以自由选择；
> 光同等地投射在黑与白上。（*Plays* 428）

《在海边》是格里尔森的妹妹玛丽昂·格里尔森（Marion Grierson）为英国旅游与工业协会（Travel and Industrial Association of Great Britain）制作的一部纪录片电影。奥登为这部影片撰写的解说词只有两段，第一段配合海边的镜头，第二段配合伦敦的镜头。奥登在这短短两段散文体解说词里大量运用头韵和内韵，各举一例如下：

> And when the shingle **s**crambles after the **s**ucking **s**urf, the **s**uns grow taller through the **s**easons of the turning year.

（海浪吮吸之后鹅卵石攀爬起来，太阳在一年中随着季节的变化越长越高。）

The heat beats on the streets.

（热气击打着马路。）（*Plays* 429）

奥登在邮政总局电影组一共工作了六个月。1936 年 2 月，他从电影组休了两个月的假，用来创作其他作品。1936 年 3 月下旬，当奥登在葡萄牙创作《攀登 F6 峰》之时，他向格里尔森递交了辞呈。此后，他还陆续从事了一些纪录片的自由撰稿工作。奥登的离职与他对纪录片电影的看法发生变化有关。就在他即将离职之际，奥登写了一篇书评文章，评论的是著名纪录片导演保罗·罗萨（Paul Rotha）撰写的新书《纪录片》。在这篇书评里，奥登委婉地表达了他对于整个纪录片运动的质疑。

奥登采取了欲抑先扬的策略。在书评的一开始，奥登首先肯定了纪录片运动对于商业电影中“主题的标准化和人格剥削的明星体系”的反动，以及纪录片对呈现事物真相的强调（*Prose I* 129）。不过奥登不忘追加一句：尽管纪录片有着种种卓越品质，但是它“对于普通的电影观众来说，最终是枯燥乏味至极”（*Prose I* 129）。在罗萨看来，纪录片电影应摒弃商业电影对私人生活和个人情感的专注，而应只致力于对人们的日常生活的事实报道，例如，展示人们如何谋生，或者现代工业如何组织等。奥登对此看法不以为然，他坚信，“私人生活和情感与其他任何事情一样都是事实，没有它们，人们就无法理解行动的公共生活”（*Prose I* 129）。奥登为纪录片撰写的解说词无一例外地为影片增添了私人和情感的维度。奥登认为，由于电影所具有的“不可逆性和连续不变的运动”，它并不是传达事实信息的最佳媒体，“人们连最简单的商业电影的情节都不可能记住，更不用说甜菜产业的错综复杂了”。奥登尤其强调情感对于电影效果的影响：“一部电影的效果是对所呈现的材料产生一种强烈的情感态度。”（*Prose I* 129）奥登相信，无论何种类型的电影，都必须同时兼顾公共生活和私人生活；缺失了两者中的任何一个，都无法产生成功的影片。在书评的最后，奥登指出了纪录片运动面临的三大障碍：

> 其中第一个也是最重要的是时间因素……无生命的物体，如机器，或组织的事实，可以在几周之内被理解，但人类不是这样，如果纪录片到目前为止一直专注于前者，这并不完全是导演的错，也是因为他们被迫在令人可笑的短时间内拍出一部电影。不幸的是，创作最慢的艺术品却同时也是最昂贵的。第二个障碍是阶级。令人怀疑的是，一位艺术家是否能与他所在阶层以外的人物打交道（电影不是一种肤浅的艺术），而且大多数英国纪录片导演都是中上阶层。
>
> 最后，还有财政支持的问题。纪录片是讲真话的电影，真相很少有广告价值。人们仍然非常怀疑大型工业和政府部门的公正性，或者他们是否愿意花钱让人们准确地了解他们巨大建筑内的人的生活。（*Prose I* 130）

这三个障碍表现为三种矛盾冲突：第一，了解复杂的社会问题所需要的时间与因拍摄成本高昂而不得不大大压缩的拍摄时间之间的冲突；第二，参与制作纪录片的人员的社会阶级与纪录片中人物的社会阶级之间的隔阂；第三，纪录片希望揭示社会真相的愿望与纪录片的制作经费来源于不希望大众知道社会真相的政府或大企业这一事实之间的矛盾。简言之，奥登深深怀疑，在纪录片这样一种需要政府或大企业资助的媒体中，资产阶级的艺术家如何能保持独立而又能服务于革命目的。

格里尔森针对奥登的书评文章发表了一篇短论，他相信，奥登所指出的邮政总局电影组制作的纪录片里“人的因素”的缺乏会随着“学徒们对他们工作的逐渐掌握”而得到改观，“随着奥登自己的学徒期的成熟，他可能会感觉不那么沮丧”（转引自 Mendelson, *Early Auden* 284）。不过奥登在看到格里尔森的这篇短论之前就已经递交了辞呈。在他离开邮政总局电影组之后，奥登仍偶尔以撰写解说词的方式参与纪录片的制作。

1936 年下半年，奥登参与制作了商业纪录片《通往大海的路》（*The Way to the Sea*）。该片由英国的南部铁路公司（the Southern Railway）投资制作，以庆祝伦敦通往南安普顿的铁路电气化。奥登撰写的解说词紧紧围绕“力量”（power）这个含义颇丰的词语，它既可用来指动力（如影片中驱动火车的电力），也可以指权力，以及生理上或精神上的某种能力。奥登传达的主旨是，火车经电气化后增强了中产阶级行动的自由和选择的能力。各色人等齐聚火车站，他们“聚集在这里是因为一个共同的愿望：对海洋的渴望”(*Plays* 430)。他们有能力暂时逃避忙碌而枯燥的日常生活和工作，以最快的速度前往海边度假。奥登并没有遗忘那些拥有“最少的选择力量”的人(*Plays* 430)。虽然他们居住在城市中最拥挤的区域，无法从他们的生活和工作中抽离出来，但是动力正在以其他方式帮助他们。在解说词的结尾，夜幕降临，白天海边的喧嚣热闹散去，“整洁的生活带着他们那人类的爱离开了。/ 只剩下星星、大海和机器：/ 黑暗的、不由自主的力量”(*Plays* 432)。

1938 年，奥登为赖特与格里尔森制作的纪录片《伦敦人》(*The Londoners*) 写了一些带有诗意的散文解说词。这部电影是在伦敦郡议会庆典之际为煤气照明与焦炭公司 (Gas Light and Coke Company) 制作的。奥登借助解说词表达了他对人类城市的看法。城市不同于鲜花等大自然的生物，它是“人类意志的造物”，“它本身并不能恰到好处地生长”，如果离开了人类的“理智和深谋远虑”，城市就会“失去控制，就像一个恶性肿瘤，阻碍和摧毁生命”。奥登寄希望于普通人的选择能力和“一般人性的体面”，肯定全体市民对一座城市的前途所担负的责任。在解说词的最后，奥登祝愿能把伦敦建设成一座“自由之城”(*Plays* 433)。

1936 年初，奥登在北伦敦电影协会做了一场题为《诗歌与电影》的讲座，主要探讨电影作为一种新兴媒体所具有的主要特征，以及在电影中运用诗歌的多种方式。这个讲座可以视为奥登对他在邮政总局电影组从事纪录片相关工作的一次理论总结。电影取代了杂耍表演，成为大众借以自我表达的一种通俗艺术形式，与食利者阶级即工业革命之后“生活在工业之外、但靠工业利润维持的阶级”的高雅艺术并存 (*Plays* 511)。

奥登把电影的本质特征归纳为两点。首先是对细节的专注，这一点是戏剧舞台无法比拟的，“电影给出了具体的视觉事实，而舞台则给出了这个事实的一个想法、一个暗示”(*Plays* 511)。其次，电影在时间上是连续向前移动的，这一特点给电影带来了一些需注意避免的陷阱。例如，奥登认为，尽管电影擅长激发人对事物或知识的兴趣，但实际上它并不适合传达事实信息，无法取代书籍或教师所能提供的那种事实指导。又如，电影如果只专注于呈现类型即“对人的概括”，那么它就无法发挥其“选择细节和强调细节的特殊力量来塑造一个完整的人物”（*Plays* 511）。此外，由于摄影机的精髓在于捕捉眼前正在发生的事，因此并不擅长处理历史材料。奥登通过他在邮政总局电影组的工作经验得出结论，“电影恰当的关注点是通过具体细节、人物分析和当代生活提供的素材来建立总体印象”（*Plays* 511）。

奥登在讲座的后半部分归纳了在电影中运用诗歌的不同方式。其中最显著的一种方式是作为一般的情感评论。奥登以他参与的纪录片《在海边》为例加以说明。在该纪录片里，有一个效果出彩的镜头：人们从尘土飞扬的炎热城市来到海边，有一个人拿着网球拍，当球拍的网布覆盖了整个热闹场面时，恰好能听到解说词中“就像洞穴里的一条凉鱼”这一句（*Plays* 512）。[1] 奥登强调，无论在电影中如何运用诗歌，有一条原则是必须遵守的，即“口述的诗歌必须与所看到的东西之间存在某种关系，无论是相似的、间接指涉还是对比的关系”（*Plays* 513）。在讲座的最后，奥登提醒道，尽管电影需要来自商业或政府的大笔财政支持才能展开实验，但是导演的独立观点不应受到限制。

奥登对纪录片电影的浓厚兴趣不仅体现在他为纪录片撰写的解说词之中，也体现在了他 20 世纪 30 年代的诗歌和戏剧创作之中。例如，作于 1930 年的《关注》（“Consider”）一诗的第一节，采用了摄影机移动镜头般的视角：

在我们的时代请关注这一幕，

如鹰鹫或戴头盔的飞行员般将其审视；

云层突然分开——看那儿！

闷烧的烟头在花坛上冒着青烟，

时值本年度的第一场游园会。

往前移步，正可一览山峦的景致，

1 奥登此处的记忆略有误差，纪录片《在海边》音轨中的这句话是“就像洞穴里的一条滑鱼”。

透过度假酒店的玻璃窗；

走入那边意兴阑珊的人群，

凶险的，安逸的，穿裘皮大衣的，着制服的，

三三两两围坐在预定桌位旁，

表情木然地听着乐队情绪激昂的演奏，

转往别处，却见农夫和他们的狗

端坐厨房里，在风雨交加的沼泽中。(《奥登诗选：1927—1947》51–52)

又如奥登与伊舍伍德一起创作的剧本《在边境》借鉴了电影的分屏效果，在舞台上同时呈现边境线两边的两个家庭的所言所行，以戏剧化的方式揭示“现代通讯缩小了地理距离但扩大了意识形态距离这一悖论”(Williams，“The Cinema” 208)。

奥登从电影中找到了能够让他的文学创作显得现代化的一些重要技法，这些在文学中首次出现的新颖技法有助于奥登更有力地传达他所希望传达的思想。奥登对电影技法的浓厚兴趣对他同时代的诗人也产生了很大的影响。

5.2 奥登与广播剧

广播剧诞生于20世纪20年代，一般认为英国广播公司于1924年1月15日播出的《危险的喜剧》(*A Comedy of Danger*)是有史以来的第一部广播剧(Crook 5–6)。在其后的十年间，广播剧发展迅猛，风行一时。1939年至1940年间，英国广播公司成立了自己的轮演剧目剧团(Drama Repertory Company)，专门演出广播剧的演员在“二战”之后达到50人左右。20世纪40年代至50年代，英国广播公司制作播出了数量众多的广播剧。到了20世纪60年代，随着电视的出现，广播剧的听众开始逐渐减少。如今，虽然盛况不再，广播剧在全世界范围内仍有相当稳定的听众群。

广播剧与一般舞台戏剧的不同之处在于，广播剧完全依赖听觉元素——如对话、音乐、歌曲和音效——来帮助听众想象出人物和情节，正

如一位研究广播剧的学者所说的那样，广播剧“在物理维度上是听觉的，但在心理维度上与视觉力量一样强大”（Crook 8）。麦克尼斯对于纯粹诉诸听觉的广播剧的优势有过如下描述：它自动制造出“意识流……让分析从属于综合”，诉诸听众“更原始的要素”。他认为这一时期英国广播公司制作的广播剧具有梦幻般的效果，“不容完全理性的分析，更不用说构成任何明确的寓意或启示”（转引自 Innes，“Auden's Plays” 90–91）。如果说麦克尼斯对于 BBC 风格的广播剧的特点归纳大体不错，但是这种说法显然不适用于奥登为 BBC 创作的唯一一部广播剧。

奥登对广播的兴趣体现在他 1937 年为英国广播公司编写的广播剧《哈德良长城》（“Hadrian's Wall”）之中。奥登围绕哈德良长城，将罗马征服之后的英国历史与当代生活交织在一起，展示了罗马征服在当代的回响，强调了古代与当代面临的共同问题：

> 拉丁语现在是一门消亡的语言，是学校里的一门科目，甚至不再是一门必修课。罗马帝国消失了，但是其他帝国取而代之，帝国主义的善与恶、理想与丑闻，现在和那时一样是个大问题。（*Plays* 455）

广播剧最后关于“何为野蛮”的思考发人深省，奥登创作此广播剧的寓意在此得以揭示：

> 人生来就是野蛮人，除了罗马长城，不需要其他证据。它将这两个国家都描述为抢劫犯和杀人犯。我们的老历史学家总是称苏格兰人为野蛮人。我同意这一点。他们袭击了无辜的人，杀害了他们，蹂躏了这个国家，然后离开了这个地方。尤利乌斯·恺撒、阿格里科拉（Gnaeus Julius Agricola）、[1]安东尼（Antoninus Pius）、[2]塞维鲁（Septimius Severus）[3]等比苏格兰人有过之而无不及。他们袭击、杀害、掠夺和占有。我们可敬的祖先也是如此，撒克逊人、丹麦人和诺曼人成群结队地来到这里，屠杀、抢劫和占有；尽管他们并没有比我更多的拥

1 罗马将军，78—84 年担任不列颠总督。

2 安东尼·庇护，罗马皇帝（138—161 年在位），曾平定不列颠的叛乱，并建造安东尼长城。

3 罗马皇帝（193—211 年在位），208 年率军征伐不列颠，后死于约克。

有你的外套的权利。谁剥夺了一个无害的人的权利，谁就是野蛮人。（*Plays* 455）

来到美国后，奥登为哥伦比亚广播公司（CBS）创作了两部广播剧。一部是作于 1940 年的《黑暗山谷》（“The Dark Valley”），它是对 1936 年奥登为德国女演员特蕾泽 · 吉泽（Therese Giehse）所作的卡巴莱小品《阿尔弗雷德》（“Alfred”）一次彻底的改写与扩充。另一部是作于 1941 年的《木马赢家》（“The Rocking Horse Winner”），改编自劳伦斯（D. H. Lawrence）的同名短篇小说。

1940 年冬，奥登结识了哥伦比亚广播公司的年轻主管戴维森 · 泰勒（Davidson Taylor），后者的妻子建议奥登将劳伦斯的短篇小说《木马赢家》改编成广播剧。奥登请他的一位熟悉赛马的作家朋友詹姆斯 · 斯特恩（James Stern）与他合作，1941 年初，奥登把广播剧的稿子交给了泰勒。哥伦比亚广播公司请布里顿为这部广播剧配乐。经过几番修改之后，广播剧《木马赢家》于 1941 年 4 月 6 日播出。

与劳伦斯的原作相比，广播剧《木马赢家》在基本情节方面没有多少改动，奥登充分考虑到广播剧的媒体特性，剔除了原作中的视觉因素，而听觉因素得到了大大增强。例如，奥登将原小说中房子里的声音处理成两个声音角色，对于运气、金钱、爱、恐惧等相关概念发表意见，对剧中人物（尤其是男孩保罗）的境况加以评论，甚至直接与保罗展开对话。这两个声音不仅推动情节发展，还起到了古典戏剧中合唱队的作用。以下列举几段两个声音之间的对话，在此过程中，读者对运气这一概念的理解逐渐加深。

[第 4 场在花园里。背景是鸟鸣和割草机的声音。]

第一个声音：保罗在干什么？

第二个声音：保罗在骑木马。

第一个声音：又在骑木马？他怎么老在骑木马。

第二个声音：如果你曾经爱过运气，就必须继续爱下去。

第一个声音：他有没有找到这份他深爱的运气？

第二个声音：有时候找得到，有时候找不到。

运气不会像银勺子一样静止不动，

运气不像六点钟那样确定不变，

运气不是像伦敦那样的地图上的记号，

运气并不在你望过去的任何时候都待在那儿，

就像你早晨醒来时世界就在那儿一样。

无法训练运气，你一吹口哨它就过来，

运气很难捕捉，但更难保持。

如果你曾经捉住过运气，就必须继续捉下去，

不管是雨天还是晴天，

无论是叶子变黄还是树木发芽，

无论是苹果落地还是水仙开花，

无论父亲在城里还是在椅子上睡觉，

无论母亲外出呼唤还是上楼，

如果你曾经爱过运气，就必须继续爱下去。

第一个声音：保罗喜爱骑木马。

第二个声音：不，保罗喜爱运气。

如果你曾经喜爱运气，那它就是你唯一喜爱的。

第一个声音：听起来好孤独。

第二个声音：的确很孤独。

如果你追逐运气，就只能独自追逐。（*Libretti* 387–388）

这番对话传达的信息是：没有人可以确保运气与之常伴，但是一旦开始追求运气，就踏上了一条不归路；此外，对运气的热衷具有排他性，使

得一个人无法再爱其他人或事物。

在广播剧的最后一个场景（第 15 场）里，两个声音的最后一次对话对运气的认识达到了新的高度，保罗和他的家庭的悲剧随着这一对运气的新的认识而得到了某种升华：

第一个声音：保罗在干什么？

第二个声音：保罗快死了。

第一个声音：他母亲怎么样？

第二个声音：她看着他哭了起来。

第一个声音：她有没有责怪自己运气不好？

第二个声音：她不再这样了。

那些指责运气的人被一种形象所束缚，

这种形象有许多名字——金钱、地位、

独创性、家庭荣誉，

但实际上只是对死亡的恐惧。

爱运气的人爱的是自己。

哭泣的人知道形象毫无用处，

悲痛的人知道所有形象都是徒劳的。

现在，她终于哭了，她哭着、看着，

现在，她终于知道，她爱她的儿子。

第一个声音：保罗知道这件事吗？

第二个声音：是的，保罗现在知道了。

这就是为什么他不需要再骑木马了。

或然世界变成了必然世界，

保罗不再害怕他的恐惧，

保罗不再喜爱运气。

让这座房子变得运气不佳的形象

（我们迫不得已地表达了对它的嫉妒）

正在消退。我们不必在玫瑰花丛里

或楼梯下窃窃私语。

现在，真实的死亡取代了它虚幻的形象，

悲伤让嫉妒永远沉默，

让我们沉默。我们很高兴保持沉默。

弄明白的悲伤是自由的一种形式，

从这个孩子的死中诞生了爱。（*Libretti* 396–397）

奥登似乎对劳伦斯小说中彻底绝望的结局感到不满，他希望对“运气”的探索更进一步。保罗的父母过于关注物质享受，他们注重的是“金钱、地位”和“家庭荣誉”，而忽略了对孩子的关爱。保罗爱他的母亲，为了让母亲高兴，他权衡再三，选择了追求运气，并希望由此得到母亲的爱，尽管他知道这就意味着他必须爱运气超过爱他的母亲。保罗选择了一条不归路：“一旦你开始骑马，就不能停下来。”（*Libretti* 393）保罗之死终于让母亲明白了生活中真正重要的东西是什么，由此，她得以摆脱运气——无论好坏——给她本人和她的家庭带来的物质上和精神上的束缚，或者说，她得以摆脱“虚幻的形象”而获得某种自由。奥登挖掘出了保罗悲剧积极的一面，在劳伦斯小说结局的绝望之中孕育出了新的希望。

结　语

奥登的戏剧创作丰富多彩，每部作品都展现出其独特的面貌，且新意迭出，读完绝不会给人留下千篇一律的印象。尽管如此，我们还是有必要对奥登戏剧创作的主要特点加以归纳总结，以便从奥登丰富而多变的戏剧创作中把握住某种规律性的东西。

奥登戏剧创作的第一个特点是作品类型的多样性。奥登也许是现代英语诗人中创作戏剧种类最为丰富的一位。奥登的诗歌创作也有同样的特点，涵盖了古今欧洲几乎所有现有的体式和格律，并偶尔涉猎东方诗体和格律，此外，还新创了一些体式。正因为如此，有诗律学家称奥登不仅是“诗人的诗人”，也是“诗律学家的诗人”，他的诗“是诗律学家的盛宴，正如巴赫的赋格曲与卡农曲的精巧与丰富所提供给音乐分析者的那样”(Gross and McDowell 240)。作为诗人中的剧作家，奥登戏剧创作的种类虽比不上他的诗歌种类之繁多，但已属相当可观。他在 20 世纪 30 年代创作的戏剧作品大多适合在常规戏剧舞台上表演，除此之外，还有为纪录片电影撰写的多部脚本，以及一个卡巴莱小品和一部广播剧。在 20 世纪 30 年代末之后，奥登的主要戏剧创作形式是歌剧脚本，其中包括一部假面剧和一部音乐喜剧，此外，还有两部广播剧，为一部礼拜式戏剧所写的诗体叙事，为两部纪录片性质的电影撰写的两篇诗体叙事，以及为一部电视戏剧创作的诗体台词等。

第二，奥登的戏剧创作具有显著的实验性和探索性。从第一部戏剧作品《两败俱伤》开始，几乎每一部戏剧作品都或多或少带有一定的实验和探索的性质。奥登在戏剧方面的探索和实验并不是次次成功。有时，作品尚未写完就被奥登丢弃在一旁；有时，虽然完成了作品的全部，但最终未能上演或出版，有时，作品虽然得以上演，但反响平平。然而，奥登从不会因为作品不尽如人意或者受到评论界的诟病而对自己失去信心，这一点既适用于他的诗歌创作，也适用于他的戏剧创作。在诗歌创作中，奥登往往会将他不太满意因而不打算发表的作品里的部分诗行或词句加以重新回收利用，用于手头新创作的诗歌。奥登的这种习惯在他的戏剧创作里也得到了充分体现。奥登与伊舍伍德 1935 年合作完成的剧作《皮下狗》里糅合了此前奥登单独或与伊舍伍德一起创作的三部剧作——二人于 1929 年合作完成的《主教的敌人》、奥登 1930 年开始创作但未完成的《弗洛尼》，以及奥登于 1934 年单独完成的剧作《追捕》(*The Chase*) 中的部分人物和情节，而那些早期剧作本身又可能包含奥登更早期的诗歌或戏剧作品的部分材料。首次在奥登戏剧作品里出现的某些诗句也会被奥登单独拿出来或者稍加改编后成为一首抒情诗。此外，奥登还有不断修改业已完成的作品的习惯——尤其是早期作品，无论是诗歌还是戏剧。《两败俱伤》和《在边境》有两个版本；《皮下狗》和《攀登 F6 峰》都有好几种结尾方式；《保罗·班扬》有多种版本，其他几部歌剧脚本的文本也都经历了复杂的演变。总之，奥登的戏剧作品似乎永远处于开放状态，可以不断生成变化，并不存在一个不容改变的最终版本。无论是在创作过程中还是在完成创作之后，奥登往往保持对作品从内容到形式的持续推敲和探索，不断精益求精，自我更新。

奥登戏剧创作的实验性和探索性还体现在他的戏剧创作手法和技巧方面。从他戏剧创作生涯的一开始，奥登就试图探索一条与前人不太一样的道路。《两败俱伤》的创作技法可以说完全是奥登摸索得来的。第二稿中的剧中剧被证明是一个行之有效的戏剧手法，它以戏剧化的方式展现人物的潜意识世界，与行动的世界形成一种对照；不仅如此，这种手法还能增强戏剧结构，即在戏剧的表层结构之下揭示一种深层的神话结构。奥登在后来的剧作《攀登 F6 峰》和歌剧脚本《酒神的伴侣》里继续沿用剧中剧的手法，取得了极佳的效果。艾略特的第一部戏剧作品《力士斯威尼》在修改过程中也借鉴了奥登的这种现实与梦境交错的手法。更为重要的是，奥登在《两败俱伤》里对深层神话结构的自发运用，启发了艾略特在他后来的戏剧作品里将神话底层与现代英国生活的表层相融合。

奥登戏剧创作的实验性与探索性的另一种表现是主动尝试戏剧创作与

新科技、新媒体的结合。奥登深度参与了 20 世纪 30 年代在英国兴起的纪录片运动，他不仅为《夜邮》等纪录片电影创作了脍炙人口的诗体解说词，还积极反思不同艺术媒介的异同，调整和寻找戏剧创作的前进方向。奥登涉足纪录片领域的时间并不算久，但这段经历对于他的创作生涯而言意义重大。奥登更加坚定地走为更多普通读者创作的道路，坚持创作公共艺术，将他认为的人生要义进行更广泛和更有效的传播。正是这种持续的探索精神最终将奥登的戏剧创作从诗剧引向了歌剧。我们有理由相信，假如奥登的寿命足够长，歌剧不一定是他戏剧创作的终点。与 20 世纪的两位大艺术家毕加索和斯特拉文斯基相类似，奥登的创作生涯也是一个不断探索和不断超越旧我的过程。

第三，奥登戏剧创作是传统与现代的巧妙结合。这里所说的传统有两层意思：一是传统的戏剧体裁或技法；二是传统的故事情节。同样，所谓的现代可以指现代的人物或现代的社会生活，也可以指现代的思想情感。因此，奥登戏剧创作中传统与现代的结合方式不一而足。《两败俱伤》的时间虽然设定在现代，但是却营造出古英语史诗中所特有的那种阴暗、荒凉和充满暴力的整体氛围；剧中人物虽然说的是现代俚语，但是却明显带有古英语头韵诗的特征。该剧中诺尔的梦境运用了英国中世纪民间圣诞剧的传统形式和固定角色，在深度心理与神话原型之间建立了某种联系。《死神之舞》基于欧洲文学和艺术中的一个传统主题，并且继承了中世纪道德剧的教诲传统，但是剧中的人物、社会环境和意识形态却都是现代的，有评论家称该剧为一部“马克思主义道德剧”，从某种程度上道出了该剧传统与现代相结合的特点（Haffenden 150）。歌剧脚本《浪子的历程》讲述的是一个 18 世纪的故事，但是剧中透露出的是创作该歌剧脚本的那个年代在知识界流行的存在主义哲学思想。歌剧脚本《酒神的伴侣》的人物和情节取自欧里庇得斯的悲剧，但是歌剧人物的服饰来自不同的历史时期，他们的思想情感也分别带有那些历史时期的印记。

第四，奥登的戏剧创作还具有罕见的合作性。奥登的戏剧作品大多是合作的产物。与绝大多数诗人和剧作家不同，奥登对于文学合作没有丝毫排斥，除了与伊舍伍德一起创作戏剧、与卡尔曼一起创作歌剧脚本之外，奥登还与诗人麦克尼斯合写诗歌，与剧作家布莱希特合作改写和翻译剧本，以及与人合译文学作品、合编文学选集；此外，还要算上他与集团剧院合作上演戏剧，以及与邮政总局电影组的同事合作制作纪录片电影。奥登意识到，作为一种公共媒介，戏剧需要许多人的合作才能完成。事实上，合作本身就是一种公共行为。关于这一点，门德尔松有过极为精辟的论述：

> 合作是一种民事行为。当两位作家联手创作一部作品时，他们不能持有以下这种美学理论，即将艺术的起源追溯到私密性的个人灵感或个人情感。总体而言，合作是一种公共语境中的公共行为，当作家向广泛但定义明确的受众发表讲话时，当文学享有公共角色的责任时，合作就会发生。（Mendelson，"The Auden-Isherwood Collaboration" 276）

合作的产物或许在某些方面不尽如人意，但是合作进行戏剧创作却符合奥登对于戏剧的仪式性的一贯看法。根据奥登的戏剧观，通过戏剧的演出，剧作家和观众就形成了一个共同体，而合作创作就是让这个目标得以实现的仪式性活动。此外，奥登的戏剧创作还存在着另一种意义上的合作，即演出时台上演员与台下观众之间的合作。这一点在奥登早期的戏剧创作里表现得尤为明显，从《两败俱伤》里的观众和演员是同一批人，到《死神之舞》里在观众席里安插群众演员来带动观众的情绪，但是奥登的后期戏剧创作很少见到台上演员与台下观众的合作与互动。

第五，奥登的戏剧创作带有强烈的寓言性质。奥登的戏剧作品里并不缺乏对现代社会、政治和文化的呈现，例如，《两败俱伤》里没落的铅矿开采业，《死神之舞》里的中产阶级生活、对经济大萧条的影射、工人阶级的兴起和马克思的出场，《皮下狗》里的"一战"后的欧洲社会与法西斯主义的抬头，《在边境》里的第一次世界大战，《年轻恋人的哀歌》里第一次世界大战爆发前几年的奥地利阿尔卑斯山区。尽管如此，奥登没有一部戏剧作品是完全写实的，连内容最具现代感和现实性的《皮下狗》都是一个寓言故事。而奥登后期创作的歌剧脚本往往带有神话原型色彩，其寓言性质更为突出，如《浪子的历程》直接以"一个寓言"作为副标题。无论奥登戏剧作品表面的主题是政治的、历史的、心理的还是神话的，它们最终都以寓言的形式呈现出来，其目的是要向受众传达奥登认为的人生最重要的一些事情。

以上总结的奥登戏剧创作的几大特点主要是从戏剧创作的艺术性和技巧性方面着眼的，而艺术性和技巧性是为戏剧作品的思想性服务的。奥登借助戏剧这一体裁或媒介想要向受众传达什么样的思想呢？首先，是对自由意志的信念，即相信人能够且应当选择自己的行为，并承担由自己的选择所造成的任何后果。奥登戏剧作品里的主人公在遇到各式各样的问题或者在陷入各式各样的困境之后，从不会出现所谓的“解围之神”（*deus ex machina*），能够带来转机的只可能是他们自己的选择。只是“有可能”带来转机，因为主人公的选择也可能完全于事无补，问题或困境依然存在，甚至因为主人公的选择而让问题变得更糟，或者陷入更大的困境。通过将寓言性赋予戏剧作品，奥登把选择的权力和责任交到了受众手里。早在1934年，奥登就表达了他对于艺术的寓言性质的看法，这一认识并没有随着时间的推移而发生变化：“你不能告诉人们做什么，你只能告诉他们寓言；这就是艺术的真谛，关于具体的人和经历的具体故事，每个人根据自己直接和特殊的需要可以得出自己的结论”（*Prose I* 103）。

其次，是摆正人的理性部分与非理性部分的位置。奥登对现代心理学的兴趣极其浓厚，他的戏剧创作吸收了现代心理学对人类非理性的研究成果，既展现了非理性对理解人的行为和性格所起到的关键作用（奥登戏剧中的人物往往能从梦境或幻境中了解真正的自己，从而做出有望改变现状的抉择），也展现了如果试图压制非理性会造成什么样的后果（在奥登戏剧作品中，这种后果有时是毁灭性的）。对于个人而言，理性和非理性须达到一种平衡，这是奥登在他的多部歌剧脚本里试图传达的主旨。

奥登的戏剧创作以其类型的丰富多样、艺术技巧的大胆探索，及其中心思想与现代生活的高度相关，成为20世纪英语世界戏剧创作实践的重要力量，理应在现代英语戏剧史上占据比目前更为显著的地位。此外，奥登关于戏剧创作的理论思考对于戏剧艺术的实践者和戏剧理论的研究者，乃至一般的文学研究者来说，都是一笔丰厚的遗产。聚焦奥登的戏剧创作，相当于握住了一把能够开启奥登诗学核心的钥匙。

从某种意义上说，奥登的戏剧作品对于当下英语世界的相关程度甚至超出了它们创作和发表之时。近半个世纪以来，英语世界的主流文学批评家和理论家们持续关注文学与现实世界的联系，他们尤其重视社会正义问题，这无疑具有非常积极的意义。这一时期批评理论的聚焦点不一而足，常见的有阶级、性别、族裔和性倾向等，但是它们在何为个人这个问题上，态度却出奇地一致。这些理论都相信，对于个人来说，最重要的是身份认同（identity）；个体生命是由他（她）的身份塑造而成的，无论影响身份的决定性因素是阶级、性别、族裔，抑或性倾向。总之，这些有关文学、文化和历史的新近思考倾向于认为个体生命是受来自外部的、非个人的巨大力量主宰的。在一定程度上，这些外部力量当然会对个体生命的塑造产生或多或少的影响，但是这些理论有意无意地忽视了个人的选择对于个体生命的塑造所起到的关键作用。过分强调身份政治的弊端就在于把个人遇到的一切问题都归咎于个人无法控制和改变的力量，这种不愿为自己的行为承担道德责任的态度终将使个体沦为道德被动者（moral patient）。奥登的戏剧创作及其所蕴涵的核心主旨对于近来英语世界的文学和文化研究界不啻一副清醒剂。本书以门德尔松研究 20 世纪 8 位美国作家的专著 *Moral Agents: Eight Twentieth-Century American Writers* 中的导论部分的一段话作结，这段话道出了奥登透过戏剧创作想传达的中心思想：

> 如果你认为关于人的最具决定性的事实是他们的选择，你就也会在智识和情感上关注他们的个人自由，关注他们随时间改变的能力，关注他们作为不断变化的个人历史而不是作为一成不变的社会或心理类型存在的方式，以及关注他们与其他个人之间的或平等或不平等的关系。（Mendelson, *Moral Agents* xiv）

参考文献

麦克·艾许:《阿拉伯的劳伦斯》，林孟萤、张家绮译，新北：八旗文化，2014年。

奥登:《奥登诗选：1927—1947》，马鸣谦、蔡海燕译，上海：上海译文出版社，2014年。

奥登:《奥登诗选：1948—1973》，马鸣谦、蔡海燕译，上海：上海译文出版社，2015年。

奥登:《序跋集》，黄星烨译，上海：上海译文出版社，2015年。

陈红薇、王岚编著:《二十世纪英国戏剧》，北京：北京大学出版社，2009年。

陈雷:《中产阶级与浪漫主义意象——解读〈最漫长的旅程〉》，载《外国文学评论》2006年第2期，第5–14页。

程巍:《城与乡：19世纪的英国与清末民初的中国》，载《中华读书报》2014年7月16日，第13版。

但丁:《神曲·地狱篇》，田德望译，北京：人民文学出版社，1990年。

傅浩:《叶芝诗解》，上海：上海外语教育出版社，2021年。

里亚·格林菲尔德:《民族主义：走向现代的五条道路》，王春华等译，上海：上海三联书店，2010年。

何其莘:《英国戏剧史》，南京：译林出版社，1999年。

罗念生:《罗念生全集·第三卷：悲剧之二》，上海：上海人民出版社，2004年。

罗德里克·弗雷泽·纳什:《荒野与美国思想》，侯文蕙、侯钧译，北京：中国环境科学出版社，2012年。

乔伊斯:《一个青年艺术家的画像》，黄雨石译，南京：江苏凤凰文艺出版社，2018年。

乔伊斯:《尤利西斯》，金隄译，北京：人民文学出版社，1994 年。

埃里克·韦茨:《魏玛德国：希望与悲剧》，姚峰译，北京：北京大学出版社，2021 年。

颜海平:《布莱希特与中国古典戏剧中的“剧场性”》，载《戏剧艺术》2022 年第 2 期，第 19–36 页。

叶芝:《叶芝诗集》，傅浩译，上海：上海译文出版社，2018 年。

查良铮:《英国现代诗选》，长沙：湖南人民出版社，1985 年。

张隆溪:《从中西文学艺术看人与自然之关系》，载《文艺研究》2020 年第 8 期，第 5–21 页。

Alexander, Michael. *Medievalism: The Middle Ages in Modern England*. New Haven and London: Yale University Press, 2007.

Auden, W. H. *Collected Poems*. Ed. Edward Mendelson. New York: Random, 1976.

Auden, W. H. *The Dyer's Hand and Other Essays*. New York: Random House, 1962.

Auden, W. H. *The English Auden: Poems, Essays and Dramatic Writings 1927–1939*. Ed. Edward Mendelson. London: Faber and Faber, 1977.

Auden, W. H. "Foreword." *Collected Shorter Poems, 1927–1957*. London: Faber, 1969.

Auden, W. H. *Lectures on Shakespeare*. Ed. Arthur Kirsch. Princeton: Princeton University Press, 2000.

Auden, W. H. *Prose and Travel Books in Prose and Verse: Volume I: 1926–1938. The Complete Works of W. H. Auden*. Ed. Edward Mendelson. Princeton: Princeton University Press, 1996.

Auden, W. H. *Prose: Volume II: 1939–1948. The Complete Works of W. H. Auden*. Ed. Edward Mendelson. Princeton: Princeton University Press, 2002.

Auden, W. H. *Prose: Volume III: 1949–1955. The Complete Works of W. H. Auden*. Ed. Edward Mendelson. Princeton: Princeton University Press, 2008.

Auden, W. H. *Prose: Volume IV: 1956–1962. The Complete Works of W. H. Auden*. Ed. Edward Mendelson. Princeton: Princeton University Press, 2010.

Auden, W. H. *Prose: Volume V: 1963–1968. The Complete Works of W. H. Auden.* Ed. Edward Mendelson. Princeton: Princeton University Press, 2015.

Auden, W. H. *Prose: Volume VI: 1969–1973. The Complete Works of W. H. Auden.* Ed. Edward Mendelson. Princeton: Princeton University Press, 2015.

Auden, W. H. Rev. of *Modern Poetic Drama*, by Priscilla Thouless. *Listener* 9 May 1934. Rpt. in *Prose: Volume I: 1926–1938. The Complete Works of W. H. Auden.* Ed. Edward Mendelson. Princeton: Princeton University Press, 2002. 69–70.

Auden, W. H., and Chester Kallman. *Libretti, and Other Dramatic Writings by W. H. Auden, 1939–1973.* Ed. Edward Mendelson. Princeton: Princeton University Press, 1993.

Auden, W. H., and Christopher Isherwood. *Plays, and Other Dramatic Writings by W. H. Auden, 1928–1938.* Ed. Edward Mendelson. Princeton: Princeton University Press, 1988.

Bloom, Harold., ed. *Bloom's Literary Themes: The Trickster.* New York: Infobase Publishing, 2010.

Bryant, Marsha. *Auden and Documentary in the 1930s.* Charlottesville: University Press of Virginia, 1997.

Caillois, Roger. *Man and the Sacred.* Trans. Meyer Barash. Glencoe: Free Press, 1959.

Callan, Edward. "W. H. Auden's Plays for the GroUniversity Press Theatre: From Revelation to Revelation." *Comparative Drama*, 12.4 (Winter 1978–1979): 326–339.

Carpenter, Humphrey. *W. H. Auden: A Biography.* London: George Allen & Unwin, 1981.

Cornford, Francis Macdonald. *The Origin of Attic Comedy.* London: Edward Arnold, 1914.

Cowan, Robert. "Sing Evohe! Three Twentieth-Century Operatic Versions of Euripides' Bacchae." *Ancient Drama in Music for the Modern Stage.* Eds. Peter Brown and Suzana Ograjensek. Oxford: Oxford University Press, 2010. 320–339.

Crook, Tim. *Radio Drama: Theory and Practice*. London and New York: Routledge, 1999.

Cunningham, Valentine. *British Writers of the Thirties*. New York: Oxford University Press, 1988.

Davenport-Hines, Richard. *Auden*. London: Minerva, 1996.

Day-Lewis, C. *The Buried Day*. London: Chatto & Windus, 1960.

Eliot, T. S. *The Complete Prose of T. S. Eliot: Volume 2: The Perfect Critic, 1919–1926*. Eds. Anthony Cuda and Ronald Schuchard. Baltimore: Johns Hopkins University Press, 2014.

Eliot, T. S. *The Complete Prose of T. S. Eliot: Volume 3: Literature, Politics, Belief, 1927–1929*. Eds. Frances Dickey, Jennifer Formichelli, and Ronald Schuchard. Baltimore: Johns Hopkins University Press, 2015.

Eliot, T. S. *The Letters of T. S. Eliot, Volume 2: 1923–1925*. Eds. Valerie Eliot and Hugh Haughton. New Haven and London: Yale University Press, 2011.

Eliot, T. S. *The Letters of T. S. Eliot, Volume 5: 1930–1931*. Eds. Valerie Eliot and John Haffenden. New Haven and London: Yale University Press, 2014.

Eliot, T. S. *On Poetry and Poets*. New York: Noonday, 1961.

Eliot, T. S. *The Poems of T. S. Eliot: Collected and Uncollected Poems*. Vol. 1. Eds. Christopher Ricks and Jim McCue. Baltimore: Johns Hopkins University Press, 2015.

Eliot, T. S. *Selected Prose of T. S. Eliot*. Ed. Frank Kermode. New York: Harcourt Brace Jovanovich, 1975.

Evans, Ifor. *A Short History of English Drama*. Boston: Houghton Mifflin, 1965.

Foster, R. F. *W. B. Yeats: A Life*. Vol. 1. Oxford : Oxford University Press, 1997.

Fraser, G. S. "W. H. Auden." *Little Reviews Anthology: 1949*. Ed. Denys Val Baker. London: Methuen, 1949. 187–200.

Frye, Northrop. "The Argument of Comedy." *Shakespeare: Modern Essays in Criticism*. Ed. Leonard F. Dean. New York: Oxford University Press, 1967. 79–89.

Fuller, John. *W. H. Auden: A Commentary*. London: Faber and Faber, 1998.

Garrington, Abbie. "What Does a Modernist Mountain Mean? Auden and Isherwood's The Ascent of F6." *Critical Quarterly*, 55.2: 26–49.

Gertsman, Elina. *The Dance of Death in the Middle Ages: Image, Text, Performance*. Turnhout: Brepols, 2010.

Glotfelty, Cheryll. Introduction. *The Ecocriticism Reader: Landmarks in Literary Ecology*. Eds. Cheryll Glotfelty and Harold Fromm. Athens and London: University of Georgia Press, 1996.

Grierson, John. *Grierson on Documentary*. Ed. Forsyth Hardy. New York: Harcourt, Brace & Company, 1947.

Haffenden, John., ed. *W. H. Auden: The Critical Heritage*. London and New York: Routledge, 1983.

Hahnloser-Ingold, Margrit. "W. H. Auden: Brechtschüler in den Dreissiger Jahren?" *Das Englische Theater und Bert Brecht: Die Dramen von W. H. Auden, John Osborne, John Arden in ihrer Beziehung zum epischen Theater von Bert Brecht und den gemeinsamen elisabethanischen Quellen*. Bern: Francke, 1970. 84–124.

Hart, Liddell. *Colonel Lawrence: The Man Behind the Legend*. New York: Dodd, Mead & Company, 1934.

Headington, Christopher, Roy Westbrook, and Terry Barfoot, eds. *The Opera: A History*. London: Bodley Head, 1987.

Heaney, Seamus, trans. *Beowulf*. New York: Norton, 2008.

Henze, Hans Werner. *Bohemian Fifths: An Autobiography*. Trans. Stewart Spencer. London: Faber and Faber, 1998.

Henze, Hans Werner. *Music and Politics: Collected Writings 1953–1981*. Trans. by Peter Labanyi. Ithaca: Cornell University Press, 1982.

Henze, Hans Werner and Paul Griffiths. "The Bassarids." *The Musical Times*, 115.1580 (Oct. 1974): 831–832.

Hinchliffe, Arnold P. *T. S. Eliot: Plays: A Casebook*. London: Macmillan, 1985.

Hobsbawm, Eric. *Age of Extremes: The Short Twentieth Century*. London: Michael Joseph, 1994.

Hogg, James. “Preface.” *Poetic Drama Interviews: Robert Speaight, E. Martin Browne, and W. H. Auden*. Poetic Drama and Poetic Theory 24. Salzburg: University of Salzburg, 1976. i-iv.

Hughes, Derek. *Culture and Sacrifice: Ritual Death in Literature and Opera*. Cambridge: Cambridge University Press, 2007.

Huizinga, Johan. *The Waning of the Middle Ages*. New York: St. Martin's, 1984.

Huyssen, Andreas. *After the Great Divide: Modernism, Mass Culture, Postmodernism*. Bloomington: Indiana University Press, 1986.

Hynes, Samuel. *The Auden Generation: Literature and Politics in England in the 1930s*. London: Bodley Head, 1976.

Innes, Christopher. “Auden's Plays and Dramatic Writings: Theatre, Film and Opera.” Stan Smith ed. *The Cambridge Companion to W. H. Auden*. New York: Cambridge University Press, 2005. 82–95.

Innes, Christopher. *Modern British Drama: 1890–1990*. Cambridge: Cambridge University Press, 1992.

Innes, Christopher. *Modern British Drama: The Twentieth Century*. Cambridge: Cambridge University Press, 2002.

Isherwood, Christopher. “Some Notes on Auden's Early Poetry.” Stephen Spender, ed. *W. H. Auden: A Tribute*, 1975. 74–79.

Izzo, David Garrett, ed. *W. H. Auden: A Legacy*. West Cornwall: Locus Hill, 2002.

Jacobs, Alan. “Auden at the Opera.” *The American Scholar*, 63.2 (Spring 1994): 287–290.

Johnson, Wendell Stacy. *W. H. Auden*. New York: Continuum, 1990.

Jones, Chris. *Strange Likeness: The Use of Old English in Twentieth-Century Poetry*. Oxford: Oxford University Press, 2006.

Jurak, Mirko. “Commitment and Character Portrayal in the British Politico-Poetic Drama of the 1930s.” *Educational Theatre Journal*, 26.3 (Oct. 1974): 342–351.

Kermode, Frank. *Romantic Image*. London: Routledge, 2002.

Kershaw, Baz., ed. *The Cambridge History of British Theatre: Volume 3: Since 1895*. Cambridge: Cambridge University Press, 2004.

Knight, G. Wilson. *The Golden Labyrinth: A Study of British Drama*. New York: Norton, 1962.

Leavis, F. R. *New Bearings in English Poetry*. 2nd ed. London: Chatto & Windus, 1950.

Leopold, Aldo. *A Sand County Almanac and Sketches Here and There*. London: Oxford University Press, 1949.

Londraville, Richard and Janis Londravill. "*Paid on Both Sides*: Auden and Yeats and the New Tragedy." Izzo 173–96.

MacNeice, Louis. *Selected Literary Criticism*. Ed. Alan Heuser. New York: Oxford University Press, 1987.

Mason, David. "Auden on Stage." *The Hudson Review*, 47.4 (Winter 1995): 569–581.

McNee, Alan. *The New Mountaineer in Late Victorian Britain: Materiality, Modernity, and the Haptic Sublime*. London: Palgrave Macmillan, 2006.

Mellers, Wilfrid. "*Paul Bunyan*: The American Eden." *The Britten Companion*. Ed. Christopher Palmer. New York: Cambridge University Press, 1984. 97–103.

Mendelson, Edward. "The Auden-Isherwood Collaboration." *Twentieth-Century Literature* 22.3 (Oct. 1976): 276–285.

Mendelson, Edward. *Early Auden*. London: Faber and Faber, 1981.

Mendelson, Edward. "Introduction." *Selected Poems. By W. H. Auden*. New York: Vintage, 2007. xv–xxx.

Mendelson, Edward. *Later Auden*. London: Faber and Faber, 1999.

Mendelson, Edward. *Moral Agents: Eight Twentieth-Century American Writers*. New York: New York Review Books, 2015.

Meyer-Baer, Kathi. *Music of the Spheres and the Dance of Death: Studies in Musical Iconology*. Princeton: Princeton University Press, 1970.

Meyers, Jeffrey. *The Wounded Spirit: T. E. Lawrence's Seven Pillars of Wisdom*. New York: Palgrave Macmillan, 1989.

Mitchell, Breon. "W. H. Auden and Christopher Isherwood: The 'German Influence.'" *Oxford German Studies*, 1 (1966): 163–172.

Mitchell, Donald. *Britten and Auden in the Thirties: The Year 1936*. Woodbridge: Boydell, 2000.

Mitchell, Donald. "The Origins, Evolution and Metamorphoses of *Paul Bunyan*, Auden's and Britten's 'American' Opera." *Paul Bunyan: The Libretto of the Operetta by Benjamin Britten*. London: Faber, 1988. 83–148.

Morra, Irene. *Twentieth-Century British Authors and the Rise of Opera in Britain*. Aldershot: Ashgate, 2007.

Oelschlaeger, Max. *The Idea of Wilderness: From Prehistory to the Age of Ecology*. New Haven and London: Yale University Press, 1991.

Page, Norman. *Auden and Isherwood: The Berlin Years*. Houndmills and London: Macmillan, 2000.

Parker, Roger., ed. *The Oxford Illustrated History of Opera*. Oxford and New York: Oxford University Press, 1994.

Pfaff, William. *The Bullet's Song: Romantic Violence and Utopia*. New York: Simon & Schuster, 2004.

Porter, Peter. "The Great Collaborator." *Times Literary Supplement*, 5 (Nov. 1993): 9–10.

Postlewait, Thomas and Tracy C. Davis. Introduction. *Theatricality*. Ed. Tracy C. Davis and Thomas Postlewait. Cambridge: Cambridge University Press, 2003. 1–39.

Query, Patrick. "Crooked Europe: The Verse Drama of W. H. Auden (and Company)." *Modern Drama*, 51.4 (Winter 2008): 579–604.

Rabey, David Ian. *British and Irish Political Drama in the Twentieth Century: Implicating the Audience*. London: Macmillan, 1986.

Replogle, Justin. "Auden's Marxism." *PMLA*, 80.5 (Dec. 1965): 584–595.

Roy, Emil. *British Drama since Shaw*. Carbondale and Edwardsville: Southern Illinois University Press, 1972.

Sadie, Stanley, ed. *History of Opera*. London: Macmillan, 1989.

Seidel, Michael, and Edward Mendelson, eds. *Homer to Brecht: The European Epic and Dramatic Traditions*. New Haven and London: Yale University Press, 1977.

Sharp, Corona. "The Dance of Death in Modern Drama: Auden, Dürrenmatt and Ionesco." *Modern Drama*, 20 (June, 1977): 107–116.

Sidnell, Michael J. "Auden and the Group Theatre." Auden and Isherwood *Plays*. 490–502.

Sidnell, Michael J. *Dances of Death: The Group Theatre of London in the Thirties*. London: Faber and Faber, 1984.

Smith, Stan., ed. *The Cambridge Companion to W. H. Auden*. Cambridge: Cambridge University Press, 2004.

Spears, Monroe K. *The Poetry of W. H. Auden: The Disenchanted Island*. New York: Oxford University Press, 1963.

Spender, Stephen., ed. *W. H. Auden: A Tribute*. New York: Macmillan, 1975.

Straus, Joseph N. "Stravinsky the Serialist." *The Cambridge Companion to Stravinsky*. Ed. Jonathan Cross. Cambridge: Cambridge University Press, 2003.

Stravinsky, Igor. *Selected Correspondence*. Vol. 1. Ed. Robert Craft. London: Faber, 1982.

Stravinsky, Igor, and Robert Craft. *Themes and Episodes*. New York: Knopf, 1967.

Thomson, Virgil. "Music-Theatrical Flop." Rev. of *Paul Bunyan*, by W. H. Auden and Benjamin Britten. The Columbia Theater Associates. Brander Matthews Hall, New York. *New York Herald Tribune*, 6 (May 1941): 14.

Thouless, Priscilla. *Modern Poetic Drama*. Freeport, New York: Books for Libraries Press, 1934.

Tippins, Sherill. *February House*. Boston: Houghton, 2005.

Trussler, Simon. *The Cambridge Illustrated History of British Theatre*. Cambridge: Cambridge University Press, 1994.

Valgemae, Mardi. "Auden's Collaboration with Isherwood on 'The Dog Beneath the Skin.'" *Huntington Library Quarterly*, 31.4 (Aug. 1968): 373–383.

Waidson, H. M. "Auden and German Literature." *Modern Language Review*, 70.2 (Apr. 1975): 347–365.

Whittall, Arnold. "Opera in Transition." *The Cambridge Companion to Twentieth-Century Opera*. Ed. Mervyn Cooke. Cambridge: Cambridge University Press, 2005. 3–13.

Williams, Keith. *British Writers and the Media, 1930–1945*. London: Macmillan, 1996.

Williams, Keith. "The Cinema." *W. H. Auden in Context*. Ed. Tony Sharpe. Cambridge: Cambridge University Press, 2013. 205–216.

Williams, William Carlos. *Selected Essays of William Carlos Williams*. New York: Random House, 1954.

Wright, George T. *W. H. Auden*. Boston: Twayne, 1981.

Yeats, W. B. *Essays and Introductions*. London: Macmillan, 1961.

Yeats, W. B. *Explorations*. New York: Macmillan, 1962.

附录：奥登论戏剧（选译）

1. A Review of *Modern Poetic Drama*, by Priscilla Thouless [1934] (*Prose I* 69–70)

评普丽西拉·索利斯著《现代诗剧》

这本书就像一个永动机展览，它们都在这儿，贴着菲利普斯、戴维森、叶芝的标签，有些规模特别大，有些规模特别小，有些设计巧妙，有些制作精美，但是它们都只有一个缺点，那就是动不了。索利斯小姐是一位出色的演出主持人，并表现出良好的文学判断力。（不过，人们可能会认为，戴维森和劳伦斯尽管有某些相似之处，但却是两种截然不同的类型。）如果她拒绝对诗剧的未来发表意见，她就没有理由如此轻率，她会给读者提供必要的素材，让他们形成自己的观点。尽管到目前为止，他们在这个国家的影响还不大，但如果能对科克托（Cocteau）、奥贝（Obey）和伯特·布莱希特等欧陆作家作一些描述将会是受欢迎的。

正如索利斯小姐所指出的那样，英国现代诗剧有三种类型：浪漫主义的伪都铎王朝戏剧，偶尔凭借其盛大场面而取得短暂的成功；宇宙哲学的戏剧，就其戏剧性而言始终是彻底失败的；高雅的室内乐戏剧，从艺术性来看是最上乘的，但是有点苍白无力。戏剧本质上是一种社会艺术，很难相信诗人们真的对这种解决方案感到满意。事实是，那些想写诗剧的人，拒绝从他们唯一可以开始的地方开始，即从实际使用的戏剧形式开始，包括杂耍表演（variety show）、哑剧、音乐喜剧和时事剧（revue）[索利斯小姐正确地辨别了《哈桑》（*Hassan*）的成功与《朱清周》（*Chu Chin Chow*）之间的关系]、惊悚剧、思想剧、风俗喜剧，还有与以上这些并置显得有些离奇的芭蕾舞剧。其中只有一个绝对与诗歌格格不入，那就是风俗喜剧或性格喜剧。搞思想剧是非常危险的，但也并非不可能。尽管有学识渊博的评论家评论莎士比亚剧中的性格人物，但诗歌与特定性格没有多大关系。所有说韵文的性格人物都像扑克牌一样扁平。在今天流行的戏剧形式里也是如此。诗剧应该从老套的音乐喜剧角色——富有的叔叔、吸血鬼、岳母、酋长等——开始，让他们令人难忘，只有诗歌能做到这一点。各种各样的杂技很受欢迎，是诗歌的天然盟友。只有纯粹的西区戏剧才是不带行动的空谈。如果这位未来的诗剧作家要求极高雅的音乐和陌生的舞蹈传统，他当然会失败；但如果他愿意谦逊和同情，接受他手头的东西并开发其潜在的可能性，他可能会惊喜地发现，毕竟，公众能忍受——甚至会欣赏——大量的诗歌。

2. [From the Series "I Want the Theatre to Be... "] [1935] (*Prose I* 128)

戏剧起源于整个社群的行动。理想情况下不会有观众。实际上，每一位观众都应该感觉自己像个替补演员。

戏剧本质上是一种身体艺术。表演的基础是杂技、舞蹈和各种形式的身体技能。歌舞杂耍表演、圣诞哑剧和乡村住宅的猜字游戏是当今最有活力的戏剧。

电影的发展使戏剧没有任何理由成为纪录片。它的本质不是给无知和被动的观众提供令人兴奋的消息。

戏剧的主题是人们熟知的，即它被创作出来时的那个社会或那一代人普遍熟知的故事。观众就像听童话的孩子一样，应该知道接下来会发生什么。

同样，戏剧也不适合分析人物，那是小说的领域。戏剧人物是被简化了的，容易辨认，而且比现实夸张。

戏剧语言应该具有与戏剧动作相同的凝练的、意味深长的和非记实性的特征。

戏剧实际上处理的是一般的和普遍的，而不是特殊的和局部的，但很可能戏剧至少只能直接处理人与人之间的关系，而不能处理人与自然的其他方面的关系。

3. A Review of *Documentary Film*, by Paul Rotha [1936] (*Prose I* 129–130)

评保罗·罗萨著《纪录片》

罗萨先生写了一本非常有趣的书，而且正合时宜。特别令人鼓舞的是，作者本人也是我们最著名的纪录片导演之一，他对自己的运动提出了如此尖锐的批评。“纪录片最严重的缺点之一就是它对人类的持续回避。”所谓的纪录片起源于对商业电影的反动，和所有反动运动一样，它的负面性质也让它备受煎熬。对主题的标准化和人格剥削的明星体系感到厌恶（这是正确的），该书以这样的话开始：“私生活并不重要。我们必须摒弃故事，报道事实，即我们必须向你展示人们的日常工作，向你展示现代工业是如何组织的，向你展示人们是如何谋生的，而不是他们的感受。”但私生活和情感与其他任何事情一样都是事实，没有它们，人们就无法理解行动的公共生活。这种清教徒式的“真实”态度和娱乐（甚至连罗萨先生都可以称之为“纯粹的虚构”）导致了电影的许多优秀品质，但对于普通的电影观众来说，最终却是致命的枯燥乏味。然而，它在两个方面都很有价值。首先，一部电影的制作成本很高，正是早期英国纪录片导演对工作和行业的这种态度为他们带来了像帝国市场委员会和邮政总局这样的公共机构的支持，没有这些公共机构，他们根本就不能拍电影，也不能从错误中吸取教训。其次，主题的难解性激发了导演们在技术问题上进行试验，否则这些试验就不会进行，而且证明这些试验具有恒久的重要性。

“纪录片”这个词的唯一真正含义是逼真。任何手势，任何表情，任何对话或音效，任何让观众印象深刻的真实场景都是纪录片，无论是在摄影棚还是在现场获得的。由于电影的不可逆性和连续不变的运动，它不是传达事实信息的最佳媒介。人们连最简单的商业电影的情节都不可能记住，更不用说甜菜产业的错综复杂了。一部电影的效果是对所呈现的材料产生一种强烈的情感态度。

由于摄影机所记录的大量真实细节，还没有发明出如此适合刻画个性、如此不适合刻画类型的媒介。在银幕上，你从未见过有人在田野里挖土，却总是见到麦格雷戈先生在一片 10 英亩的草地上挖土。在这一点上，它比小说有过之而无不及。

每一个好故事都是弗莱厄蒂先生所说的“地点的主题”。故事是为了呈现而将公共生活和私人生活联系在一起的手法，任何一部完全忽视这两者之一的电影都不可能是好的。电影的第一、第二和第三件事，就像任何艺术一样，都是主题。技巧跟随主题而来，并受主题支配。

罗萨对所有这些都很了解，但没有足够清楚地指出障碍的确切性质。其中第一个也是最重要的是时间因素。任何有声望的小说家都不敢在他花费数年时间获取和消化他的素材之前写他的小说，除非导演在他对他的素材有同样的熟悉程度之后才开始拍摄，否则不会制作出一流的纪录片。无生命的物体，如机器，或组织的事实，可以在几周内被理解，但人类不是这样，如果纪录片到目前为止一直专注于前者，这并不完全是导演的错，也是因为他们被迫在令人可笑的短时间内拍出一部电影。不幸的是，创作最慢的艺术品却同时也是最昂贵的。第二个障碍是阶级。令人怀疑的是，一位艺术家是否能与他所在阶层以外的人物打交道（电影不是一种肤浅的艺术），而且大多数英国纪录片导演都是中上阶层。

最后，还有财政支持的问题。纪录片是讲真话的电影，真相很少有广告价值。人们仍然非常怀疑大型工业和政府部门的公正性，或者他们是否愿意花钱让人们准确地了解他们巨大的建筑内的人类生活。

4. Poetry and Film [1936] (*Plays* 511–513)

诗歌与电影

工业革命导致了两个阶级的形成，一个是由雇主和受雇人员组成的阶级，即那些积极从事工业的人，另一个是生活在工业之外但靠工业利润维持的阶级——食利者阶级。一种独特的类型或艺术或多或少地代表了这部分公众的观点，通过塞尚、普鲁斯特和乔伊斯发展起来。但与这种食利者艺术并存的是大众在杂耍表演中表达自我的艺术。杂耍表演这种通俗艺术已经被电影所取代。

电影的关键因素是它专注于细节的力量。考虑到观众与场景之间的距离，舞台不得不将自己限制在风格化的装扮、宽泛的手势和概括性的呈现上；但通过移动的摄像机、特写等手段，电影可以更彻底、更详细地描述其素材，而不必担心观众会失去效果。如果一个农民被拍到在草地上工作，这个场景是明确的，因为它被镜头中呈现的视觉细节自然地定位了。要在舞台上展示类似的场景，需要更宽广的效果。电影给出了具体的视觉事实，而舞台则给出了这个事实的一个想法，一个暗示。

电影的第二个本质特征——它在时间上的连续向前移动——带来了某些缺点和优点。由于这一特殊的运动，试图通过电影传达事实信息的尝试是否成功是值得怀疑的。如果对电影或书籍的相对教育价值进行适当的测试，它将证明电影用来激发兴趣是有价值的，但不能替代书籍或教师所能提供的那种事实指导。电影需要警惕的另一个危险是对类型的全神贯注；因为类型是对人的概括，这种概括不会让电影有机会利用其选择和强调细节的特殊力量来塑造一个完整的人物。摄影机的精髓就是处理当下。因此，电影犯的第三个错误是试图处理历史材料。

电影恰当的关注点是通过具体细节、人物分析和当代生活提供的素材来建立总体印象。

声音的使用提出了视觉图像与文字图像之间的关系的问题。视觉形象是明确的，而语言形象不是清晰的，它们有意义的光环。视觉图像不能表示多种事物，文字图像也不能局限于一种事物。因此，高度发达的隐喻不能包含在电影媒介中。如果有一个组合的图像，例如——“在你的嘴唇上，双颊上，仍然可以看出美貌的红红的标帜，并未竖起死亡的白旗”，不同的图像将不得不被拆分以用于电影呈现，由此产生的效果将更具明喻的性质。把两个镜头并排放在一起，一个高炉可以比作一个棋子。但要超越有别于视觉相似性的抽象概念，音轨必须将抽象作为具体视觉图像的补充。在影片《苏格兰邮袋》[即《夜邮》]（奥登先生最近一直在为此工作）里，一个邮袋的镜头配上了这样一句话：“听听邮递员的敲门声，谁能忍受被遗忘的感觉呢？”

因为一部电影的声觉和视觉感有直接的关系，如果声音不会对其注意力产生太多要求，观众就会发现很容易遵循错综复杂的视觉连续性。但是，强大的声音图像加上强大的视觉图像往往会抵消这两种效果。

邮政总局电影部门一直在试验合唱队，用它来对动作进行独立的评论。研究发现，如果要使用这样的合唱队，并且要能听到，使用多个声音是危险的。需要更大的音量意味着，不是合唱队人数的增加，而是需要放大一个声音，或者同样的声音被重新录制并叠加到自身之上。因为许多不同声音汇聚在一起的不同音色使得这些词无法听见。

在电影中使用诗歌的方式有很多种。最明显的方式就是作为一般的情感评论。奥登先生刚刚为一部宣传片《在海边》做了贡献，在这部电影中，诗歌以这种方式被运用；其中有一个镜头在他看来效果特别好。这一幕是人们从尘土飞扬的炎热城市来到海边的一幕。有人拿着网球拍，当球拍的网布覆盖了整个热闹的场面时，从音轨中传来了“就像洞穴里的一条凉鱼”的声音。

诗歌也可以用来表达人物的思想，就像尤金·奥尼尔在《奇异的插曲》中介绍“内心的声音”一样。

真正的诗体对话是不可行的，主要是因为要使视觉和语言的连续性相一致存在很大的技术困难。

另一个有趣的发展将是把意识流技术运用到电影里，这种方法类似于亨利·詹姆斯小说中的方法。例如，当人们在一个场景中移动时，声音都可以是概括的描述或抽象的参照，通过很快就能被识别为来自演员之外的第三个声音。

但是，无论采用哪种方法，都必须遵守一种必然——口述的诗歌必须与所看到的东西有某种关系，无论是相似的、间接的指涉还是对比的关系。因为如果没有一个迅速掌握的联系，诗歌和它在电影中的位置是没有意义的。

普遍接受的韵律形式不能在电影中使用，因为很难在不扭曲视觉内容的情况下准确地按照节拍剪辑电影。奥登甚至发现有必要用秒表为他的口语诗句计时，以使其与所评论的镜头完全吻合——尽管平移镜头确实提供了一种让视觉节奏跟随诗句节奏的方法。调入或调出，改变音量，提供了另一种获得相同效果的方法。

奥登的最后一点是，很难找到合适的支持来进行这样的实验。这些实验需要的是财政支持，但是不能让商业或部门政策限制导演的独立观点。

5. Selling the Group Theatre [June 1936] (*Prose I* 134–135)

出售集团剧院

与饥饿和爱的基本需求相比，艺术是次要的，但它不一定是可有可无的奢侈品。它能加深理解、扩大同情心、增强行动的意志，最后但并非最不重要的是，它能提供娱乐，使它在任何适当的社会中都能发挥可敬的作用。

社会生活的内容和结构影响着艺术的内容和结构，艺术只有在二者没有活生生的联系的情况下才会成为颓废和奢侈品。但由于天生的懒惰和对立的既得利益之间的摩擦，艺术的发展，就像社会一样，并不是一个纯粹的无意识的自动发生的过程。它必须是意志使然的；它必须为之奋斗。必须进行实验，并在实验过程中发现真理和错误。实验剧场应该和实验性的实验室一样被认为是现代生活的一个正常和有用的特征。在这两种情况下，并不是每一次试验都会成功；这既不应该被期待也不应该被期望，因为从失败中可以学到很多东西；但是，在它的成功中，可能开辟了重要的发展道路，否则这些道路是不会被注意到的。

科学家知道为他们的工作获得支持是多么困难，除非具有商业或军事优势的立竿见影的成果即将出现。

如果科学家发现这很困难，那对艺术家来说就更糟了，因为大多数人对科学有信心，而对艺术有信心的人很少。

因此，更有必要提醒那些认同集团剧院这类实验剧场价值的人，这样的剧场有赖于他们的支持，他们的人数很少，他们不能把支持留给另一个人。

在过去的一年里，集团剧院已经上演了三部实验剧目：《死神之舞》《皮下狗》和《福根斯与露克丽丝》（*Fulgens and Lucrece*）——这些剧目是伦敦西区剧院或保留剧团无法处理的，而这些剧目所激发的兴趣甚至激情，不仅是在英国，而且是在美国和其他地方，都很好地说明了这些剧目的价值。

过去的事到此为止。除了我们的其他活动外，我们还开始了一些新的活动。为了使我们的会员不仅能接触到我们自己的作品，也能与英国或其他地方的其他有特殊兴趣的人保持联系，我们打算定期出版一份公报。除了有关戏剧方面的新闻和文章外，我们还希望发表会员创作的戏剧节选。

同样，为了拓宽我们的视野和人脉，我们加入了新剧团联盟，这是一个由戏剧协会组成的协会，它将尝试积累经验，并在组织观众方面进行合作。

最后，我们正成立一个电影集团，由邮政总局电影组的巴兹尔·赖特（Basil Wright）先生指导，负责放映特别令人感兴趣的电影，我们希望最终能自己制作电影。

这就是我们的活动，我们认为在英国还没有哪个戏剧组织能提供如此多和如此多样的活动。

很自然地，我们认为它们是值得的，不然我们就不会这样做。如果你不喜欢，那就来看我们的下一部作品吧。如果你喜欢，那么记住，就像这个世界上的其他事情一样，它们也是要花钱的，这些钱不是从天上掉下来的，而是只能从那些和你想法一样的人的口袋里掏出来。

因此，请您自己通过缴纳会费和赞助演出的方式来支持集团剧院，并让其他人也这样做。谢谢。

6. A Modern Use of Masks: An Apologia [Nov. 1936] (*Prose I* 157–158)

为面具的现代运用一辩

我们做的每件事，我们想的或感觉到的每一件事都会改变我们的身体。从拥有几乎无限潜在性格的婴儿开始，随着我们做出的每一个选择，未来的可能性变得愈加有限，直到这个人或多或少是固定的，或多或少是独一无二的。性格的这种独特性反映在身体的独特性上，因为我们穿衣服，所以我们通过别人的脸来判断他们。

此外，我们都或多或少地拥有假扮他人的能力，也就是充当另一个角色的能力，而且这种能力越强，我们就越有能力改变自己的面孔。

戏剧中面具的使用取决于对心理和身体的这种关系的认识。

在古典戏剧和现代马戏中，它被认为是理所当然的，但在现实主义散文剧中却消失了，因为在后者中，几乎所有的效果都局限于对话。明星演员身体的吸引力和排斥力只是他们自己的。他们与这部剧没有任何关系——（当然，滑稽角色的浓妆艳抹、奇装异服，以及喜剧演员扭曲脸部的特殊天赋，总是保留着身体上的表达方式）。

因此，面具是画家试图通过独立于特定演员的物理效果来加强和平行于作家的智力效果的一种尝试。

在电影院里，特写镜头、角度镜头和特殊的灯光对演员自己的脸部也能起到同样的作用，但在剧院里，观众和演员之间的距离太远，所以戴面具是必要的。

所有的艺术都蕴含着选择。就像剧作家将人物的行为和对话限制在特定的目的一样，面具制作人也从许多面部特征中选择他想要引起注意的一个。面具可以是逼真的，但只能以有限的方式。由于它的静止不动，它必须被夸大或讽刺。即使面具是一个四分之三的面具，就像集团剧院在其制作的《力士斯威尼》和《皮下狗》中所使用的那样，也是如此，因为演员通常会利用他的额头。

顺便说一句，这两部剧中的面具说明了两种相反的用途。在《皮下狗》中，它们被用来夸大显而易见的东西，例如，让酒店的同屋居住者看起来更像酒店的同屋居住者，以强调正常的视觉。另一方面，在《力士斯威尼》里，它们被用来揭示实际面孔背后的真实性格，内在现实和我们向世界展示的东西之间的反差，普通日常表情——你也可以说成是普通日常面具——背后隐藏的恐惧，当我们在街上行走时，它会与我们相遇。

奇异的面具——像圣诞节聚会上的面具，或者集团剧院演出《阿伽门农》时用的动物面具——都是用来装饰和实现陌生效果的；就像在现实生活中假扮他人，它们是玩耍和花哨的。

最后，《阿伽门农》里合唱队的面具展示了面具在特效中的使用。在没有接受过古典教育的情况下，向现代观众展示一部希腊戏剧，制片人的困难之一是防止观众将其视为纯粹具有考古兴趣的古装剧。正如古希腊语必须翻译成现代英语一样，视觉效果也同样需要翻译。合唱队面具与现代夹克相结合，旨在给人一种永恒的正式效果，面具就像彩色玻璃窗上加铅框的头。

7. Are You Dissatisfied with This Performance? [1 Nov. 1936] (*Prose I* 158–159)

你对这次演出不满意吗？

很有可能。合唱队总共排练了大约三次。为什么？因为演员们不得不去参加有偿活动。不管一个演员在演什么角色，他都必须活下去。合唱队需要7个人。17名不同的演员在其中进行了排练。

集团剧院有一定的初期优势。它有想要为它写剧本的剧作家，想要为它设计的画家，想要为它作曲的作曲家。但它处于压倒性的劣势之下。它的现金太少了。如果能负担得起的话，有些演员愿意为它出演。

对于一个充满活力的剧院来说，这里有所有的可能性，它既不是上流社会戏剧，也不是私人的和阳春白雪的东西，而是一种社会力量。我们有很多东西需要学习，但我们认为，如果我们得到正确的支持，我们愿意这样做。不幸的是，戏剧艺术不同于文学、绘画或音乐，因为它不能由一个房间里的一两个人创作。它非常贵。

俱乐部会员制能解决一部分问题，但是只能解决一部分问题，集团剧院已经通过这种方式尽其所能地走到现在了。当然，会员越多越好。让所有你能鼓动的人加入进来。但我们需要的不仅仅是这些。集团剧场人员没有钱就不能再继续工作了。

我们呼吁一位或多位赞助人，他们关心剧院，认为我们正在努力做的事情是值得做的，并且这种认同足够强烈，在他们的亲自帮助下，使我们有可能做到这一点，并使之成为一个永久性的剧院。

8. The Future of English Poetic Drama [1938] (*Prose I* 716–725; *Plays* 513–522)

英国诗剧的未来

有两个原因使得我对以下两件事情有着非常清醒的认识，首先，我意识到我很荣幸今晚能受邀向你们讲话；第二，我加倍地意识到自己的无能，原因有两个。首先，我是一个英国人，当我来到你们的都市巴黎时，我不禁意识到，我在某种程度上是一个乡下人，属于以巴黎为中心的欧洲文化的边缘。当我走在你们的街道上时，我不断地想起那些伟大死者的存在，巴黎是他们的精神家园，我所说的伟大死者不仅指法国人，也指所有欧洲人。例如，我特别想到了波德莱尔、兰波、海涅等人的名字，如果没有他们，我国诗歌的历史会非常不同。如果我有理由在法国——欧洲文化的地标、持续的中心和守护者——面前感到谦卑，我还有另一个原因，那就是我的年龄。在浏览这个讲座系列的名单时，我意识到我是其中最年轻的。现在，战后有一种世界属于年轻人的感觉。嗯，如果说过去的八年教会了我们什么，我想那就是世界不属于年轻人，那就是从来没有过这样一个时期，一方面，成熟变得更加困难；另一方面，成熟变得更加必要。唉，年老的恶习克服年轻人的缺乏经验太常见了，因为虽然科学并没有成功地延长（我是说）延缓身体衰退的时间，但我们的文明在智力和情感上达到成熟的过程却一年比一年长。因此，很多时候，一个人还没成熟，还没摆脱年轻时的愚蠢，就被时代特有的恶习所打倒，这些恶习就是贪图舒适，良心被不诚实的自满所玷污。

现在，这场讲座的题目被称为《英语诗剧的未来》。很明显，任何精神领域的运动的未来都是不可能描述的，因为我们几乎肯定会被证明是错误的；我们总是与自己思想的概念捆绑在一起。例如，我想到了威尔斯先生的《未来事物》（*Things to Come*），其中有许多非凡的预言，但是如果我们看看人们穿的衣服，我真的不能相信未来的世界会穿那样的长袍。

所以，真的，当一个人说："我来谈谈这个或那个的未来"，说到底，他的意思是："我要考虑一些可能正在困扰你和困扰我自己的问题。"学生们很熟悉一类考官，他们会抛出一些他们自己解决不了的问题，而希望学生能为他们解决这些问题。所以，今天晚上，我想考虑一些困扰我的问题。对你来说，它们可能看起来很简单，很幼稚，而且已经解决了，可能会有一些结果。

我不能以文学史家的身份说话，我不是学者。我不能以贝尔纳先生[1]的经验说话。我是戏剧艺术的初学者，也是一个犯过许多错误的业余爱好者，在他犯下错误之前，我还会犯更多的错误。你看，这是如此困难，因为在我看来，也许这一惊人的个人发现，毕竟可能是琐碎知识的一种常见现象，而且，在我看来，对公众具有巨大重要性的事情，可能真的是一个纯粹的私人梦想。所以，在我开始之前，我真的必须解释一下我自己关于戏剧写作的一两件事。

出于各种原因，一些是偶然原因，一些是个人原因，我写的戏剧是与克里斯托弗·伊舍伍德先生合作的，他是一名散文家、小说家，而我则写诗。因此，如果今晚我向你们建议，未来的一种可能的戏剧形式是一种结合了散文和诗歌的戏剧，部分原因是我的合作一直是诗歌和散文之间的合

1　Jean-Jacques Bernard，法国剧作家，他为奥登的讲座做了简介。

作。其次，我们有某些共同利益，我们可以称之为部分政治利益和部分心理利益。这里我指的是社交生活中那些不直接是个人的因素，比如性或为人父母，它们影响和限制了性格，甚至是普通的激情本身。因此，今晚我再次向你们建议，未来的戏剧可能会涉及一些这样的主题。再说一次，我真的在谈论一些我自己觉得我必须做的事情。但是，毕竟，思想不是在真空中出现的。在人们看来，发生的事情是他们自己的个人信仰，是一种奇怪的习惯，会在历史需要的时候出现，就像发明一样。他们不会出现，除非有经济上的需要，尽管在世界历史上的任何时候，创造性人才的数量都不太可能有很大的变化。然而，在这一点上，当有必要时，发明确实发生了，所以当一个人有了一个想法时，它就极不可能纯粹是原创的，因此我认为今天我想要讨论的是某种客观和诗意的戏剧，因为它在这个时候对我们来说是有一定价值的。

首先，就作家本身而言，他们对戏剧和诗剧的兴趣与日俱增。在德国，当德国还是自由的时候，有布莱希特和托勒，在英国有艾略特先生和斯彭德先生，在美国有奥迪茨先生和其他人，他们一边对诗歌感兴趣，同时也对戏剧感兴趣，他们还对宗教或政治题材感兴趣，这与他们那个时代传统的上流社会喜剧（drawing room comedy）不同。从公众的角度来看，票房收入是令人愉快和直接的证据。

我指的是诸如艾略特《大教堂谋杀案》的成功，如果你把它与同一主题的丁尼生的《贝克特》进行比较，确实表明公众的态度发生了变化。现在有很多人欢迎一种不同类型的戏剧。

今天晚上，我想把我的问题分成三个部分：

第一，舞台作为媒介，其性质是什么，它能做什么，不能做什么，它最擅长做的是什么？

第二，戏剧题材的性质是什么，什么样的东西才是好的戏剧题材？

第三，戏剧技法的某些细节和问题。

那么让我从舞台作为媒介开始吧。我知道，这样的讨论让人不禁想起咖啡馆里的讨论——那些深夜里长时间的醉酒辩论，以“我认为……”开场，关于纯诗的概念，或者它对于士气或宣传是否有益或必要的讨论。但是，讨论媒介的限制法则是有一定道理的，特别是像戏剧那样高度人工的媒介，因为，当然，就像在生活中一样，除了纯粹的非诗意的成败法则外，没有什么规则可以写下来。然而，也正如在生活中一样，为了获得自由，有必要研究那些限制一个人自由的因素和力量。例如，在了解万有引力定律之前，学习飞行是不可能的。

我现在不想谈论过去的戏剧，但今天的戏剧有两个它必须与之竞争的伟大媒体。我指的是小说和电影。让我们暂时比较一下戏剧媒介和小说的媒介。

首先，戏剧当然是一种公共媒体，也就是说，它需要大量的人合作，他们不一定很聪明，它需要很多设备，它需要相当大的建筑。其次，与小说相比，它是连续的、不可逆转的。你不能停下来说："我想再来一次。"此外，由于这需要花费金钱，所以题材和题材的处理必须具有足够的普遍兴趣，以使足够多的人聚集在一起支付费用。我知道这听起来很简单，但这是一个经常被忽视的问题。此外，题材及其处理方式必须是人们在晚上八点半或九点半吃完一顿比较好的晚餐后能够理解的才行。你需要的人物越多，用具越多，当然，题材就必须越通俗。如果你有一部音乐喜剧，你可以雇佣很多人和机器，但如果你想写一部关于阿拉斯加矿工的戏剧，那么你最好写一些只需要两三个演员和一些窗帘做布景的东西。我认为这是非常幼稚的，但这就是为什么哈代的《王朝》这样的戏不太可能经常上演的一个原因。

此外，与小说相比，戏剧的时间是非常有限的。一场戏不能少于一个半小时，否则人们不会认为他们的钱是物有所值的，但是不能超过三个小时，否则他们会错过最后一班火车。

在戏剧中，最重要的是人们在有限的空间里所做的动作。你在舞台空间中真正能做的动作是有限的。你不能吃一整顿饭，不能骑自行车，不能开汽车；除了做爱前的准备活动，其他事情你都不能做；你不能指望演员做任何会伤害自己身体的事情。例如，我曾经读过一个年轻人的戏剧，是关于高尔夫球场上的一个人的。当他出去打高尔夫球时，他的朋友们正坐在酒吧里，想着当他回来告诉他妻子去世的消息时，这将是一个多么有趣的笑话。所以，当他回来的时候，他们对他说："你的妻子出了车祸。"主人公拿起他的高尔夫球杆，用它敲破了朋友的脑袋。这超出了你对任何演员的期望。与小说相比，粗略地说，戏剧可以说要贵得多，而且必须更通俗，不那么微妙。其次，你的动作——也就是说，舞台上可能发生的事情——非常有限。

现在，让我们把它和电影比较一下。电影，就费用和时间而言，就像戏剧一样，而且更像戏剧，这具有非常重要的社会影响，因为电影作为一种媒体是所有媒体中最现实和最逼真的。另一方面，它是如此昂贵，只有那些有非常好的理由不想让真相被知道的人才能支付。现在很难想象有一家电影院既不是由国家经营的，也不是由某种非常富有的人经营的。我正好对此有很强烈的感受，因为我曾为邮政总局制作过一部电影。为了说明出现的困难，我将告诉你们这个故事，因为它解释了为什么电影有时并不像它们可能的那样好。我们得给中继线电话交换台里的人拍几张照片。今天应该是除夕夜。我发现这些人都很累，穿着衬衫干活。所以我就让他们穿着衬衫，叫来了摄影师，当主管来的时候，他说："我们不能让政府官员穿着衬衫出现在镜头前。"

另一方面，电影在很多方面更像小说。首先，你可以灵活地移动摄像机，你可以改变你移动的方式。更重要的是，小说和电影——电影更是如此——展现了人与自然的直接关系。他出现在银幕上，周围有田野、山丘、街道等，这样你就可以用它们作为对电影的一种评论，或者至少把它作为一个问号。它和小说一样，对时间的处理也很相似。电影及其面对肢体动作的能力也是舞台所不能及的。

因此，首先，戏剧和其他媒体——如小说和电影——之间的主要区别是，在小说和电影中，可以直接展示一个人与自然的关系，而在舞台上不能。小说和电影，可以说，就像一条河，而戏剧是一系列的雪崩。小说是一个公园，电影是一扇向外看世界的窗户，但舞台是一个盒子，它是一座监狱。我们和观众在这个监狱里，演员也在里面，重要的是演员不能出来，我们分担他们的牢狱之灾。我们要求释放悲剧中的俘虏，实际上是出于极度幽闭恐惧症的感觉。在这里，在这个狭窄的舞台上，我们看到有几个被囚禁的人，他们被虚假的风景、虚假的灯光、虚假的物体包围着；我认为，舞台在人的自由意志与限制并挫败人的自由意志的力量之间的关系上是极其保守的。这就是我今晚谈论戏剧的原因之一，因为如果你认为人的生活是完全确定的，他根本没有自由意志，那么戏剧是不可能的。如果你没有自由意志，没有做出选择的可能性，戏剧性的悬念就会立刻消失。另一方面，如果你是完全自由的，相信人的意志是完全不受控制的，那么舞台就会支离破碎，毫无意义。

戏剧是一种文化形式，它适度地坚持对人的自由意志的信仰；它也是谦逊的，它意识到所有限制它的力量。这就是为什么戏剧不是完全放任社会的一种形式，也不是极权主义国家的一种形式，极权主义国家更喜欢电影。这是社会民主的一种形式。

不幸的是，舞台上的人能做的事情太少了：他们可以唱歌、跳舞、打手势和说话。手势更适合也更微妙地出现在屏幕上，他们能做的最重要的事情就是说话。语言是戏剧的基础，在这些限制范围内——四面墙和假灯光，这些可能的小动作——剧作家必须把镜子举到自然面前，批评生活，展示美丽、恐怖、怜悯，什么都行。所以对于剧作家来说，首要的问题之一就是如何释放俘虏，也就是说，你如何将这些人物与他们所属的更大的生活联系起来。在这里，他们走上舞台，就好像是从行李箱里走出来的，你必须证明他们不是从行李箱里走出来的。在喜剧中，这是以不同的方式完成的。首先是警句，一句俏皮话："我在特鲁维尔见过你吗？"——"我从未去过特鲁维尔。"——"我也没去过。"——"那肯定是另外两个人！"然后是宽恕，这是喜剧中非常重要的一件事，揭开罪恶的面纱之后是宽恕，最后是舞台下发生的婚姻。在我看来，喜剧和悲剧的区别在于喜剧中的人物意识到他们缺乏自由。富有的叔叔总是在错误的时刻到来，等等，直到剧的结尾，他们才发现自己比想象的更自由，而在悲剧中，他们一直相信自己是自由的，直到他们发现自己并没有想象中的那么自由。

悲剧中的解脱，首先是死亡；其次是诗歌，它将舞台上个人遭受的痛苦提升为所有人在这种情况下的痛苦。在诗歌中，你可以这样说，例如，"现在男孩和女孩 / 都和男人平起平坐……在来访的月亮下面 / 没有留下什么了不起的东西。"这样的语言打破了舞台的两边，释放了我们被囚禁的感觉。

在后来的戏剧（不是诗剧）中，易卜生在释放方式上做出了巨大贡献。它是象征性的物体或象征性的短语。当然，它已经被其他人运用过了。契诃夫的《海鸥》，易卜生的《野鸭》。易卜生最成功的象征，也是将人引向美丽和恐怖的关键，是这样的话："生活的乐趣是上帝的"，或者《野鸭》中那句可怕的话，"森林为自己报仇"，或者约翰·加布里埃尔·博克曼（John Gabriel Borkman）的独白中的一句话。[1]

接下来，让我们考虑一下题材或主题的问题。现在哪些题材从戏剧角

1 可能是在第四幕接近尾声时，博克曼的长篇演讲——并不完全是独白——中的一句话："宝藏再次沉入深渊"。

度来看可能是最有利的、最容易成功的？当然，很多人一想到一出戏，就会联想到通奸，牵涉到一些相当富裕的人，但毕竟这是一个相对较新的想法。我们现在生活在一个始于文艺复兴的时代的末期，一个自由而缺乏团结一致和正义的时代。这是一个见证了一些重要事情的时期。它首先看到每个人都是独一无二的，它相信意志的自由，它感兴趣的是曾经是、现在也是独特个体的人的智性部分的理性对比；它并不真的相信社会，不相信团结一致，不相信忠诚。伴随着人们对个人重要性的信念而增长的是经济的变化和社会的逐渐原子化，直到家庭成为唯一保留下来的社会群体——唯一的社会和情感单位。我认为，这一发展最终证明对剧作家来说是非常困难的。首先是因为随着对人物的兴趣——这确实立即产生了巨大的戏剧热潮——最终，那些真正对人物感兴趣的人转向了一种更微妙的媒介——小说。其他诗人由于对他们所在社会的复杂和丑陋感到恐惧，对过去感到困惑，而转向沉思自己的感受，开始写时而美丽、时而晦涩的抒情诗。

当戏剧在 19 世纪开始兴起时，问题本质上是家庭问题，也就是说，为真理和正义等而战，这些冲突总是以不同的方式进行。在那个时候，属于前一个社会的信仰和习俗在家族中流传下来，这直接是个人的问题。像这样的事情，例如，对妇女的奴役和对她们的蔑视，确实是可能在家庭中发生的事情。一个角色有可能当面对着她的父亲说："我要离开这座房子！"让人感觉到这是一场巨大的道德胜利。这是那两个人之间的私事。现在，当我们听到希特勒在这场危机中说："只有两个人，我和贝奈斯博士，发生的事情是我们两个人之间的事"时，我们知道他在胡说八道。政治学、心理学和经济学各个领域的最新知识进步修订了我们对人性和我们关注的不同领域的概念；例如，如果你拿一本关于古代文化的现代文化书籍，[或者] 一本像林德夫妇写的《米德尔顿》这样的现代研究，他们已经表明，一个时代的社会结构和文化力量在很大程度上决定了个人性格和所允许的那种自由，而不仅仅是一个社会中幸存下来的实际人物的自由。心理学家通常已经证明，我们不仅是有意识的和独特的，而且我们都具有一种无意识，在这种无意识中，我们彼此非常相似，比我们想象的要多得多，在这一点上，剧作家有另一个感兴趣的领域，让他回到了过去。人们不仅是独一无二的，他们也是相似的，而且比他们想象的更不自由。经济学家还提醒我们注意一个事实，这是一个相当普遍但很容易忘记的事实，那就是我们的性格和我们与妻子和孩子的行为方式可能与我们的谋生方式有非常密切的关系。也许，股票经纪人比零售商有更多的话要说。

最后，在政治上，避免局限性的斗争，正如我冒昧提出的那样，剧作家非常关心这一点，即命运和自由意志之间的斗争，这场斗争现在正非常明显地在外部物质世界里发生。这是一个物质革命的时代，因此，一场曾经局限于闺房的运动现在正在路障前进行；无论我们喜欢与否，这势必会影响我们艺术家的领域。

当我们在中国听到关于奥地利的消息时，感觉这场中国战争最终变成了一场省内混战，这是一种非同寻常的感觉。今天的剧作家必须展示人类与自然的关系；他必须展示他不是完全理性的，也不是完全非理性的，也不是完全坚定的。他必须展示私人生活和公共生活中的反应，公共生活对性格、个人和社会的影响。这一点他必须表现出来，或者想要表现出来，而这场斗争就是在政治领域进行的。我的意思不是说，因为这个原因，人们必须放弃人物刻画。舞台的好坏取决于站在舞台上的几个人物。把他们叫作"奋斗""民众"什么的是没有用的，你不能引起人们的兴趣，除非那些人是真正的人物，因为你再也回不去了，而你的一个收获就是对个人独特性的认可。但我们现在也必须把这一点与集体性的实现结合起来。

我认为，实现这一目标的方法之一是使用诗歌，因为诗歌是一种表达集体和普遍感受的媒介。诗歌有多种不同的用法。它可以用作合唱词，可以是唱的，也可以是说的，例如在《大教堂谋杀案》中。音乐的效果更能概括情感，所以如果你想获得普遍的效果，我认为音乐是有用的，而且会起到很大的作用。有一些技术上的困难：如果你让很多人一起唱，他们的唱词就很难听清，这是一个还没有完全得到解决的技术问题。你也可以让人物用诗歌说话，并试着使说话的类型与人物的类型相适应。当然，这只能大体上实现。中世纪戏剧做到了这一点。在这类事情上有很多东西需要学习。

无韵诗的麻烦在于，当人物变得兴奋起来，他们的说话方式如出一辙。这就是诗歌的困难之处——要找到一种可以区分语言和人物的方法。

人们还可以使用独白，在独白中，人物展示自己或评论戏剧的动作。我认为一部以诗句独白的戏剧是有危险的，因为要获得任何人物刻画是极其困难的。人们曾多次尝试制作一部仪式性的戏剧——人们戴着面具，动作优雅——但我个人觉得他们注定要失败。我认为人们不得不接受这样一个事实，即平凡的艺术是由漂亮而又相当虚荣的人来表演的。

此外，如果你不小心，纯粹的诗歌往往会引入一个相当神圣的音符。除非你对某件事有一定的信心，否则你不可能有诗歌；但信念总是掺杂着怀疑，需要用散文来充当反讽的解毒剂。

写一部诗和散文相结合的剧本是很困难的，我认为这个问题还没有得到解决。有一种特定的概念，即让戏剧的不同部分处在不同的水平上。你要从散文层面开始移动还是要从诗歌层面开始移动，这是一个问题。你可以在不同场景之间转换，一个场景在一个层次上，另一个场景在不同的层次上；也可以让一个人物有更高的意识，因此有能力说出诗行；或者你必须找到一个场景，在这个场景中，人物不是他们正常的、日常的自我，比如梦境或疯狂。我认为，选择一个政治作为主题可能是一个错误，因为现在的历史总是比你可能发明的任何东西都更可怕、更感人，比你能想象的任何东西都更夸张。现在，除非你自己亲身参与，否则不可能写当代主题，因为试图写作的麻烦在于，一个人根本就所知甚少，或者没有几个人知道得足够多。也许，如果你想这样做（我只是就主题来说），最好是从历史上找一个让人感兴趣的对等物。

总体而言，我认为人们一定选择了一种普遍的题材——几个属于剧作家非常熟悉的阶层的人，可能是一个家庭，但对待他们的方式与他们在上流社会喜剧中受到的对待不同。

至于场景，我认为这个元素很重要，我认为，从我们所做的某些实验来看，如果你要有不同的层次和不同的场景，视觉元素必须是一致的。如果你随着行为或语言的改变而改变场景，这出戏就会变得支离破碎。我认为现在没有必要设置现实的场景，特别是在我们必须与电影竞争的情况下，但有几个物体可以建立一种真实感。

舞台上会发生什么，我不知道，但我知道这一点：寻找一种戏剧形式与一种更广泛、更重要的东西息息相关，那就是寻找一个既自由又统一的社会。我在演讲一开始就谈到巴黎是文化中心，但一个多世纪以来，巴黎代表的不仅仅是那些似乎非常珍视自由和社会正义的人，他们一直把目光投向你们的城市；我们英国人非常清楚地意识到，这里发生的事情对我们影响很大。如果此时此刻，我们有时带着恐惧和希望看着法国，那是因为我们意识到，虽然这些价值观在一个又一个国家消失了，但我们知道，除非它们在这里得到保护，否则在我们的国家，自由、文化和戏剧是不可能的。

9. Opera Addict [1948] (*Prose II* 400–402)

歌剧迷

在歌剧这个话题上，没有人能心平气和。要么他认为这是人类有史以来设计的最荒谬和最无聊的娱乐活动，要么他成了歌剧迷，乐于牺牲自己的健康、财富和朋友来满足他的渴望。是什么让人对歌剧上瘾？我觉得为了回答这个问题，就必须先回答另一个问题。歌剧是关于什么的？正如一般而言的艺术只能处理我们全部经验的一部分一样，每一种艺术都有它的特殊领域，它可以比任何竞争对手更好地处理那个领域；每一种艺术还有其特殊限制，一旦逾越就会对自身造成危害。

因此，文学的本质是反映；可以有诗歌和散文，因为我们可以停下来思考自己和世界。戏剧依赖于这样一个事实，即我们在性格、身份或时间上都可能被欺骗。芭蕾舞是以仪式为基础的，也就是承认有些关系是必须的，独立于我们的个性；它最具特色的姿态是礼貌、致敬和命令。

歌剧呢？当然，人们只能从过去得出结论，而歌剧的历史非常奇怪。

到目前为止，世界上最大的两次戏剧创作爆发是雅典人在公元前 5 世纪和公元前 4 世纪连续创作的戏剧，以及欧洲人——其中大部分是意大利人或德国人——在 18 世纪和 19 世纪连续创作的歌剧。格鲁克的《奥菲欧与欧律狄刻》（1762 年）与威尔第的《奥赛罗》（1887 年）相隔仅 125 年，但那个时期制作的歌剧清单在勒文贝格的《歌剧编年史》中占据了字迹密密麻麻的 452 页。

当然，其中的数百部已经理所当然地被遗忘了，但仍然有更多具有巨大价值的作品，比世界上所有歌剧院联合起来用时间和才华所能创作的要多得多。每个歌剧迷都在建造他的白日梦歌剧院，在那里，他用白日梦的演员阵容上演他的白日梦剧目，都是些难得获得演出的歌剧，比如贝里尼、罗西尼、韦伯、梅耶贝尔、古诺或年轻时的威尔第的歌剧，他渴望听到这些歌剧，担心自己永远听不到。这就是为什么他通常是一个保守派，不欢迎新歌剧的原因之一；他还有太多来自黄金时代的歌剧要听。那个时代已经结束了：在威尔第和瓦格纳之后是普契尼和施特劳斯，但人们听了这两个人中的任何一个，都会意识到这是某种东西的终结。从格鲁克到他们，歌剧的发展是连续的和有机的，但它止步于此。新的歌剧可能会被写出来，让我们希望它会被写出来，但它们的作曲家不能从前人中断的地方继续下去，而必须从头开始。

那么，我们到目前为止所知道的歌剧是关于什么的？它是关于任性的感觉。如果我们除了拥有情感之外，不坚持在任何对自己和他人造成不便的情况下拥有情感，就不可能有歌剧。理想的歌剧男女主人公是那些确实让生活变得非常困难的人。他们爱上了他们能找到的最不合适的人：敌人、社会地位低下的人、朋友的配偶、罪犯、修女；他们总是在最尴尬和最不可能的时间和地点出现；他们坚持不懈地、无耻地在公共场合制造事端；他们以惊人的挑衅和傲慢告终。所有伟大的歌剧人物，唐·乔瓦尼（他是任性的化身）、诺尔玛、露西亚、布伦希尔德、阿伊达、卡门等都符合这种类型，确实，对于一部歌剧来说，试图使用任何其他类型的角色都是有风险的。例如，咪咪的被动几乎毁了《波西米亚人》，在我看来，《费加罗的婚礼》是伟大的莫扎特歌剧中最不令人满意的一部，因为它的主人公太理智了；他巧妙而实际，而不是任性，这让我对伯爵这样的次要人物更感兴趣。《塞维利亚的理发师》中的费加罗更有歌剧性，因为他更爱管闲事，而且是为了管闲事而管闲事。

那么，我想，你是否会喜欢歌剧，将取决于你认为任性是人性的多大特征，以及正确理解它有多么重要。如果你认为，通常情况下，情感只是发生在人们身上，只有少数歇斯底里的人试图让它们发生，或者大多数人类行为是由自然的欲望和厌恶或理性的要求决定的，那么你会发现歌剧是做作的和不真诚的。另一方面，如果你认为，只有当人类为了追求刺激而做某事，或者当所有的人都在不断地采取某种情感，并以与萧伯纳戏剧中的角色采取和捍卫某种观点时表现出的相同强度的干劲（顺便说一句，萧伯纳自己承认，他是通过研究歌剧学到他这门手艺的）来捍卫它的时候，人类才展现出与任何其他生物都不相同的最典型的人的特点，那么那些讨厌歌剧的人通常的所有反对意见——恋人的外表不浪漫，情节不太可能，当歌手发泄心声时暂停关键行动，明显虚假的场景——对你来说似乎不是缺点，反而是这个载体的优势。

你会回答说，“但是，从两座穿着紧身胸衣的肉山中，竟然会流露出如此艰难而美妙的永恒激情的表达，这多么贴近生活；任何真正的人类爱情就是这样子的——而这却被像电影那样的媒介所隐藏，电影使得爱情看起来像是动物性的美造成的自然结果——即精神对自然的胜利。能围绕人类最独特的两种行为中的一种或另一种来构建如此多的情节——为朋友献出自己的生命，以及拿自己出气——这多么具有心理洞察力。展现出生活在它最好的时候和在它最坏的时候——无论介于两者之间的情况可能如何——都是一场无视常识的“表演”，这多么现实。

歌剧比任何其他媒介都能更好地表现生活的这些方面，因为戏剧在某种程度上已经成为了反思性文学。这就是为什么，尽管真实主义对两者都是致命的，但它只会让戏剧变得枯燥乏味，却让歌剧沦为喜剧性的反高潮（comic bathos）；自然主义音乐剧似乎比《阿尔切斯特》（*Alceste*）或《女人心》（*Così fan tutte*）这样的传统歌剧荒谬、虚假得多。

是的，歌剧是一种像戏剧一样的表演，只是更像戏剧，这有一个不幸的后果。在讨论歌手之前，我们这些歌剧迷是一群安静、平和的人；在此之后，我们就会变得在社交上让人无法忍受。在我们的同代人中，我们突然变成了暴躁的疯子，会因为一个完全陌生的人敢于表达与我们自己不同的观点而公开侮辱他，而在我们的后辈中，我们变成了无情的无聊之人。尽管我在梅尔巴（Melba）和泰特拉齐尼（Tetrazzini）这两代人中遭受了严重的痛苦，但这一刻也不会阻止我对后辈施加同样的惩罚。

我能想象30年后的自己，当年轻人对《众神的黄昏》《女武神》《唐·帕斯夸尔》《假面舞会》或《游吟诗人》的新表演赞不绝口时，会无视他们脸上呆滞的凝视，拍打着桌子咆哮道：“你们连弗拉格斯塔（Kirsten Flagstad）、莱曼（Lotte Lehmann）、萨扬（Bidu Sayao）、米拉诺夫（Zinka Milanov）和比约林（Bjoerling）都没听过，对歌剧能了解多少？”我和我热爱的这门艺术一样任性，所以我会拒绝相信他们的继任者有什么好的。我甚至不会听。不过，让年轻人耐心一点；很快我衰老的脑袋就会下垂，他们就能逃脱，还赶得上歌剧的序曲呢。

因为我们是必须吃饭、睡觉和忘记的自然生物，也是永远忙碌的灵性生物；我们是被新闻摄像机意外捕捉到的无名面孔，也是我们私人歌剧中任性的男女主角，我们必须尽可能地跨越这两个世界。如果跨境生活让我们的生活经常变得艰难，有时甚至变得可怕，至少它确保了我们的生活永远不会枯燥。

10. Some Reflections on Opera as a Medium [1951] (*Prose III* 250–255)

关于歌剧作为媒介的几点思考

每一种艺术媒介都反映了人类经验的某个领域。这些领域经常重叠，但从来不会重合，因为如果两个媒介可以做好同样的事情，那么就不需要其中的一个媒介了。

当像我这样的人，在一种媒介上工作多年后，第一次尝试另一种媒介时，我相信，他总是应该在开始工作之前努力发现它的固有原则。否则，他就有可能把已经成为他的第二天性的假设和思维习惯带到一个领域，而事实上，这些假设和习惯在那个领域并不适用，也不可能适用。

★★★

音乐是关于什么的？用柏拉图的字眼来说，它"模仿"了什么？选择。连续的两个音符是一种选择的行为；第一个音符导致第二个音符发生，但不是在科学意义上使它必然发生，而是在历史意义上激起它，为它提供发生的动机。一个成功的旋律是一部自我决定的历史：它自由地成为了它打算成为的样子，但它是一个有意义的整体，而不是任意的音符的相续。

★★★

音乐作为一种艺术，即已经有意识地认识到其真正本质的音乐，仅限于西方文明，而且只限于最近四五百年。所有其他文化和时代的音乐与西方音乐的关系，就像魔法咒语与诗歌艺术的关系一样。原始的魔咒可能是诗，但它不知道它是诗，也不打算成为诗。因此，在除西方以外的所有音乐中，历史只是含蓄的；它认为自己所做的是为诗句或动作提供重复的伴奏。只有在西方，圣咏才变成了歌曲。

★★★

由于缺乏历史意识，希腊音乐理论试图将音乐与纯粹的存在联系起来，但在他们的和声理论（根据这种理论，数学成了数字命理学，一种和弦本质上比另一种和弦"更好"）中，音乐中隐含的生成变化无意中显露了出来。

西方音乐在采用时间标记、分小节和节拍器节拍时，表明了它的自我意识。如果没有一个彻底脱离历史独特性的严格的自然时间或者循环时间来作为音乐发生的框架，那么音符本身的不可逆转的历史性将是不可能的。

★★★

像诗歌一样的语言艺术是反思性的，它会停下来思考。音乐是直接的，它不断生成变化。但两者都很主动，都坚持要么停下来，要么继续。被动反思的媒介是绘画，被动直接的媒介是电影，因为视觉世界是一个直接给定的世界，在那里命运是主宰，不可能区分自主选择的运动和无意识的反射之间的差异。选择的自由不在于我们所看到的世界，而在于我们可以把眼睛转向这个方向或那个方向，或者干脆闭上眼睛。

因为音乐表达了纯粹意愿和主观的对立体验（我们不能随意闭上耳朵这个事实让音乐可以断言，我们不能不做选择），电影音乐不是音乐，而是一种防止我们用耳朵听到外来噪音的技术，如果我们有意识地觉察到它的存在，它就是糟糕的电影音乐。

★★★

我们所有人都学会了说话，甚至，我们中的大多数人都可以被教得相当好地说出诗句，但很少有人学会或者可以被教会唱歌。任何一个村子都凑得出 20 个人一起演出《哈姆雷特》，无论演出多么不完美，都足以表现出这出戏的伟大之处，值得一看，但如果他们想要演一出类似的《唐·乔瓦尼》，他们很快就会发现，根本不存在演出好坏的问题，因为他们根本唱不了那些音符。一个演员，即使是在一部诗剧中，当我们说他的表演很好的时候，我们的意思是他通过艺术——也就是有意识地——来模仿他所扮演的角色在现实生活中的出于本能的——也就是无意识的——行为方式。但对于一个歌手来说，就像一个芭蕾舞演员一样，不存在模仿的问题，即不存在“自然”地演唱作曲家的音符的问题；他的行为自始至终都是毫不掩饰和公然炫耀的艺术。所有戏剧中隐含的悖论，即在生活中会悲伤或痛苦的情感和情景在舞台上是快乐的源泉，在歌剧中变得非常明显。这位歌手可能正在扮演一个即将自杀的被遗弃的新娘的角色，但我们听到她的演唱，就会非常确定，不仅是我们，还有她自己，正在度过一段美好的时光。在某种意义上，不可能有悲剧性的歌剧，因为无论角色犯了什么错误，无论他们遭受了什么痛苦，他们都在做他们想做的事情。因此，人们认为，正歌剧[1]不应采用当代题材，而应局限于神话中的情景，即作为

1 opera seria，字面意思是 serious opera，流行于 18 世纪意大利，常以神话为题材。

人类，我们所有人都必然处于并且因此必须接受的情景，无论这些情景可能是多么悲惨。像梅诺蒂[1]的《领事》(*The Consul*)中那样的当代悲剧情景太真实了，也就是说，太明显了，一些人处于这种情况，而另一些人，包括观众，没有处于这种情况，以至于后者忘记了这一点，并将其视为，比方说，关于人类存在之疏远的象征。因此，我们和歌手们显然正在享受的快乐触动了良知，认为它是轻浮的。

★★★

另一方面，其纯粹的技巧(artifice)使歌剧成为悲剧神话的理想戏剧媒介。我有一次在同一周去看了《特里斯坦与伊索尔德》(*Tristan und Isolde*)的一场演出，以及让·科克托根据同一故事改编的电影《永恒的回归》(*L'Eternel Retour*)的放映。在歌剧里，两个灵魂——每个人的体重都超过 200 磅——被一种超凡的力量改变了，在电影里，一个英俊的男孩遇到了一个美丽的女孩，他们有了婚外情。这种价值的损失并不是由于科克托缺乏技巧，而是因为电影作为一种媒介的性质。如果他使用的是一对肥胖的中年夫妇，效果将是荒谬的，因为电影中所有的语言片段都没有足够的力量来超越他们的外表。然而，如果这对恋人年轻而美丽，他们相爱的原因看起来就很自然——这是他们美貌的结果——这个神话的全部意义也就消失了。

★★★

如果说音乐总体上是对历史的模仿，那么歌剧是对人类任性的模仿；它植根于这样一个事实，即我们不仅有感情，而且不惜一切代价坚持拥有这些感情。当一个人开始唱歌的时候，他就成了偏执狂。因此，歌剧不能呈现小说家意义上的人物，也就是那些可能是好的和坏的，主动的和被动的人，因为音乐是直接的现实，无论潜在的还是被动的都不能生活在它的存在中。这是一位歌剧脚本作家永远不能忘记的事情。莫扎特是一位比罗西尼更伟大的作曲家，但在我看来，《费加罗的婚礼》里的费加罗不如《塞维利亚的理发师》里的费加罗来得令人满意，我认为，这是达蓬特(Da Ponte)的错。他的费加罗太有趣了，不能完全翻译成音乐，所以我们会意识到，与正在唱歌的费加罗同时存在着一个没有在唱歌而是在自言自语的费加罗。另一方面，塞维利亚的理发师——他不是一个人，而是一个疯狂的好事之徒——则完全进入了歌声，没有什么遗留。

1 Gian Carlo Menotti，生于 1911 年，意大利裔美籍作曲家。

又如，我发现《波西米亚人》（*La Bohème*）不如《托斯卡》（*Tosca*），不是因为它的音乐不好，而是因为人物太被动了，特别是咪咪；他们唱歌的决心和他们行动的优柔寡断之间存在着尴尬的差距。

所有伟大的歌剧角色，如唐·乔瓦尼、诺尔玛、露西亚、特里斯坦、伊索尔德、布伦希尔德，都有一个共同的特点，那就是他们每个人都是一种激情和任性的存在状态。在现实生活中，他们都将成为无聊的人，甚至唐·乔瓦尼也是如此。

然而，作为对这种缺乏心理复杂性的补偿，音乐可以做语言所不能做的事情，那就是将这些状态之间的直接和即时的关系呈现给彼此。歌剧的最大荣耀是大重唱。

★★★

合唱团在歌剧中可以扮演两个角色，而且只能扮演两个角色，一个是群氓的角色，另一个是忠实的、悲伤的或高兴的共同体的角色。貌似微不足道，实则作用很大。歌剧不是清唱剧。

★★★

戏剧性是建立在错误之上的。我认为某人是我的朋友，而他实际上是我的敌人；我认为我可以自由地娶一个女人，而她实际上是我的母亲；我认为这个人是一个女仆，而他实际上是一个伪装的年轻贵族；我认为这个穿着得体的年轻人很富有，而他实际上是一个身无分文的冒险家；或者我认为如果我这样做，结果会是这样的，而实际上结果是非常不同的。所有好的戏剧都有两个动作，首先是犯错误，然后发现错误。

在创作情节时，歌剧脚本作者必须遵守这一规律，但与剧作家相比，他可以使用的错误种类更有限。例如，剧作家通过展示人们是如何欺骗自己的来获得一些极佳的效果。在歌剧中，自欺欺人是不可能的，因为音乐是即刻的，而不是反思的；无论唱什么，都是实情。自欺欺人最多可以通过管弦乐伴奏与歌手的不一致而得以暗示：例如，在《茶花女》里，热尔蒙（Germont）在维奥莱塔（Violetta）弥留之际走向后者床边时乐队奏出的欢乐跳动的音符。但除非非常谨慎地使用，否则这种手法会引起混乱，而不是洞察。

此外，在话剧中，发现错误的过程可能是一个缓慢的过程，而且通常情况下，发现错误的过程越缓慢，戏剧的兴味就越浓，而在歌剧脚本中，识破的戏剧必须是突如其来的，因为音乐不能在不确定的氛围中存在；歌曲不能行走，它只能跳跃。

另一方面，歌剧脚本作者永远不需要像剧作家那样，费心思考或然性问题。在歌剧中，可信的情景是指认为某人应该唱歌的情景。一个好的歌剧脚本的情节既是严格意义上的情节剧（melodrama）[1]，也是传统意义上的情节剧；它通过将人物置于太过悲惨或太过奇妙的情景中，让他们无法用说话来表达，从而为他们提供尽可能多情绪激动的机会。任何好的歌剧情节都不可能是理智的，因为人们在感觉理智的时候不唱歌。

“乐剧”（Music-drama）理论假定歌剧脚本中没有一个理智的时刻或一句理智的话：这不仅很难驾驭——虽然瓦格纳做到了——而且对歌手和观众来说都是极其令人疲惫的，他们一刻也不能放松。

在歌剧脚本中，如果有任何理智的段落——即对话而不是歌——这个理论就变得荒谬了。如果为了推进动作，一个角色有必要对另一个角色说，“上楼去给我拿手帕来”，那么除了这句话的节奏之外，没有什么能让一种配乐比另一种配乐更合适。在可以任意选择音符的地方，唯一的解决办法是约定俗成，比如用清宣叙调（*recitativo secco*）。

在歌剧中，管弦乐队是面向歌唱家的，而不是面向观众的。一个歌剧爱好者会忍受甚至享受一段管弦乐插曲，条件是他知道歌手们现在因为疲惫或换景人在工作而不能唱歌，但对他来说，不是用来填补时间的单纯的管弦乐队演奏就是浪费时间。在音乐厅里，《莱奥诺拉第三序曲》是一首很好的曲子，但在歌剧院，这首曲子是在《费德里奥》第二幕的第 1 场和第 2 场之间演奏的，在那里，这首曲子变成了 12 分钟的极度无聊。

在歌剧里，所听到的和所看到的在哲学上就像现实和外表；因此，布景越坦率、越虚假越好。好的品味是不合适的。一个颤动着的逼真的彩绘背景比任何煞费苦心的三维家具或暗示性的、非再现性物体更令人满意。只有一件事是必要的，那就是，一切都要略高于现实，舞台是一个只有隆重的登场和神气活现的姿态才合适的空间。

1 melodrama 源于 19 世纪创造的法语词 *mélodrame*，是古希腊语 *melos*（旋律）与法语 *drame*（戏剧）的叠加。情节剧以铺张华丽的戏剧演出为特色，不着重刻画人物性格的发展，而追求耸人听闻的情节。

★★★

如果歌剧脚本作者是一位实践诗人，那么最困难的问题，也是他最有可能误入歧途的地方，就是诗句的写作。诗歌本质上是一种反思行为，为了理解所感受到的事物的本质，拒绝满足于即刻情感的感叹。由于音乐本质上是即时性的，因此一首歌的歌词不可能是诗歌。在这里，人们应该区分抒情诗和歌曲本身。抒情诗是一首用来吟唱的诗。在吟唱中，音乐从属于限制音符范围和节奏的语词。在歌曲中，音符必须毫无约束地成为它们选择成为的任何东西，歌词必须能够做它们被告知要做的事情。

尽管我非常欣赏霍夫曼斯塔尔（Hugo von Hofmannsthal）为《玫瑰骑士》（*Rosenkavalier*）创作的歌剧脚本，但我认为它太接近真正的诗歌了。例如，在第一幕中，马沙林的独白充满了有趣的细节，以至于声音线在试图跟随一切的过程中受到了阻碍。另一方面，在《梦游女》（*La Sonnambula*）中的“啊，他不信”（Ah non credea）的诗句，虽然读起来没什么意思，但确实做了它们应该做的事情，向贝里尼暗示了有史以来写过的最美丽的旋律之一，然后让他完全自由地写下它。歌剧脚本作者写的诗句不是写给公众的，而是写给作曲家的私人信件。它们有自己的荣耀时刻，在那一刻，它们向他暗示了一段特定的旋律：一旦结束，它们就像中国将军的步兵一样可以牺牲：它们必须忘掉自己，不再关心发生在它们身上的事情。

歌剧的黄金时代，从莫扎特到威尔第，恰逢自由人文主义的黄金时代，对自由和进步充满坚定信念的黄金时代。如果好的歌剧在今天变得更稀有，这可能是因为，我们不仅认识到我们没有 19 世纪人文主义想象的那么自由，而且也变得不那么确定自由是一种明确的祝福，不那么确定自由必然是善。说歌剧更难写并不意味着它们是不可能的。只有当我们完全停止相信自由意志和人格时，这才会随之而来。每一次精确命中的高音 C 都彻底摧毁了我们是命运或机遇的不负责任的傀儡的理论。

11. A Public Art [1961] (*Prose IV* 309–311)

一种公共艺术

我为什么要写歌剧脚本？因为我热爱歌剧这一艺术体裁。我可能提出的任何证明歌剧优点的论点都是为了说服自己，我的热情不是一种狂热。

在我的有生之年，品味发生了最显著的变化之一，就是英国和美国的音乐界精英对歌剧的态度发生了变化。我年轻的时候，住得离考文特花园或大都会歌剧院较远的人很难听到任何歌剧；据我所知，这些歌剧没有在广播台播出，也没有完整的歌剧录音。但这些事实并不能真正解释这种变化。我从小就相信歌剧是一种劣等的艺术形式。伟大的莫扎特歌剧还说得过去，因为毕竟是莫扎特，但瓦格纳在某个方面、威尔第在另一个方面被认为是粗俗的；至于罗西尼、贝里尼和多尼采蒂，他们简直为社会所不容。（从我读过的一些文章来判断，这种偏见在某些英语地区仍然存在。）此外，我们也不是完全没有理由地被那种“去看歌剧”的公众拒之门外；他们中的许多人似乎更感兴趣的是出现在伦敦社交季合适的社交活动上，而不是听音乐。

这种态度对作曲家本身也产生了影响。即使到了 20 世纪 30 年代，我想也没有一位英国或美国作曲家会考虑主要成为歌剧作曲家；他可能会写一部歌剧作为实验，但他不会期待它会被视为他的主要作品之一。谢天谢地，这一切都已经过去了。剧院里挤满了观众，其中社会名流很少；来自考文特花园、格伦德伯恩（Glyndebourne）和大都会歌剧院的广播实况转播有数万人收听；唱片公司从歌剧录音的销售中赚取了可观的利润；几乎每一位在世的著名作曲家都写过不止一部歌剧，获得了批评界的广泛赞扬和大众的普遍认可。一个在创作歌剧脚本方面表现出一丁点天赋的作家会发现自己很受欢迎。

诗人可以参与的舞台作品有两种——诗剧和歌剧。如果他选择第一个，他就负责除阐释之外的一切；如果他选择第二个，那么，尽管我相信歌剧脚本作者的贡献不是微不足道的，但他的角色显然是从属的。人类利己主义是这样的，没有一个诗人会喜欢从属角色，除非他对歌剧的喜欢超过任何诗剧，即使是他自己可能写的一部。他必须被说服，也就是说，歌剧可以做一些诗剧不能做的事情，而且这些事情比用后一种媒介可以做的任何事情都更有价值。当然，他是在考虑现在，而不是过去，考虑现在能做什么，不能做什么。

不管它是什么，我个人的信念是这样的。戏剧必然是一门公共艺术。

为了引起公众的兴趣，一个人必须是英雄；他或她的行为、痛苦和情感必须是非凡的和宏大的。出于多种原因，公共领域不再是这样一个地方，在那里言语可以是真实可靠的。语言——诗人的媒介——现在是表达亲密的媒介。在诗歌里，个体可以向个体言说，但诗歌在公共领域出现时不可能不对自己变得虚伪。在我们这个时代，只有两种公共戏剧艺术，那就是歌剧和芭蕾舞。芭蕾舞是无言的，但歌剧需要歌词。（让我们不要冒昧地将其称为诗歌。）在他自己的私密领域之外，如果他准备屈从于歌剧脚本作者的限制，诗人仍然可以为公共领域做出贡献。

戏剧诗，如果要想被识别为诗歌，就必须提高声音，变得宏伟。但是，今天的诗人一提高嗓门就会听起来虚假和荒谬。现代诗剧作家似乎面临着两种选择：要么写出对他来说很自然的那种诗，在这种情况下，他创作出的小小书斋剧只有在观众是小型亲密观众的情况下才能产生效果；或者，如果他想写一部公共戏剧，就必须把他的诗写得听起来像散文一样。在我看来，这两种选择都不令人满意。

人们会注意到，歌剧和芭蕾舞都是展现卓越技巧的艺术。如果没有只有极少数人才拥有的特别的身体天赋，声带或躯干，再多的智力、品味和训练都不可能造就伟大的歌唱家或舞蹈家。我相信，正是这一点，使得歌剧和芭蕾在一个所有其他艺术都局限于私密的时代，仍然可以保持公开。当我们听一位伟大的歌唱家或者观看一场伟大的舞蹈时，我们会觉得他或她是一个英勇的超人，即使音乐或编舞都是弱智的垃圾。

此外，歌剧演唱和古典舞蹈中仍然有一种代代相传的传统。这就是为什么可以比较一个歌手和另一个歌手处理同一乐句的不同方式。如果说曾经有过这样一种支配英国戏剧诗的念诵传统，那么它已经失传了。（法国戏剧可能有所不同。）当我观看莎士比亚戏剧的演出时，大多数演员都把诗句弄得乱七八糟；也许有一两个人说得很好，但每个人都有自己的风格，与其他人的风格相冲突。

我不想说所有的歌剧都必须是美声唱法，但我准备断言，在任何令人满意的歌剧中，声音必须像管弦乐队一样发出美丽的声音。[在我看来，《沃采克》（*Wozzeck*）在这方面做得不好。] 这取决于歌剧脚本作者为作曲家提供的一组人物和一种诗句，使美丽的声音变得可信和可能。在开始工作之前，歌剧脚本作者需要首先知道并同情作曲家感兴趣的那种声音，其次他需要知道并同情作曲家心目中的那种人声，如果可能的话，最好是作曲家心目中的具体歌唱家。

我们的现代情感对英雄持怀疑态度，伪英雄只要露出一丁点蛛丝马迹，立刻就被揭穿，这就使得寻找合适的情节与合适的人物比过去困难得多。我相信，一直以来，要想成为歌剧的主角，主人公必须具有某种超越其历史和社会环境的神话意义。（例如，《茶花女》（*La Traviata*）中的维奥莱特（Violetta）不仅是一个 19 世纪早期居住在巴黎的上流妓女；她还是一个几百年来令我们的文化着迷的原型——抹大拉的马利亚（the Magdalen），一个有爱心的妓女。）现代的歌剧脚本作者到哪里去发现还没有被耗尽的神话人物呢？这就是问题所在。但问题是很有趣的。

如果我斗胆向作曲家提出一个建议而不会受责怪的话，我会冒险猜测，我们这个时代的正经歌剧可能是谐歌剧[1]，而不是正歌剧。

如果说一部新歌剧很难上演，那么当有哪一部新歌剧上演了，我会觉得十分惊讶，这都是歌剧院经理的功劳。制作歌剧是一项极其昂贵的业务；歌剧不能像音乐喜剧那样连演。充其量，如果它成功了，它可以成为保留剧目的一部分，它必须与公认的杰作竞争，无论它有多好，它成为杰作的机会都很小。此外，一部新的歌剧必须克服不幸的心理和生理事实，即听音乐的耳朵是一种保守的器官，它喜欢重复而不是新奇。大多数人宁愿看一部新戏，即使它的质量不佳，也不愿看以前看过的戏，但大多数人宁愿重听他们已经熟悉的交响乐或歌剧，也不愿听一部陌生的作品，无论它有多好。

12. The World of Opera (from *Secondary Worlds*) [1967] (*Prose V* 290–307)

歌剧的世界

在初级世界，正如我们所说，我们都有过想唱歌的经历。我们有时甚至会尝试唱歌，但如果我们这样做了，我们会对结果感到不满，原因有两个。首先，我们大多数人都不能发出悦耳的声音；其次，即使我们是专业歌手，我们也不能专门为这个场合创作一首歌，只能唱一些我们碰巧知道的已经存在的歌曲。假设一个人既是歌手又是作曲家，他会同样感到困惑，因为音乐创作需要时间，当他为这个场合创作了一些东西后，这个场合已经结束了。然而，考察一下初级世界中让我们想要唱歌的那种情况和经历，就会为歌剧能够创造出什么样的次级世界提供一条线索。

1 opera buffa，18 世纪产生于意大利那不勒斯，字面意思是 comic opera。

在某些特殊的情况或激烈的情绪状态中，我们总是感到迫切需要发声——我们不能保持沉默——并认为言语不是这种发声的适当媒介。为什么我们会觉得歌唱是适当的，言语是不适当的，这是一个很难回答的问题。我认为这与这样一个事实有关：即我们对语言的使用绝不局限于诗歌和小说等定形的文学形式；语言是我们与我们同类中其他成员就实际事务进行日常非正式交流的媒介；在初级世界，我们的大多数正常对话是对另一个人说的或由另一个人引发的，被认为是私人的，也就是说，只与说话者和听者——而不是听众——有关。这就是为什么，当我们观看一部试图真实描绘日常社交生活的戏剧时，我们会觉得自己处于偷窥狂的位置，监视着对着彼此表演的演员们，他们没有意识到他们正在被监视和窃听。演员永远不应该表现出他们注意到了观众，这是现实主义表演艺术的一个重要方面。因此，当我们说话时，无论多么热情，我们都不能忘记我们在为平庸和世俗的目的使用语言。此外，当我们的情绪状态超出一定的强度后，即使引起这种情绪状态的似乎是某一个人（比如在爱情中），它似乎也具有普遍的意义。仅仅让我们爱的那个女孩知道我们爱她是不够的，全世界都必须知道。

诗歌这种形式化艺术在某种程度上满足了我们的需求——一部诗剧除了涉及主要人物之外，也涉及观众——但音乐走得更远。因为唱歌是一种公开的强烈抗议形式：它之于自觉层面，就像疼得“哎哟”叫出声或饥饿的婴儿哇哇直哭之于无意识层面。

可以用两种方式说话，散文或韵文。但歌唱没有两种方式，唯一可以替代歌唱的就是沉默。虽然几乎没有人有写诗的天赋，但几乎每个人都可以学会至少差强人意地诵诗。我们忍不住要说，任何人，除了专业演员，一般的现代演员都受过训练，能够处理大多数现代剧目所要求的自然主义的散文体对话，但是他们对诗句感到恐惧，并尽其所能地忽略行尾和过度运用自由速度，以使其听起来尽可能像自然主义散文。同样，很少有人有创作声乐的天赋，但能学会唱歌的人更少。拥有能发出别人想听的声音的声带是赋予极少数人的天赋。唱歌就像古典芭蕾舞一样，是一门展现卓越技巧的艺术。炫技艺术可以是悲剧性的，也可以是喜剧性的，但它只有一种风格，即高雅风格；低级或谦逊的风格与炫技是不相容的。如果我们听一部用一种我们不懂的语言创作和演唱的歌剧的录音，我们可以识别出歌唱家在任何时刻所表达的特定的情感状态——爱、愤怒、悲伤或喜悦——

但是我们无法分辨这位歌唱家扮演的是公爵夫人还是女仆，是王子还是警察。这就是说，歌唱消除了一切社会和年龄差异。事实上，在一些歌剧中，如《玫瑰骑士》和《阿拉贝拉》(*Arabella*)，人们甚至无法确定歌手的性别。我认为，我们也不能仅凭耳朵来判断歌唱家扮演的是高尚的英雄还是邪恶的恶棍。

如果说我们可以猜出来，这是因为作曲家遵守了某些历史惯例。例如，按照惯例，高尚的英雄是男高音，邪恶的恶棍是反派男中音(baritono cattivo)，老人是男低音，仆人的声音比他们的男主人或女主人的声音更明亮。但这纯粹是一种惯例，如果作曲家愿意的话，可以随意忽略。

因此，不可能有真实主义歌剧(verismo opera)这样的东西。所谓的真实主义歌剧只不过是这样一种戏剧，即其中异国情调的背景和人物取代了宫廷巴洛克风格(Courtly Baroque)歌剧中的神，以及交际花、吉普赛人、波西米亚人、王子等；两者都是次级世界，与我们日常经验的初级世界相去甚远。

★★★

歌剧脚本作家的工作是为作曲家提供情节、人物和文字：在这些内容中，就观众而言，文字是最不重要的。歌剧院不是艺术歌曲独唱音乐厅，如果他们听到七个词中的一个，就非常幸运了。要评判一部歌剧的文本，不是看它读起来是否有文学性，而是看它能否激发作曲家的音乐想象力。这并不意味着它的文学性不重要。大多数作曲家会更多地被好的诗句而不是愚蠢的诗句所激发，前提是它们适合谱曲和演唱。在这一点上，有人可能会问，如果所有的作曲家都像瓦格纳一样写自己的歌剧脚本，这不是更好吗？如果大多数作曲家不这样做，我认为原因并不仅仅是他们觉得自己没有能力写。无论作曲家和歌剧脚本作者之间进行了多少初步的讨论，前者直到收到具体的文本之后才能知道它是什么；当作曲家了解了脚本的情况后，它会给他带来他没有预见到的问题，而解决这些问题的挑战是对他的想象力的刺激，如果他自己写了脚本，就会缺少这种刺激。

言语和音乐是两种语言，要想成功地结合在一起，就必须知道它们在哪些方面有不同之处，以及各自的优点和局限性分别是什么。一句话和一个乐句都是声音的时间序列，需要时间来说或演奏。但是，与音符不同的是，单词具有外延意义。因此，在大多数文字陈述里，单词的时间序列与它们所表达的思想之间没有关系。在叙事陈述中，例如，“我转过弯看到一只乌鸦"，二者有一点关系，但即使在这里，我看到这个行为和我看到的乌鸦是一个事件，而不是两个事件。在"琼斯六英尺高"这样的陈述中，时间根本没有进入它的意义。在音乐中没有这样的冲突，只有纯粹的接续。也就是说，当我们说话的时候，我们通常是在"停下来思考"。但音乐永远处于生成变化之中。

在言语中，我们可以说"我爱你"。我相信，音乐可以表达"我爱"的对等物，但它不能表达我爱谁或爱什么，你、上帝还是十进制。在这方面，它与绘画语言截然相反。一幅画可以把一个人描绘成美丽、可爱等，但它不能说谁爱这个人，如果有人爱这个人的话。我们也许可以说，音乐总是不及物的，而且是第一人称的；绘画只有一个语态，那就是被动语态，只有第三人称单数或复数。

音乐和绘画也都只有直陈式现在时，没有否定式。出于这个原因，问一首音乐或一幅画下面这个问题是没有意义的：作曲家或画家是说真的，还是只是在假装？二者都无法表达撒谎或自欺欺人。另一方面，言语有三个人称，单数和复数，过去时、现在时和将来时，主动语态和被动语态，但在某种意义上，我们可以说，大多数言语陈述都是虚拟语气，也就是说，可以通过诉诸非语言事实来验证。

既然如此，言语中的哪些元素最容易与音符结合起来产生歌曲呢？首先，显然是那些更有活力的语言成分：如哦、唉（alas）、万福（hail）这样的感叹词；如跑步、飞行、游泳这样的运动动词；表示伴随情感发生的身体动作的词，如笑、哭、叹息；以及表达时间上的接续或重复的短语。罗西尼曾说："给我一张洗衣单，我会把它谱成曲。"他可能是想说，歌词的艺术性对他来说无关紧要，但事实上，任何清单都非常适合谱成曲。由于音乐本质上的公共性质，所有表示生命或情感的名词、普遍感受到的概念——无论有意识还是无意识——都具有神圣的重要性：如太阳、月亮、海洋、四大元素、上帝、死亡、悲伤、爱、欢乐等。

有些词句很难甚至不可能被谱成曲，因而歌剧脚本作者要避免使用。首先是双关语或双重含义。例如，"Farewell, thou art too dear for my possessing"[1]这行诗就没法谱曲，因为没有音乐的方式来传达"dear"一词同时含有的"珍爱的"（precious）和"昂贵的"（expensive）这两层意思。其效果依赖

1　出自莎士比亚十四行诗集第 87 首。

于视觉意象或复杂隐喻的诗歌也是不合适的。音乐不能模仿视觉事实，而像“猎狗般紧跟在他后面的人群”（the crowd that spanielled him at heels）这样的复杂隐喻需要花比音乐所能给予它的更多时间才能被理解，即使观众可以听清每一个词（这实际上是不太可能的）。

然后，这似乎是一个经验性的事实——我怀疑这与音乐节奏通常比说话节奏慢有关——作曲家发现短诗句比长诗句更容易谱成曲。例如，英语中每行十音节的无韵诗和英雄偶句对于自然的乐句来说显得太长了。

歌剧脚本作者必须不断问自己的一个问题是：我能否想象，我刚刚写的这行诗如果被唱出来而不是被说出来，会产生更大的情感冲力？如果他想象不出来，那么他的作曲家很可能也会有同样的感受。写一部纯念白的歌剧是有可能的。在我所知的英国文学中，最纯粹的例子是《不可儿戏》（*The Importance of Being Earnest*），在这部剧中，所有戏剧元素都从属于对话——人物除了他们所说的话之外没有任何存在，情节的唯一目的是给他们机会发表他们的评论，他们所说的话的戏剧效果与他们的说话方式分不开，与他们说话的抑扬顿挫和节奏分不开。出于这个原因，人们只需观看王尔德这部喜剧的演出就会知道，世界上最伟大的作曲家也没有什么可补充的了。

在创作咏叹调或重唱曲时，卡尔曼先生和我发现，通过想象一段理想化的合适旋律来指导我们的用词和风格是很有帮助的。当然，我们并没有愚蠢到对此透露半点风声，但最令我们惊讶和高兴的是，斯特拉文斯基和亨策实际谱写的音乐每次都符合我们的理想。

人物

从莫扎特时代起，歌剧脚本作者就被期望为作曲家提供既有趣又能唱歌的人物。莫扎特之前的大多数 18 世纪的正歌剧都配得上“金丝雀饲料”（Canary Fodder）的绰号，这种称谓被不公正地应用到贝里尼和多尼采蒂的歌剧中，因为其中一个歌剧元素，即花腔演唱（virtuoso singing），被过度抬高，导致几乎完全忽视了人物和情节的兴趣。这类典型的歌剧由一系列复杂精致的从头反复的咏叹调组成，前面有几小段宣叙调，偶尔会有二重唱，但没有多人的重唱，每一首咏叹调之后，歌手都会离开舞台。歌剧脚本作者被期待做的只是提供几行可唱的诗句，表达刻板的情感和道德判断，这些词可以根据作曲家的乐思需要而重复使用。因此，那个时期的歌剧很少能作为舞台作品存活下来，无论它们的音乐多么优美。莫扎特以延长的、交响乐方式处理的终场打破了常规。贝里尼和多尼采蒂意识到了多人重唱的巨大戏剧潜力。威尔第和瓦格纳以不同的方式脱离了程式化的对称咏叹调，同时赋予了宣叙调它以前所缺乏的戏剧性和抒情性。如果我们在不那么专门化的意义上使用瓦格纳的“乐剧”（music drama）这个术语，那么我们可以说，自莫扎特以来的每一部成功的歌剧都是乐剧。

由于音乐的动态性和歌唱的技巧性，歌剧无法成功地处理被动的角色或命运的无助受害者。歌唱是最无缘无故的行为，因此歌剧世界是一个个人行为（deeds）的世界：在这个世界里，没有任何事情可以被心理学家称为受社会制约的行为（behaviour）。最适合生活在其中的人物不仅充满激情，而且是故意如此，他们坚持自己的命运，无论是悲剧性的可怕还是滑稽的荒谬。在歌剧中，悲伤的角色永远不能真正哭泣；他必须唱出他的悲伤，也就是说，他仍然是它的主人。另一方面，只要他的角色是任性的，歌剧脚本作者可以从他喜欢的任何阶级取材；他甚至可以像雅纳切克（Janáček）令人钦佩的歌剧《狡猾的小狐狸》（*Das schlaue Füchslein*）所展示的那样，在他的演员阵容中包括动物。

次级世界必须从初级世界汲取建筑材料，但它只能接受其创造者用想象力重新组合和转化的材料。在实践中，这似乎意味着没有一个次级世界可以把当下当成它的背景。当下的真实性太强，令人难以把它想象成其他样子，至少，如果当前的情况涉及强烈的情感和痛苦，那么它太强了：也许可以写一部具有当代背景的谐歌剧，但是正歌剧不行。明显的例外，例如《乡村骑士》[1]和《丑角》[2]，当它们第一次制作时是可以接受的，这只是因为本世纪初去看歌剧的公众不是由西西里农民或旅行演员组成的。在阶级分层的社会中，不同的阶级只在表面上是同时代的，因为他们生活在不同的初级世界里。

同时，没有哪个次级世界能完全抓住我们的注意力，除非它对我们当前的生活有一些重要的东西要说——我们不必有意识地注意到它是什么。歌剧中最成功的男女主人公都是神话人物，也就是说，无论他们的历史和地理背景如何，他们都体现了人性的某些元素，体现了人类状况的某些方面，无论他们身处何时何地，都是人类永久关注的方面。或许我应该修改一下这一点，我应该说，虽然真正的神话没有一个是完全无关的，但它们

1 *Cavalleria Rusticana*，马斯卡尼作曲。
2 *Pagliacci*，莱翁卡瓦洛作曲。

的重要性随着时空的不同而不同。对于一个时代或一个文化来说，这个神话似乎更相关，对另一个时代和那个时代的文化来说，那个神话似乎更相关。此外，历史和文化的变化可能会产生新的神话。卡夫卡不仅是一位天才，而且是一位 20 世纪的天才。

尼采在论及瓦格纳的歌剧脚本时表现出了极大的洞察力：

> 你相信吗，瓦格纳笔下的所有女主人公一旦被剥离了英雄的外壳，几乎与包法利夫人没有区别，就像人们可以相反地想象福楼拜能够很好地将他所有的女主人公变成斯堪的纳维亚或迦太基妇女，然后将她们以神话般的形式作为歌剧脚本提供给瓦格纳。事实上，总的来说，瓦格纳似乎对任何问题都不感兴趣，除了那些困扰着今天巴黎的小颓废们的问题，他们总是离医院五步远。都是非常现代的问题，都是大城市里的常见问题。

尼采的错误之处在于认为这是一个错误。如果瓦格纳不能在北欧神话和尼伯龙根传说中感受到与 19 世纪的道德和社会问题有关的任何联系，他就不可能在他的歌剧中使它们活起来。

情节

歌德说，歌剧是一系列按照人为顺序安排的重要场景。一部好的歌剧情节是这样一种情节，它提供了尽可能多的各种各样的场景，在这些场景中，角色似乎有理由唱歌。这意味着没有任何歌剧情节是明智的，因为在理智的情况下，人们不唱歌；歌剧的情节必须是一部情节剧（melodrama），在这个词的两种意义上都是。当故事中出现理智或非情绪化的时刻（想要完全消除这些时刻是非常困难的），人物要么说话，要么采用音乐惯例，比如清宣叙调（*recitativo secco*）。

当然，在一部悲剧歌剧中，就像在一部不带唱的悲剧中一样，看似合理的情况、行为和动机应该比不可信的情况、行为和动机更受欢迎，但音乐可以使事情变得可信，或者至少是可以让人接受，这在话剧中会引起笑声。例如，在一部话剧中，如果我们被告知一个女人粗心到把她自己的孩子而不是她敌人的孩子扔进了火里，我想这会让我们发笑，但当这种情况发生在《游吟诗人》（*Il Trovatore*）里时，我们很容易接受它。同样，音乐的情感说服力比语言强得多，歌剧中的角色可以突然地从一种感觉状态切换到另一种状态，这在话剧中是令人难以置信的。例如，在斯梅塔纳的

《达利波》（*Dalibor*）的第一幕中，女主人公米拉达上场，请求国王报复刚刚杀死她哥哥的达利波。达利波被带到国王面前，讲述了他的生平故事。一听到这些，米拉达立刻爱上了他。他刚被判无期徒刑，米拉达就恳求国王宽恕；她的请求没有成功，这一幕结束时，她计划将他从地牢中解救出来。作为一个旁观者，我觉得歌剧脚本作者应该设计出更可信的东西来，但是，尽管歌剧脚本中这一幕很弱，但这种弱点并不是致命的。

另一方面，歌剧脚本作者比话剧作者更难传达戏剧性的动感。唱什么比说什么花的时间要长得多，当角色唱歌时，他们必须站着不动，否则就听不到他们的声音，因此，一部歌剧总是有变成静态清唱剧的危险。当我们审视成功地成为戏剧舞台作品的歌剧脚本时，就会发现人物的退场和上场比在话剧里的意义要大得多。《特里斯坦与伊索尔德》的第一幕就是一个很好的例子。这一幕持续一个半小时，其中唯一的实际事件是特里斯坦和伊索尔德喝下了对方手中的爱情药水，但这一幕从未变成静态，这在很大程度上要归功于瓦格纳在处理和把握四个主要角色的上场、退场和重新上场的时机方面具有非凡的技巧。

我将用这次演讲的剩余时间来描述切斯特·卡尔曼先生和我在一起写作三个歌剧脚本时遇到的问题，它们是：为伊戈尔·斯特拉文斯基创作的《浪子的历程》，为汉斯·维尔纳·亨策创作的《年轻恋人的哀歌》和《酒神的伴侣》。

《浪子的历程》

这次合作是斯特拉文斯基选择了题材。在欣赏贺加斯的版画时，他注意到，在描绘疯人院的那一幅中，有一个盲人乞丐在拉一把独弦琴，这激发了他的想象力。在他实际创作的歌剧中并没有这样的人物，但我认为，作为一个关于创造性思维如何运作的偶然启示，这件轶事有一定的趣味性。

在开始工作之前，歌剧脚本作者应该了解作曲家心中的歌剧风格和规模，这是至关重要的。斯特拉文斯基希望写一部莫扎特式的歌剧，有固定的唱段、伴奏宣叙调与清宣叙调，以及一个莫扎特式的中等规模弦乐队。这很适合我们，因为对于新手来说，从技术上讲，为这样的惯例写一部歌剧脚本比写一部瓦格纳式的乐剧更容易。至于题材，我们感到不太高兴。

在他的版画中，贺加斯对作为一个人的浪子并不感兴趣；他主要关心的是制作一系列讽刺18世纪伦敦生活的方方面面的图景。浪子的唯一功能是，通过出现在每一幅画里来赋予这个系列版画以一定的统一性。当他从一个版画转移到另一个版画时，此前出现过的其他人物都消失了，我们看到他和一群完全不同的人在一起。因此，作为一个人，他没有历史，因为他与他人的关系是暂时的和偶然的。此外，视觉艺术的本质使得它们不能描绘内心的冲突。贺加斯的浪子是一个纯粹被动的人物，他的角色屈服于任何诱惑——欲望、无聊、金钱等——他被引导进入下一个。这让我们感到沮丧，因为正如我所说，被动的角色无法歌唱。就故事而言，我们必须从一个继承财富的年轻人的基本前提开始，他被财富腐化，最终以贫穷和疯狂告终，在这个系列版画中，只有妓院和疯人院这两个场景似乎明显有用。

因此，我们的第一个问题是要为我们的英雄创造一段历史，让他与有限数量的其他角色建立固定而有趣的联系，无论是男性还是女性，这应该是永久性的和有趣的。其次，尽管他必须表现出总是屈从于诱惑，但他也必须表现出努力抵抗，而诱惑的种类应该有显著的不同。如果想让他带上一点神话的回响，尽管背景、服装和措辞可能是18世纪的，他必须是“普通人”[1]的化身，而歌剧脚本必须是童话故事和中世纪道德剧的混合体。如果想要在舞台上展现他的道德冲突，我们需要两个角色，一个是诱惑者，一个是被诱惑者；由于浮士德有梅菲斯托作伴，我们给了汤姆·雷克韦尔（Tom Rakewell）一个仆人，尼克·沙多（Nick Shadow）。与浮士德不一样，汤姆一开始并不知道尼克的身份。在雇用尼克时，汤姆问他想要多少工资；尼克的回答含糊其辞，他说等一年零一天过去了他会告诉他的。汤姆同意了，当然，时间一到，尼克·沙多就现出了魔鬼的原形，并要求得到汤姆的灵魂。现在我们至少给两位歌手安排了连续不断的角色。

作为对汤姆的被动性的一种补偿——虽然不是完全令人满意——我们决定把他设计成一个躁郁症患者，前一分钟飞入云天，后一分钟跌入低谷；这样至少让他的角色多了一些音乐上的变化。在结构上，我们运用了童话故事里常用的手法，即三个愿望。汤姆的愿望是：

我希望我有钱。

1 Everyman，英国中世纪道德剧中的人物，代表平凡的普通人。

我希望我幸福。

我希望梦想成真。

每次他一许愿，尼克·沙多就会立刻出现：他第一次出现时告诉汤姆，汤姆的一个叔叔给他留了一笔财产；他第二次出现时向汤姆提议一段荒诞的婚姻；他第三次出现时携带着一个据称可以把石头变成面包的骗人机器，这个机器正是汤姆一直梦寐以求的。最后，多亏一个女孩的半神圣干预，当汤姆打扑克赢了沙多、因而拯救了他的灵魂——但是神志失常了——之际，他喊道：

我别无所求。

在为女歌手设计的三个角色中，有一个是简单而显然的，但这是个次要角色，因为她只在一场戏里出现：鹅妈妈，一个妓院老鸨。作为尼克·沙多的对立面，我们为我们的英雄安排了一个守护天使——安妮·特鲁洛夫（Anne Truelove）——歌剧开场时汤姆就和她订了婚，在他纵情酒色和做荒唐事的整个过程中，汤姆一直把安妮的形象珍藏在心底。安妮则不论好坏始终爱着汤姆，并最终拯救了他，使他免遭沉沦。我们必须坦率承认，尽管斯特拉文斯基为她谱写了非常美妙的唱段，但是我们不能说她是一个很有意思的人物；她只是一个非常善良的女孩，有着漂亮的女高音嗓子。这个缺点当然要怪在我们头上，但是我怀疑，假如换一个歌剧脚本作者来写这个题材，是否会有太大的改观。

我们认为我们的另一位女主角更有意思，至少她让一些评论家深感震惊。在贺加斯的一幅版画中，浪子为了钱财娶了一个又老又丑的女继承人，但是我们已经展示了汤姆屈从于金钱的诱惑。因此我们决定尝试一下现代的时尚，让他——在沙多的提议下——无来由地做了一件事。为了证明他的自由意志不受激情和理性的控制，他娶了“土耳其人巴巴”（Baba the Turk）——一位从马戏团来的、蓄着亚述人壮观胡子的女士。如果要像一些评论家所做的那样，在其中解读出淫秽的性暗示，那只能通过把文本和音乐全都忽略才能做到。确实，这个角色需要小心扮演，绝不能为了博得笑声而扮演它。在她自己的眼里，巴巴就像《玫瑰骑士》中的玛莎琳（Marschallin）一样是一位贵妇，她对自己的胡须感到无比自豪，因为这是她天赋的明显标志，这让她在马戏团世界中获得了很高的地位。

《年轻恋人的哀歌》

亨策来找我们，说他想写一部歌剧，虽然打算在普通歌剧院演出，但从某种意义上说，它将是一部室内歌剧，它将关注少数高度分化但密切相关的人物，没有合唱，如果可能的话，只有一个场景。他认为，一个可能的主题可能是一个类似皮兰德娄的主题：每个角色可能都有他或她特定的妄想或痴迷，戏剧性的兴趣将来自他们之间的误解。这一要求对我们来说似乎是一个挑战。我们要求话剧必须要有复杂的角色、微妙的动机和有趣的对话。我们能在多大程度上创作一部能够表现这些品质、但又不失为歌剧脚本——即需要被谱曲和演唱——的作品？此外，我们能在多大程度上让故事的背景贴近当下而同时创造出一个可以为人接受的次级世界？

我们决定把时间和地点设在第一次世界大战爆发前几年奥地利阿尔卑斯山区的一家旅店。如果晚于此，风险就太大了。在寻找可能的角色时，我们最初想到的是：

（1）一位正在度假的女仆，冒充一位了不起的夫人。她之所以能够令人信服地做到这一点，是因为作为一个人，她拥有贵族的所有本能，只是因为出身这个偶然因素而没有成为贵族。

（2）一个年轻人，可能是个天生的贵族，会爱上她。由于这部歌剧不是讽刺喜剧，所以她不能承受喜剧曝光的痛苦。也就是说，她必须在她的爱人发现她不是她假装的那个人之前死掉。这似乎就要求她已经患上了某种致命的疾病，这就需要：

（3）一位她可以信赖的医生。

（4）一个郝薇香小姐[1]式的角色，一个寡妇，她的丈夫在蜜月期间掉进了一个裂缝，他的身体再未从裂缝中出来。多年来，她一直住在客栈里，相信有一天她的丈夫会回来。

（5）一位年迈的演员，他一生的雄心壮志是在拜伦的《曼弗雷德》中扮演主角，他来客栈是为了感受气氛，实际上，他已经开始相信自己就是曼弗雷德。

到了这一步，我们完全陷入了困境。事实上，我们没有神话。在经历了几天的彻底挫折之后，我们意识到主角一定是年纪较大的男人，尽管他

1 Miss Havisham，狄更斯小说《远大前程》中的人物。

不可能成为一个行动者。我们问自己，什么样的人可以同时和一个年轻女孩、一个医生和一个疯狂的老寡妇有联系，而且有充分的理由？突然，我们得到了答案。一位伟大的诗人。

现在我们有了我们的神话人物。正如我前面所说，不时会出现一个新的神话，欧洲的浪漫主义艺术家创造了艺术天才的神话。如果像他们所相信的那样，人类的最高成就是创作一件伟大的艺术作品，那么艺术家就是人类中最像神一样的人，配得上早期给予史诗英雄的半神圣的荣誉。此外，如果事实证明，为了创作一部杰作确有必要，艺术家必须做好准备，无情地牺牲自己和他人的生命和幸福。我们不能用我们对普通人的道德标准来评判他。

我想，阻止我们早一点得出这个结论的原因是，我们在话剧方面考虑得太多了。在话剧中，艺术家是无法被刻画的，因为使一个人成为伟大诗人的不是他的外表或者他的社会行为，而是他写的诗。对于《坎迪达》（*Candida*）中的诗人马奇班克斯（Marchbanks），萧伯纳所能做的就是赋予他艺术气质，正如切斯特顿（Chesterton）所说，这是一种只会折磨业余爱好者的疾病。即使萧伯纳自己是一位伟大诗人，他也只能写出萧伯纳风格的诗歌，而不是一种不同但同样伟大的诗歌，让观众认为那是马尔奇班克斯写的。但在我们看来，在歌剧里也许有可能令人信服地刻画诗人，因为诗歌和音乐是不同类型的语言。如果在某些时刻，我们的英雄的诗歌可以用音乐来表现，如果音乐足够好，观众就会相信他的诗歌是好的，尽管事实上，音乐不是他写的，而是亨策写的。因此，情节的功能将是展示我们的英雄所写的诗歌的次级世界与他作为一个人在初级世界的经历之间的关系。

一旦我们知道了我们的英雄是谁，就很容易决定其他角色，甚至可以决定他们的角色需要什么样的声音。

格雷戈尔·米滕霍费尔（Gregor Mittenhofer）（男中音）是一位年近六十的著名诗人，最初是一名邮递员，被卡罗琳娜·格拉芬·冯·基什泰顿（Carolina Grafin von Kirchstetten）（女低音）发现，由于她的经济资助，他能够把所有的时间都用来写诗。此外，通过担任他的秘书和管家，卡罗琳娜将他从所有实际家务中解脱出来。在过去的十年里，另一位仰慕者，威廉·赖希曼（Dr. Wilhelm Reichmann）（男低音）是一位鳏夫，他通过药物和激素注射让米腾霍费尔保持健康和年轻的活力。他们对他的态度是钦佩、消遣和占有欲的混合体：他是他们的巨婴，离开了他们，他就活不下去。最近，他得到了另一位年轻的仰慕者伊丽莎白·齐默（Elizabeth Zimmer）（女高音），后者成了他的情妇，不出所料，卡罗琳娜对她持怀疑和怨恨态度。他们四人现在所在的黑鹰酒店有一个常住居民，名叫希尔达·麦克夫人（Frau Hilda Mack）（花腔女高音），她就是我们的郝薇香小姐式的角色，她经常进入恍惚状态并产生内景（vision）。我们想到叶芝有一个妻子，他从她的灵媒天赋中获益，让米滕霍费尔发现麦克夫人，并养成不时带着他的随从去拜访她的习惯，这似乎是合乎情理的。

第一幕：莱希曼医生期待着他的儿子、米滕霍费尔的教子托尼（Toni）（男高音）的到来。米滕霍费尔的脾气很不好，因为他已经在酒店待了一个多星期，但麦克夫人还没有产生对他有用的内景。托尼正处在大多数年轻人对长辈怀有严重敌意的年龄，他来了，米滕霍费尔将他介绍给伊丽莎白。当他俩握手时，麦克夫人进入了恍惚状态。他俩退场，留下米滕霍费尔一个人和她在一起，记下了她说的话。正如他所希望的那样，她的内景给了他一首新诗的最初暗示，不是诗本身，甚至不是诗的主题，而是某种语调，一些关键的形象和形式的暗示。现在，他将能够重新开始工作。然后，一些意想不到的事情发生了。一位登山向导，约瑟夫·毛尔（Josef Mauer）（一个说白的角色），上场，宣布麦克夫人的丈夫的尸体从冰川中露了出来，距离他掉进一个裂缝 40 年过去了。伊丽莎白受托向麦克夫人透露这一消息。起初，麦克夫人感到头晕目眩，但多年无止境的等待结束了，她将不得不改变自己的生活。

第二幕（几天后）：托尼和伊丽莎白已经坠入爱河，或者想象他们已经坠入爱河。他们的爱情二重唱和拥抱被惊恐的卡罗琳娜打断。当她告诉米滕霍费尔时，米滕霍费尔告诉她，他已经知道了，但并没有把他们的婚外情当一回事。尽管他们的最终结果是悲惨的，但从某种意义上说，他是正确的。在过去的几天里，伊丽莎白对于米滕霍费尔对麦克夫人做出的奇怪行为感到震惊和反感。发现了她丈夫的尸体这件事改变了她。她把穿了 40 年的 1870 年的连衣裙换成了 1910 年的最新款式，开始抽烟喝酒，大部分时间都在和登山导游打牌。对于米滕霍费尔来说更严重的是，她宣布她再也不会进入恍惚状态，这样他就被剥夺了一个宝贵的灵感来源，他对此非常反感。在这种对立的情绪中，伊丽莎白为托尼所吸引——托尼可以和她分享这种对立情绪——并说服自己，毕竟，一个女孩爱上一个和她同龄的男孩比爱上一个年长的男人更自然。事实上，尽管此刻她对米滕霍费尔怀有敌意，但她更喜欢他而不是托尼。对于性格内向害羞的托尼来说，她是第一个对他表现出兴趣的女孩：他并不是真的爱上了她，而是爱上了恋爱的想法。如果他们的婚外情仍然是秘密的，他们很可能都会意识到这一点，当他的假期结束时，他们的关系就会自然终结。米滕霍费尔已经看到了情况，因此他没有对任何人说起此事。但在婚外情公之于众的那一刻，伊丽莎白就不得不在米滕霍费尔和托尼之间做出选择。对于这对年轻人来说，卡罗琳娜和托尼的父亲的强烈反对是对他们自豪感的侮辱，这使得对他们的感受进行任何冷静的评估变得不可能。

伊丽莎白与米滕霍费尔作了一番长谈，米腾霍费尔首先表示，他非常清楚自己有多么自私和幼稚，这样就消除了伊丽莎白的敌意。然后，他描述了诗人是什么样的——诗人的生活服从于他的工作——狡猾地博取了伊丽莎白的同情心。伊丽莎白决定她不能离开他，并把这个决定告诉了托尼。接下来的一场戏——这场戏被麦克夫人的上场打断——众人兴高采烈、略带醉意，除了米滕霍费尔，每个人都变得歇斯底里。由于无法忍受其他人对她大喊大叫，伊丽莎白做出挑衅的姿态，向托尼求婚。麦克夫人警告她，她正在犯一个错误，她应该做的是离开米腾霍费尔和托尼，和她一起回到维也纳。另一方面，米滕霍费尔似乎对此表示赞同，为了让大家平静下来，他说他会告诉他们一些关于他一直在创作的新诗的事情，他现在为这首诗取名为《年轻恋人》。在接下来的六重唱里，其他人从他们各自目前的情感状态对他对这首诗的描述做出反应。我相信，亨策为它谱写的美妙音乐会让任何观众相信，那首诗将是一首佳作。六重唱结束后，米滕霍费尔说，在伊丽莎白和托尼一起离开之前，他还有最后一个要求。既然麦克夫人辜负了他，他必须依靠另一种他在过去发现有效的激发想象力的方法，那就是在枕头下面放一枝雪绒花睡觉。米腾霍费尔问他俩，作为和解和善意的一种姿态，为了他的缘故，他们可否再多待一天，登上锤角峰（Hammerhorn），去为他采集一些雪绒花。对于这一点，他俩欣然同意。米滕霍费尔要求独处。他假装的冷静和好脾气消失了，爆发出对他们所有人的愤怒：托尼、伊丽莎白、卡罗琳娜、医生和麦克夫人。“为什么他们不都去死呢，”他咆哮道。

第三幕：托尼和伊丽莎白已经离开酒店去攀登锤角峰了。赖希曼医生和麦克夫人都收拾好了行李，准备返回维也纳。在楼上，通过书房敞开的门，可以听到米滕霍费尔在尝试为他的诗押韵。与众人告别后，米滕霍费尔和卡罗琳娜被单独留在一起，这是她一直以来的愿望。“我必须回去工作了，”他说，“努力赶在我 60 岁生日前完成我的《哀歌》。”“《哀歌》？什么《哀歌》？”她问道。“这首诗，这首诗，”他回答说。然后卡罗琳娜问他，为什么他不仅让伊丽莎白为了托尼离开了他，而且似乎还同意并希望这样做。“当时的气氛变得让人难以忍受了，”他说。“至于这对年轻的恋人，他们会怎么样？会不会持续一年？我对此表示怀疑。然后，他们会怎么做？”导游毛尔上场，说山里正在酝酿一场暴风雪，任何被困在其中的人都将处于严重的危险之中。然而，如果他们立即离开，就有时间让有经验的登山者将这些人带到安全的地方。酒店有没有人去了那里？米滕霍费尔慢条斯理地说：“据我所知，没有人。”卡罗琳娜忍住了一声惊呼，毛尔离开了。在接下来的一场戏里，卡罗琳娜开始发疯。尽管法律不能触动他，米滕霍费尔带有杀意的谎言却不会让他逍遥法外。他永远无法摆脱卡罗琳娜，但他的余生必须与一个知道他做了什么的人生活在一起。场景切换到锤角峰，面对迫在眉睫的死亡现实，托尼和伊丽莎白意识到，他们的爱一直是一种幻觉，但他们没有相互责备。但是这一场戏根本行不通，总有一天必须完全重写（顺便说一句，这一场是我负责的）。在我看来，这部歌剧脚本读起来很好，在不带唱的诗剧中可能会有很好的效果。但对于歌剧来说，它的主题过于文学化和复杂，过于依赖以下前提，即谱成曲后每一个词都要被听到才能领会作品的主题。

尾声：米滕霍费尔穿着燕尾服出现在幕布前，用说话的声音说：

> 尊敬的殿下，文化部长，女士们，先生们。我将以我写的最后一首诗开始我的朗读，《年轻恋人的哀歌》。这是为了纪念托尼·赖希曼和伊丽莎白·齐默这对美丽而勇敢的恋人，你们中的一些人知道，他们最近在锤角峰上遇了难。“死亡没有将他们分离。”[1]

他开始朗读这首诗，但我们听到的不是文字，而是管弦乐队的音乐和幕后所有其他人物唱出的声音，这些人物以这样或那样的方式帮助他写出了这首诗。

《酒神的伴侣》

几年前，我和卡尔曼先生告诉亨策先生，我们认为欧里庇得斯的《酒

1　引自乔治·艾略特小说《弗洛斯河上的磨坊》的结尾。

神的伴侣》（*Bacchae*）是制作大歌剧脚本的极好的潜在素材，因为在我们看来，这个神话与我们的时代格外契合。

18 世纪理所当然地认为，在理性和非理性的冲突中，理性最终必然会取得胜利。因此，在《魔笛》中，夜后有一个女儿帕米娜，萨拉斯特罗得到了王子塔米诺做他的弟子，两个单纯的年轻人坠入爱河，落幕时他们的婚礼正在准备中。即使在一个世纪之后，歌剧脚本作者或者作曲家在寻找合适的歌剧题材时，可能会以太不自然为由拒绝《酒神的伴侣》。他们会说，这样的事件可能发生在原始的野蛮社会，但社会和智识的进步使得任何类似事件都不可能再发生。对于 19 世纪来说，这个神话行将消亡。

今天，我们非常清楚，整个共同体被恶魔附身的可能性与个人发疯的可能性一样大。[1] 此外，心理学家教给我们的关于压抑及其破坏性影响、乃至致命影响的知识，让我们以更具批判性的眼光看待萨拉斯特罗。就像彭透斯（Pentheus）在面对狄俄尼索斯崇拜时一样，萨拉斯特罗在考虑如何应对夜后时唯一的想法就是使用武力——具体而言是动用魔法——并将她放逐到冥界。我们不禁会想，“假设没有塔米诺和帕米娜来提供一个令人满意的幸福结局，萨拉斯特罗会不会长久地享受他的胜利？最终，他不是更有可能像彭透斯一样，在势不两立的夜后手中遭受可怕的命运？”

《浪子的历程》的情况是，我们有一个故事大纲，但没有人物；《年轻恋人的哀歌》的情况是，我们既没有故事也没有人物；但是《酒神的伴侣》的情况则是，欧里庇得斯把两者都给了我们。

他的悲剧中的某些场景——特别是彭透斯面对伪装的狄俄尼索斯的场景；狄俄尼索斯催眠彭透斯，直到他愿意伪装成女人去喀泰戎山（Kithairon）的场景；以及卡德摩斯（Cadmus）带着阿高厄（Agave）从恍惚中恢复意识，意识到自己所做的骇人听闻的事情的场景——在我们看来，都是极好的歌剧素材，所以我们的歌剧脚本在这些场景中可以紧贴原文。

然而，在其他地方，我们不得不做出许多改变。

在《酒神的伴侣》中，唯二重要的个人角色是狄俄尼索斯和彭透斯，他们都是男性。阿高厄直到戏剧快结束时才出现。欧里庇得斯将所有角色

1 奥登在 1929 年日记里写道：“弗洛伊德的错误在于把神经症限于个人。神经症涉及整个社会”（转引自 *Early Auden* 52）。

中最重要的角色分配给了由女性组成的合唱队。乍一看，这似乎非常适合一部歌剧，但实际上并非如此。我们知道希腊悲剧中的合唱队既吟诵又跳舞，尽管我们对古希腊的音乐和编舞几乎一无所知。如今，声乐合唱创作和芭蕾舞编排对表演者的技能要求如此之高，以至于“歌者不能跳舞，舞者不能唱歌”现在已经成为了一条公理。此外，尽管 19 世纪的作曲家经常在他们的歌剧中引入芭蕾舞，但今天这样做是在自找麻烦，因为现在没有一家歌剧院负担得起一流的芭蕾舞团：例如，在当代演出《歌女乔康达》（*La Gioconda*）时，《时辰之舞》（*The Dance of the Hours*）的奇观通常会让人感到尴尬。但是，要想让一部歌剧成为一部戏剧性的舞台作品，而不是静态的清唱剧，那么就必须非常谨慎地使用不跳舞的合唱队。因此，我们发现我们不得不把欧里庇得斯给合唱队的大部分内容转移到独唱者身上，我们只是把女声合唱改成了混合合唱。《酒神的伴侣》以狄俄尼索斯对观众的一番话开始，他告诉观众，他已经让阿高厄和她的姐妹们发了疯，这是对她们否认他的神性的惩罚，因此她们跑到了喀泰戎山上。狄俄尼索斯继续告诉观众，彭透斯将会有什么遭遇。这段话结束后，似乎已经当了一段时间忒拜国王的彭透斯从旅途中归来，第一次得知酒神崇拜。在我们看来，在一部歌剧中，狄俄尼索斯所讲述的事应该用戏剧行动来呈现。因此，当歌剧《酒神的伴侣》开始时，卡德摩斯刚刚退位，希望他的孙子继位。酒神崇拜在忒拜已经很流行了，但是阿高厄还没有放弃对它的抵制。彭透斯就任国王后的第一件事就是取缔酒神崇拜。

我们在欧里庇得斯的演员阵容的基础上增加了三个女性角色。我们给了阿高厄的妹妹奥托诺厄（Autonoe）一个单独的角色（尽管她出现在欧里庇得斯的悲剧中，但并没有单独说话）。在塞墨勒（Semele）的传说中，塞墨勒有一个仆人，名叫贝洛（Beroe）；在我们的歌剧脚本中，阿高厄在塞墨勒死后雇用了她，担任彭透斯童年时的保姆。我们还引入了一位英俊的皇家卫队队长，阿高厄被他吸引，不过她太挑剔了，不会和他有婚外情。希腊悲剧的惯例没有要求欧里庇得斯解释为什么彭透斯如此强烈地反对狄俄尼索斯祭仪，或者为什么卡德摩斯和忒瑞西阿斯（Tiresias）认可它；他所要做的就是描述彭透斯这个凡人在反对一个神时致命的傲慢。但对于一部当代乐剧来说，我们觉得似乎应该明确和区分不同角色的不同宗教态度，我们相信，所有这些都是欧里庇得斯时代的观众可以理解的。就这样，现在年事已高的卡德摩斯成了迷信恐怖的牺牲品。他从痛苦的经历中认识到，神在争夺人类对他们的崇拜方面，不仅是强大的，而且是好嫉妒的竞争对手。尊崇一位神而不冒犯另一位神是很难的，而冒犯神明，无论多么无心，都会带来不幸。由于他无法自己决定狄俄尼索斯是不是神，酒神崇拜的兴起又成了一个令人恐惧的事情。如果狄俄尼索斯是神圣的，而他作为忒拜之王，拒绝给予酒神崇拜以官方批准，那么神的复仇将落在这个城邦身上。另一方面，如果狄俄尼索斯只是一个普通的凡人，批准酒神崇拜将激怒现有的神。他没有做出决定，而是退了位，把责任留给了彭透斯。欧里庇得斯将忒瑞西阿斯描绘成一个相当愚蠢的老人，他传奇的预言能力并不明显。我们夸大了他的愚蠢，把他变成了一个害怕死亡的老人，表现为试图跟上年轻人的步伐。他热衷于酒神崇拜，只是因为它是新的，是宗教时尚的最新事物。

阿高厄已经对她从小接触的传统多神教完全失去了信仰，当歌剧开始时，她什么都不相信。她是孤独和不快乐的，她的感情隐藏在愤世嫉俗的恶毒的面具后面，尽管她实际上天性充满激情。她孤独的明显原因是，在她还很年轻的时候就成了寡妇，没有一个相同阶层的男人可以作为她的第二任丈夫。然而，她的不满远远超过了性挫败感。虽然她没有意识到这一点，但她正在拼命寻找某种可以让她的生活富有意义和目标的信仰。狄俄尼索斯似乎恰好提供了这样一种信仰。

她对酒神狂喜的初次体验是完全快乐和无害的，这是一种华兹华斯式的泛神论的自然幻象。当她被人从喀泰戎山带回来时，她用歌声描述了这种体验。

如果愿意的话，我们可以假定彭透斯去过爱奥尼亚（Ionia），师从那里的某一位哲学家。无论如何，他抛弃了多神教，因为多神教的众神拥有凡人的一切激情和邪恶，他开始信仰普遍的、非个人的、人类理性所能理解的“唯一的善”（the One Good）。对他来说，盲目和邪恶的来源是肉体和它的激情。作为忒拜国王，他愿意暂时容忍传统的信仰，但他不能容忍新兴的酒神崇拜，在他看来，这似乎是对非理性激情的刻意崇拜。他试图完全压抑自己的本能生命，而不是试图将它与他的理性结合起来，这就让他受制于狄俄尼索斯。

我们把贝洛想象成是一个在希腊被多利安侵略者征服和奴役之前曾统治过希腊的某族人的后裔。她一直忠于古老的大母神崇拜，从未接受过她主人的以男性为主导的奥林匹斯诸神。

我们对欧里庇得斯所讲述的故事的唯一实质性补充是一个喜剧性的插

曲和一个新的结局。在歌剧发展的早期，把一个一幕谐歌剧夹在一个正歌剧的两幕之间是一种习俗。这样的惯例提供了一种音乐和语言的对比，我们和亨策都认为，如果它能成为歌剧不可或缺的一部分，那将是可取的。就像在欧里庇得斯的悲剧里一样，我们的彭透斯被狄俄尼索斯的催眠魔咒迷住了，他非常好奇地想知道他的母亲和其他酒神伴侣究竟在咯泰戎山上做了什么。狄俄尼索斯让贝洛把阿高厄的镜子拿来，让彭透斯看着镜子。在接下来的插曲中，观众看到的是彭透斯对她们正在做的事情的幻想，那是一个性压抑的男人的幻想。阿高厄、奥托诺厄、忒瑞西阿斯和卫队长上场时穿着像某个 18 世纪法国宫廷的田园剧中的演员一样，他们表演了一场字谜游戏（charade）。尽管——与 18 世纪的背景相适应——希腊名字都已经被罗马化，但这场字谜游戏的主题是另一个希腊神话——卡利俄珀的审判（The Judgement of Calliope），这是一场法庭审判，在这场审判中，敌对的诉讼当事人、由阿高厄扮演的维纳斯和由奥托诺厄扮演的普洛塞庇涅（Proserpine），都声称她们有权留下由卫队长扮演的阿多尼斯作她们的专属情人。法官卡利俄珀（由忒瑞西阿斯饰演）的判决是，他将在一年中与她们各自度过三分之一的时间，剩下的三分之一时间属于他自己，作为她们永不满足的要求的喘息之机。插曲的氛围是颓废的，不雅得令人咯咯发笑，但一点也不严重，也没有丝毫危险。当它结束时，彭透斯出发去咯泰戎山亲自看看，当然，现实是既严重又有致命的危险。

欧里庇得斯的悲剧以狄俄尼索斯将卡德摩斯和阿高厄驱逐出忒拜而告终。在我们的歌剧脚本中，狄俄尼索斯命令卫队长放火烧毁宫殿。纱幕落下，火焰升起，完全遮住了舞台。可以听到纱幕后面的狄俄尼索斯把他的母亲塞墨勒从坟墓中召唤出来，后者飞升到奥林匹斯山化为女神蒂奥涅（Thyone）。火焰熄灭，纱幕升起。天空呈现出耀眼的地中海蓝。宫殿只剩下焦黑的残垣断壁。塞墨勒的坟墓上矗立着两个硕大的非洲或者南太平洋风格的原始生殖偶像。雄性偶像被涂上了红色油漆。护卫者的面甲放下，站在坟墓的基座处。合唱队以半圆形围绕在它周围，有的跪着，有的拜倒在地。在前面的某个场景中与母亲一起受酷刑的一个小女孩手里拿着一个玩偶跑上前去，她把玩偶砸在坟墓的基座处，然后踩在上面。

最后说一下服装。让所有角色都穿上古希腊服装是有风险的，因为很少有歌剧演员拥有这种服装所需要的那种身材。像我们这样生活在一个有历史意识的时代，意味着对我们来说，每个历史时代都有其典型的性格和生活态度，这些都反映在他们的穿着上。因此，在我们看来，我们可以将服装作为一种视觉速记，这样，当一位歌手进入时，观众会立即猜到他或她代表的那种性格。所以卡德摩斯的穿着像童话故事中的老国王，已经活了数千年；忒瑞西阿斯的穿着像圣公会执事；彭透斯酷似中世纪的虔诚国王；狄俄尼索斯的穿着像摄政时期的花花公子；阿高厄与奥托诺厄的穿着符合法国第二帝国时期的流行式样；当接近剧终时，由酒神的伴侣组成的合唱队涌上舞台，他们是按“垮掉的一代”打扮的。

我担心我的讲话有自我放纵之嫌。我希望，尽管我放纵了自己，或者正因为我的放纵，我已经向你们传达了我作为诗人对歌剧的热情，歌剧是一种戏剧形式，诗人可以在其中扮演一个角色，尽管它是次要的。

从他们所写的诗歌来看，我钦佩的所有现代诗人似乎都和我一样坚信，在这个时代，旨在让人吟诵或阅读的诗歌不能再用高雅（High）风格，甚至不能再用金色风格（golden style）写成，只能用昏暗（Drab）风格写——我使用这些术语，就像 C. S. 刘易斯教授使用它们一样。我所说的昏暗风格是指一种轻声细语，故意避免引起人们对大写的诗（Poetry with a capital P）的注意，并带有一种谦虚的姿态。一旦某个现代诗人提高嗓门时，就会让我感到尴尬，就像一个人戴着假发或穿着增高鞋。

关于为什么会这样，我有我的理论——我想我的同行大多也有他们的理论——但我不会把我的理论强加给你，让你感到厌烦。对于非戏剧性的诗歌，这不会带来问题；对于诗剧来说，这会带来问题。我相信，艾略特先生在写他的诗剧时，选择了唯一可行的路线。除了少数不寻常的时刻，他的风格始终保持昏暗。然而，我认为他对不得不这样做并不感到完全高兴，因为正如我们所说，在公共场合表演就是“装模作样”（to put on an act）；高雅风格可以厚颜无耻地做到这一点，但昏暗风格必须假装这不是“大做文章”（making a scene）。我想告诉你们的是，作为一种涉及文字的艺术形式，歌剧是高雅风格的最后避难所，如果一位诗人羡慕过去的诗人可以独自用宏大风格作诗，也想做点贡献，那么他只有歌剧这门艺术可选了，但前提是他愿意不辞辛劳地学习专长，并有幸找到一位他可以信赖的作曲家。

后　记

本书为 2018 年教育部人文社会科学研究青年基金项目《威·休·奥登戏剧创作研究》的最终成果，本书的出版得到清华大学文科出版基金的资助。

本书部分内容曾以期刊论文的形式发表。绪论的部分内容取自发表于《国外文学》2021 年第 2 期的《“神话方法”与艾略特的〈力士斯威尼〉》一文；第 1 章基于发表于《台州学院学报》2022 年第 4 期的《打破诗与现代经验的鸿沟——试论奥登的首部诗剧〈两败俱伤〉》一文；第 2 章 2.5 节源自发表于《外国文学研究动态》2023 年第 1 期的《〈攀登 F6 峰〉中的浪漫主义英雄形象》一文；第 2 章 2.6 节与第 4 章 4.4 节的一个更早版本见于发表于《文学理论前沿》第 27 辑的《奥登戏剧观的演变》一文；第 4 章 4.3 节内容脱胎于发表于《英美文学研究论丛》第 33 辑的《奥登 – 卡尔曼歌剧脚本〈酒神的伴侣〉中的“神话方法”》。

傅浩师与爱德华·门德尔松教授为我的奥登研究工作提供了持久的支持与鼓励。以下师友在本书写作的不同阶段提供了形式不一的帮助，在此一并致以谢意:（按姓氏拼音首字母排序）曹莉、陈雷、何恬、李国辉、陆建德、马丁·普克纳、生安锋、王纪宴、王宁、吴其尧、萧莎、辛雅敏、颜海平、余石屹、张和龙、章燕、郑思明、周敏。此外，还要感谢清华大学出版社曹诗悦老师细致的编辑工作。